ハヤカワ文庫NV

〈NV1354〉

ラスト・タウン
—神の怒り—

ブレイク・クラウチ

東野さやか訳

早川書房

THE LAST TOWN

by

Blake Crouch

Translated by
Sayaka Higashino
First published 2015 in Japan by
HAYAKAWA PUBLISHING, INC.
This book is published in Japan by
arrangement with
MOUNTAINSIDE BOOKS, LLC
c/o INKWELL MANAGEMENT, LLC
through TUTTLE-MORI AGENCY, INC., TOKYO.

ぼくの天使、アンズリーとアデリンに

ラスト・タウン

—神の怒り—

登場人物

イーサン・バーク……………………………ウェイワード・パインズの保安官
テレサ………………………………………イーサンの妻。不動産仲介業者
ベン…………………………………………イーサンとテレサの息子
デイヴィッド・ピルチャー………………ウェイワード・パインズの創設者
パム…………………………………………ピルチャーの片腕
テッド・アップショウ……………………ウェイワード・パインズ監視チームの責任者
アラン・スピア……………………………基地の警備主任
フランシス・リーヴェン…………………基地の管理人
アダム・トバイアス・ハスラー…………ウェイワード・パインズの探索者。イーサンとケイトの元上司
ケイト・ヒューソン・バリンジャー……玩具店の店員。イーサンの元パートナーであり恋人
ヘクター・ゲイサー………………………ピアニスト
マギー………………………………………〈ビアガルテン〉のバーテンダー

ラスト・タウンについて

最後の町、ウェイワード・パインズへようこそ。

シークレットサービスの捜査官イーサン・バークは三週間前、アイダホ州ウェイワード・パインズにやってきた。この町の住民は誰と結婚するか、どこに住むか、どこに勤めるかを指示される。子どもたちは町を創設したディヴィッド・ピルチャーは神であると教わる。何人《ぴと》も町から出ることは許されない。質問をするだけでも命が危ない。

しかしイーサンは知ってしまった。町の周囲にめぐらされた電気フェンスの外側には驚くべき秘密があり、フェンスは外のおぞましい世界から町を守るために存在していることを。その秘密があるがために、全住民は正気を失った男と彼を信奉する一団にすべてを管理されている。フェンスを突きやぶられたら最後、力で劣る人類の生き残りなど、一瞬にして淘汰《とうた》されてしまう。

ブレイク・クラウチによるウェイワード・パインズ三部作――テレビドラマ化され、FOXにて二〇一五年五月に世界同時放送開始――の衝撃的な最終巻は、最後の一語まで夢中になって読みふけることまちがいなしだ。

主は嵐の中からヨブに答えて仰せになった。

これは何者か。知識もないのに、言葉を重ねて
神の経綸を暗くするとは。
男らしく、腰に帯をせよ。わたしはお前に尋ねる、わたしに答えてみよ。

わたしが大地を据えたとき
お前はどこにいたのか。知っていたというなら
理解していることを言ってみよ。
誰がその広がりを定めたかを知っているのか。誰がその上に測り縄を張ったのか。
基《もとい》の柱はどこに沈められたのか。誰が隅の親石を置いたのか。
そのとき、夜明けの星はこぞって喜び歌い
神の子らは皆、喜びの声をあげた。

ヨブ記三八：一―七（新共同訳）

当方は人類最後の生き残りであり、
二十一世紀初頭の人間からなる共同体である。
かつてのアイダホ州の山間にある、
ウェイワード・パインズという名の町に暮らしている。
この場所の座標は北緯四四度一三分〇秒、
西経一一四度五六分一六秒。
応答を求む。

——ウェイワード・パインズの本部基地より過去十一年間、
短波の全周波数にて無線送信された音声およびモールス信号の一部。

プレリュード

デイヴィッド・ピルチャー

十四年前
ウェイワード・パインズの本部基地

彼は目をあける。
凍えそうなほど寒い。
ぶるぶる震えている。
頭ががんがんする。
医療用マスクをした人が見おろすように立っているが、顔がはっきりわからない。
ここがどこなのか、そもそも自分が誰なのかわからない。

透明のマスクがおりてきて口を覆う。

声──女の声だ──がうながす。「ゆっくりと、大きく、息を吸って。そのまま呼吸をつづけましょう」

送りこまれるガスは温かい高濃度の酸素だ。気管をくだり、心地よい熱さで肺を刺激する。

女の口はマスクで見えないが、顔をぐっと近づけ、目でほほえみかける。

「少しはよくなった？」女が尋ねる。

彼はうなずく。女の顔がしだいにはっきりする。それにこの声……どこかなつかしい。響きそのものではなく、それに対する自分の反応が。守ってやりたくなる感じ。ほとんど父親のような気持ちになる。

「頭は痛む？」女が訊く。

彼はうなずく。

「じきにおさまるわ。なにがなんだかさっぱりわからないんでしょう？」

うなずく。

「それは異常でもなんでもないから。ここがどこかわかる？」

首を横に振る。

「自分が誰かわかる？」

首を横に振る。

「それもしかたないわ。血液が血管を流れるようになって、まだ三十五分しかたってないんだもの。自分のことを思い出すには、二、三時間かかるのが普通よ」

彼は頭上の明かりを見あげる。細長い蛍光灯があまりにまぶしい。

彼は口をひらく。

「まだしゃべらないほうがいいわ。なにがどうなってるのか説明しましょうか？」

うなずく。

「あなたの名前はデイヴィッド・ピルチャー」

そう言われると、そんな気もする。きちんと説明できないものの、その名前で合っているように思う——言うなれば、彼という世界でまたたく星のようだと。

「ここは病院じゃないの。あなたは自動車事故に遭《あ》ったわけでも、心臓発作を起こしたわけでもない。そういうことじゃないの」

動けないと訴えたい。身体が冷えきっているし、不安を感じていると。

女の話はまだつづく。「あなたは仮死状態から目覚めたばかりなの。生命兆候《バイタル》はすべて正常。あなた自身が考案した機能停止ユニット千基のうちの一基で千八百年間、眠っていたの。わたしたち全員、大喜びしてるわ。あなたの実験が成功したから。スタッフの蘇生率は九十七パーセント。あなたの予測より数ポイント高く、深刻な損失にはなっていない。おめでとう」

ピルチャーはストレッチャーに寝かされ、まぶしいほどの明かりに目をしばたたいている。装着した心電図モニターの信号音の間隔が短くなりはじめるが、恐怖のせいでもストレスのせいでもない。

気持ちが高揚しているせいだ。

五秒とたたぬうちに、すべて思い出す。

自分が何者か。

ここはどこか。

なぜここにいるのか。

カメラのピントが合うように。

ピルチャーは片手を動かし――大ぶりの花崗岩《かこうがん》並みに重たい――口からマスクを取り去る。看護師を見あげる。

およそ二千年ぶりに彼はしゃべる。かすれてはいるが、しっかりした声で。「もう誰か外に出てみたのか？」

看護師の女は自分のマスクをはずす。パムだ。歳は二十で、長い眠りの後遺症か、顔色が悪い。

それでも……やはり抜群にきれいだ。

彼女がほほえむ。「そんなことをさせるわけがないじゃない、デイヴィッド。みんな、あなたを待ってたんだから」

六時間後、ピルチャーは自分の足で立ち、おぼつかない足取りで〈レベル1〉の廊下を歩いている。並んで歩く顔ぶれはテッド・アップショウ、パム、アーノルド・ポープ、そしてフランシス・リーヴェンという名の男。この基地の〝管理人〟たる役職を仰せつかったリーヴェンが、早口で説明する。

「……七百八十三年前、方舟《はこぶね》の外装が一部破損したものの、真空センサーが作動しました」

ピルチャーが言う。「それで、備蓄しておいたものは――」

「現在、各種テストを実行していますが、すべてきちんと保存されているようです」

「これまでに蘇生したスタッフの数は？」

「われわれを入れて八人のみです」

ガラスの自動ドアがするするとあき、備蓄食糧と建築資材の倉庫である広さ五百万平方フィートの洞窟《どうくつ》が目の前に現われる。愛着をこめて〝方舟〟と呼ばれるこの倉庫は、人間の技術と野望の結晶と言える。

湿っぽい金属臭がただよっている。

天井からは大きな球形の照明がさがり、それが方舟の奥のほうまで並んでいる。

一行はトンネルの入り口にとまっているハンヴィーに向かうが、すでにピルチャーは息が切れ、脚がつりそうだ。

ポープがハンドルを握る。

トンネル内の蛍光灯はまだ使えず、ハンヴィーは十五度という急坂を真っ暗闇に向かってくだっていく。明かりは車のヘッドライト一対《いっつい》のみで、それが濡れた岩肌にまぶしく反射する。

ピルチャーは腹心の部下の隣にすわっている。

まだ頭がぼんやりしているが、少しずつよくなっている。

さきほど、仮死状態は千八百年におよんだと聞かされたが、ひとつ呼吸するたび、そんなはずはないという思いが強くなる。二〇一三年のおおみそかのパーティで彼およびスタッフ全員がドン・ペリニヨンを飲み、素っ裸で各自の機能停止ユニットにおさまってから、ほんの数時間しかたっていない気がしてしょうがない。

下り坂を進むにつれ、耳の圧が抜けていく。

気持ちが落ち着かず、胃がちくちくする。

首だけをうしろに向け、後部座席にすわるリーヴェンと目を合わせる——しなやかな身体つきのこの若者は顔こそ幼いが、目は老賢人のそれだ。

「外の空気は吸っても安全なのか？」ピルチャーは尋ねる。

「以前のものとは異なっています」リーヴェンは答える。「しかし、変化はひじょうにわずかです。ありがたいことに、窒素と酸素が主要成分なのは変わっていません。しかし組成は酸素が一パーセント増え、窒素が一パーセント減っています。温室効果ガスは産業革命以前のレベルにまで戻っています」

「基地の減圧は開始しているのだろうね？」

「まず着手したのがそれです。すでに外気が入ってきています」

「その他の設備の稼動状況は？」

「システムが完全に起動してデバッグが完了するまで数日かかります」

「電子時計によれば、いまは西暦の何年だ？」

「西暦三八一三年の二月十四日です」リーヴェンはそこまで言うと白い歯を見せた。「みなさん、きょうはバレンタインデーですよ」

アーノルド・ポープがハンヴィーを完全に停止させる。ハイビームがこのトンネルを、この基地全体を、外の世界から隔絶されて眠る者全員を守ってきたチタンの出入り口の裏側を照らす。

ポープはフロントライトをつけたままエンジンを切る。

全員が車を降り、ポープはうしろにまわって荷物室の扉をあける。ラックにかかったポンプアクション式ショットガンを一挺取る。

「冗談はやめてくれ、アーニー」ピルチャーは言う。「悪いほうにばかり考える性格はあいかわらずだな」

「そのために、わたしに大金を払ってるんでしょうに。わたしなら、警備チームをまるごと出動させるところだ」

「いや、今回はわれわれだけでいい」

リーヴェンが言う。「パム、懐中電灯をこっちに向けてくれないか？」

彼女が開閉用ハンドルに光をあてると、ピルチャーが言う。「さあ、いよいよだ」

リーヴェンが背筋をのばす。

ポープが近づいていく。

テッドとパムがピルチャーを振り返る。

ピルチャーの声はまだ、蘇生に使われた薬のせいでしわがれている。

「この瞬間を見逃してはいかんぞ」四人の目が彼に注がれる。「われわれがなにをなしとげたか、きみたちにはわかるか？　人類史上、もっとも危険で無謀な旅をなしとげたのだ。空間の旅ではない。時間を超える旅だ。この扉の向こうになにが待っていると思う？」

彼はしばらくその質問がただようにまかせる。

誰も食いつかない。

「純然たる発見だよ」

「言ってる意味がわからないんだけど」パムが言う。

「前にも言ったはずだがな。あらためて繰り返そう。ニール・アームストロング船長がアポロ十一号のステップをおり、はじめて月面に立ったときと同じだ。自分たちの飛行機をキティ・ホークで飛ばそうとするライト兄弟。新世界に向かって浅瀬を歩いていくコロンブス。このゲートの反対側になにがあるのか、誰にもわからない」

「あなたの予測では人類は絶滅してるはずよね」パムが言う。

「そうだ。しかし、予測はあくまで予測にすぎない。まちがっているかもしれない。高さ一万フィートもの摩天楼《まてんろう》がそびえていることも考えられる。西暦二一三年の人間が、二〇一三年にワープしたらと想像してみたまえ。アルバート・アインシュタインは、〝われわれが経験できる最も美しいものは神秘である〟と言った。さあ、この瞬間をしっかりと味わおうではないか」

リーヴェンが開閉用ハンドルに目を戻し、半時計まわりにまわしはじめる。

所定の位置におさまったところで、ピルチャーに声をかける。「最後はご自分でどうぞ」

ピルチャーはゲートに近づく。

リーヴェンが言う。「そこの掛け金であきます」

ピルチャーは掛け金をはずす。

すぐにはなにも起こらない。

ハンヴィーのライトが消える。

パムの貧弱な懐中電灯の光だけが闇を切り裂いている。

古い船がきしむような、ギイギイという音が足もとでする。

どっしりした扉がぶるっと震動し、きしみ音をあげながらあきはじめる。

すると……

あふれんばかりの光が路上に降り注ぎ、まばゆい斑点《はんてん》となって五人がいるほうまでのびてくる。

ピルチャーの心臓が高鳴る。

これほど胸が躍る瞬間は生まれてはじめてだ。

雪が吹きこみ、骨まで凍りそうな冷気がトンネル内に流れこむ。

高さ四フィートの扉が完全にあくと、そこに向こうの世界が絵のようにおさまる。

五人の目の前に、雪嵐のさなかの、岩が点々としたマツ林が現われる。

一行は森のなかに入り、一フィートも積もったパウダースノーを踏みしめながら進む。

桁外《けたはず》れの静けさだ。

舞い落ちる雪の音がささやき声のように聞こえる。

二百ヤードほど進んだところでピルチャーは足をとめる。ほかの四人もそれにならう。

ピルチャーは言う。「ここにはウェイワード・パインズに行く道があったはずだ」

まわりには濃いマツ林があるばかりで、道路の痕跡はどこにも見当たらない。

ピルチャーがコンパスを出す。


一行は谷間のある北を目指す。

マツの木がそびえるように立っている。

「この森は」ピルチャーは言う。「いったい何度、焼失と再生を繰り返したのだろうな」

寒い。脚が痛む。他の四人も同じように感じているはずだが、誰も愚痴《ぐち》ひとつこぼさない。

黙々と進んでいくと、ようやく森が切れるところにたどり着く。どのくらい歩いたかわからない。雪がやみ、そこではじめて見覚えのあるものが目に入る——およそ二千年前、ウェイワード・パインズの集落を取り囲んでいた巨大な断崖だ。

あの山々をふたたびこの目で見られたことにピルチャーは安堵《あんど》する。森や川にとって二千年は長すぎるが、崖はほとんど変わっていない。まるで旧友のように。

ほどなく一行は谷間のど真ん中にたどり着く。

ビルはひとつも残っていない。

残骸すらない。

リーヴェンが言う。「町などなかったかのようですね」

「これはどういうことなの？」パムが尋ねる。

「どういうこととは？」ピルチャーが訊き返す。

「自然がふたたび支配してるじゃないの。町がなくなってる」

「現時点ではなんとも言えんな。もしかしたら、いまのアイダホ州は巨大な自然保護地域となっているのかもしれない。アイダホ州そのものがもはや存在しないのかもしれない。この新世界については調べなくてはならないことが山ほどある」

ピルチャーはポープはどこかと探す。見ると、ひらけた場所に二十ヤードも入りこんで、雪に膝をついている。

「どうかしたのか、アーニー？」

ポープはピルチャーを手招きする。

全員が近くまで来ると、ポープは足跡を指差す。

「人間のものか？」ピルチャーが訊く。

「大きさは人間のものだが、間隔が全然ちがう」

「というと？」

「この足跡の主は四足歩行している。ほら、ここを」ポープは雪に触れる。「ここにうしろ脚の跡がある。あっちは前脚のだ。足跡と足跡の距離を見てくれ。そうとうな歩幅だ」

谷間の南西まで行くと、低木のオークの茂みやポプラの木立に隠れるように、地面のあちこちから石が突き出す一画がある。ピルチャーはしゃがんで石のひとつを調べ、台座から雪を払う。かつては磨きあげられた大理石だったものが、長い歳月のうちに摩耗《まもう》し、ざらざらになっている。

「この石はいったいなんなの？」べつの似たような石の表面に手を這《は》わせ、パムが訊く。

「墓地の跡だ」ピルチャーは言う。「エッチングされた文字は腐食している。ここは二十一世紀のウェイワード・パインズが唯一残っている場所らしい」

一行は来た道を引き返し、基地に向かう。

全員、元気がない。

全員、寒さに震えている。

雪がふたたびいきおいを増し、崖と常緑樹を背景に白いものが降りしきる。

「とても人が住んでいるようには思えませんね」リーヴェンが言う。

「まずやるべきは」とピルチャーが言う。「無人機《ドローン》を飛ばすことだ。ボイシ、ミズーラ、さらにはシアトルまで。なにか残っていればそれでわかるだろう」

五人は自分たちの足跡をたどって森に入る。沈黙が一行を包みこんだそのとき、うしろの谷間から悲鳴のような声があがる――弱々しいながら耳に残るその声が、雪をかぶった山の頂《いただき》にこだまする。

全員が足をとめる。

べつのすさまじい声が応える――こっちのほうが低いが、同じように悲しみと獰猛《どうもう》さが入り交じっている。

ポープがなにか言おうと口をひらきかけたとき、周囲の森から甲高い声が一斉にあがる。

一行は雪のなかを急ぎ足で進む。最初は小走りだが、声が近くなるにつれ、五人ともスピードをあげて、全力疾走する。

トンネルまであと百ヤードのところで、ピルチャーの脚が動かなくなり、汗が顔を伝い落ちる。ほかの者は全員が入り口にたどり着いている。そこをくぐってなかに入り、ピルチャーに向かってもっとはやく走れと叫ぶ。その声が、背後から聞こえる金切り声と入り交じる。

視界がぼやける。

ピルチャーはちらりとうしろを振り返る。

マツの木立のなかを動くものが見える――四つ脚の色白の生き物が、木をかわしながら追いかけてくる。

ピルチャーは息も絶えだえに考える。仮死状態から目覚めたその日に死ぬのか。

目の前が真っ暗になり、顔が急速に熱を失っていく。

意識はまだちゃんとしている。

雪のなかに腹這いに倒れて、動けない。

叫び声が近くなり、いっそうけたたましさを増したそのとき、ふいに身体がパウダースノーから持ちあがる。アーノルド・ポープの肩にかつがれた状態で見わたすと、木々が揺れながら遠ざかり、人間に似た生き物が、あと五十フィートのところまで迫っている。

ポープがピルチャーをチタンの扉の奥へとねじこむ。ピルチャーが地面に転げ落ちたところへ、ポープが飛びこむ。

ピルチャーの顔が冷たいコンクリートに押しつけられる。

ポープが叫ぶ。「閉めろ！　もうそこまで来てる！」

扉が派手な音とともに閉まる。

反対側から、金属にぶつかる鈍い音が次々に聞こえる。

安全を確信したせいか、ピルチャーの意識が遠のいていく。

気を失う直前、騒然としたなかに響きわたるパムの声が聞こえる。「あいつらはいったいなんなの？」

I

イーサン・バークが告発をおこなった二時間後

ジェニファー・ロチェスター

家のなかは真っ暗だった。

ジェニファーはいつもの癖でキッチンの電気をつけようとしたが、つかなかった。

手探りで冷蔵庫をまわりこんでコンロ上のキャビネットを探しあてると、扉をあけ、クリスタルのろうそく立て、ろうそく、それに箱入りのマッチを出した。ガスのスイッチをひねり、擦《す》ったマッチで後列のバーナーに火をつけ、ぼうぼうと燃える青い炎にやかんをかけた。

使いかけのろうそくに火を灯し、朝食用テーブルについた。

前世では煙草を一日にひと箱吸っていたものだが、いまは一本でいいからとにかく吸いたい――神経と震えがとまらない手を落ち着かせてくれるものが必要だ。

目に涙があふれ、ろうそくの炎がにじむ。

考えるのは夫のテディのこと、その彼と本当に遠く離れてしまったのだなあということだった。

正確に言うなら、二千年も離れてしまった。

いままでずっと一縷《いちる》の望みを抱いていた。世界はまだちゃんとあると。フェンスの向こうに。この悪夢の向こうに。そこに夫はいるはずだと。本当の家。大学での仕事。これまでなんとかやってこられたのは、その希望があるからこそだった。いつの日か、スポケーンの自宅で目が覚めると思っていた。テディは隣でまだ眠っていて、ここ、ウェイワード・パインズでのことはすべて夢なのだと。彼女はそっと起きだして、キッチンに行き、夫のために卵料理をつくる。ポットいっぱいに濃いコーヒーを淹《い》れる。朝食用のテーブルで待っていると、例の趣味の悪いガウンをはおった夫がぼさぼさの髪のまま、寝ぼけまなこでよろよろと起きてくる。彼女は「ゆうべ、とても変な夢を見たのよ」と話しはじめるが、どんな夢か説明しようとしたとたん、ウェイワード・パインズでのことはすべて忘却の彼方に消え去る。

彼女はテーブルをはさんで向かい合う夫にほほえみかける。「どんな夢だったか忘れちゃった」

しかし、その希望は潰《つい》えた。

やり場のない孤独感。

しかし、その下で怒りがふつふつと煮えたぎっていた。

こんな仕打ちへの怒り。

すべてを失ったことの悔《くや》しさ。

やかんが鳴りはじめた。

あれこれ思いをめぐらしながら、よろよろと立ちあがった。

やかんを火からおろすと、ピーピーという甲高い音がやんだ。カモミールの葉を詰めた茶こしの入ったマグに熱湯を注いだ。片手に茶を、もう片方の手にろうそくを持って、真っ暗なキッチンから廊下に出た。

住民の大半はいまも劇場にいて、保安官から聞かされた真相に動揺しているはずだ。ほかのみんなと一緒にいるべきだったかもしれない。でも正直なところ、ひとりになりたかった。今夜は、ベッドにもぐりこんで泣きたかった。そのまま眠りにつければ最高だが、それは望み薄だろう。

手すりのところで向きを変え、ろうそくの光を壁に揺らめかせながら、きしむ階段をのぼりはじめた。以前にも何度か停電になったことはあるが、今夜のはそれとはちがう気がしてしょうがなかった。

ドアも窓も全部鍵をかけたことで、少し――ほんの少しだが――安心できた。

イーサン・バーク保安官

イーサンは高さ二十五フィートの鉄の支柱と、レーザーワイヤーを巻きつけたスパイクつきの導線を見あげた。このフェンスにはふだん、人間ひとりを千回は感電死させるだけの電気が流れ、ぶんぶんとうなるような音がしている。その音は百ヤード離れたところからでも聞こえるほど大きく、近くだと腹に響いてくるほどだ。

今夜はなんの音も聞こえなかった。

しかもまずいことに、幅三十フィートのゲートが大きくあいていた。閉まらないよう、ロックされた状態で。

切れ切れの霧が接近する嵐の先端のようにかすめていくなか、フェンスの向こうの真っ暗な森を見やった。心臓の鼓動に混じって、森にこだまする甲高い声が聞こえてくる。

アビーがこっちに向かっている。

デイヴィッド・ピルチャーが最後に放った言葉がよみがえる。

地獄のほうから出向いていく。

イーサンの責任だ。

地獄のほうから出向いていく。

イーサンはミスをおかした。あのいかれた男を見くびっていた。

地獄のほうから出向いていく。

しかも、住民に真実を告げてしまった。

そのせいで、妻と息子を含む、この町の全員が死ぬことになる。

イーサンは森のなかを全速力で戻りはじめた。歩を進めるごとに、荒い息をひとつするごとに、パニックが増大していく。

乗ってきたブロンコがすぐそこに見えてきたが、うしろの甲高い声も大きく、そして近くなっていた。

運転席に飛び乗るなりエンジンをかけ、猛スピードで走りだした。車はサスペンションが壊れそうなほど激しく上下し、フロントガラスに残ったわずかばかりの破片がぱらぱらと落ちた。

町に戻る道が見えてくると、轟音をあげながら盛土をのぼり、舗装した道に戻った。

アクセルペダルを強く踏みこんだ。

エンジンが弱々しい音をたてた。

森を飛び出し、牧草地沿いを急ぐ。

ハイビームが町外れの看板を照らし、一九五〇年代風の屈託のない笑顔で手を振る四人家族が浮かびあがった。その下には例のキャッチフレーズが躍っている。

ウェイワード・パインズへようこそ
楽園のふるさとへ

もう楽園のふるさとなんかじゃないがな、とイーサンは胸のうちでつぶやいた。

運が味方してくれれば、アビーはまず最初に酪農場を襲って牛をことごとく殺戮《さつりく》し、それから町へと乗りこんでくる。

見えてきた。

まっすぐ前方に。

ウェイワード・パインズの外周が。

晴れた日には町がくっきりと見わたせる。カラフルなヴィクトリア朝様式の家々。白い杭《くい》垣《がき》、青々とした芝生。メイン・ストリートは、ぶらりとやってきた旅行者がここなら定年後を楽しく暮らせそうだと夢見るようにつくられている。古き良き生活が送れると。町を囲むようにそびえる山々は安心と安全の象徴だ。一見しただけでは、ここからは出られないと——出ようとしただけで殺されると思わせるものはなにひとつない。

しかし、今夜はちがっていた。

家も建物も気味が悪いほど真っ暗だ。

十番アベニューに入ると猛スピードで七ブロック進み、つづいて右のタイヤが浮くほどのいきおいでメイン・ストリートに折れた。

前方にメイン・ストリートと八番ストリートの交差点が現われ、住民たちがさっきと同じ場所に——劇場の前に立っているのが見えた。真っ暗闇のなか、四百人ほどが〝祭り〟用のおかしな恰好《かっこう》のまま、舞踏会から全員まとめて蹴り出されたみたいにうろうろしている。

イーサンはエンジンを切って、車を降りた。

どの店も正面窓がたいまつに照らされているだけの真っ暗なメイン・ストリートは、なんとも薄気味悪かった。

スティーミング・ビーン。

ウドゥン・トレジャーズ——ケイトと夫のハロルド・バリンジャーが経営する玩具店。

ウェイワード・パインズ・ホテル。

リチャードソンズ・ベーカリー。

ビアガルテン。

スイート・トゥース。

イーサンの妻、テレサが働くウェイワード・パインズ不動産。

人々はざわざわと騒がしかった。

た。誰もがウェイワード・パインズの真実を告げられた驚愕《きょうがく》とショックから立ち直りつつあった。ある意味、はじめてまともに会話しはじめていた。

ケイト・バリンジャーが急ぎ足で近づいてきた。今夜の〝祭り〟で処刑されることになっていたのはケイトと夫のハロルドで、ふたりの命はイーサンの告発によってとりあえず救われた。左目上の切れたところはいつの間にか簡単に縫合されていたが、顔はまだ血の筋がついたまま、若白髪《わかしらが》が血で固まっていた。二千年前、ケイトがウェイワード・パインズで行方不明になったのが、イーサンがこの町にやってくるきっかけだった。前世でのふたりはシークレットサービスで働いていた。パートナーだった。そして、短くもひりつくような一時期、パートナー以上の関係にあった。

イーサンはケイトの腕をつかむと、ほかの者に聞かれぬよう、ブロンコのうしろまで引っ張っていった。彼女は今夜、へたをしたら死んでいた。その目をのぞきこめば、擦り切れそうな糸一本で、どうにか持ちこたえているのがよくわかる。

「ピルチャーが電気をストップさせた」

「わかってる」

「そうじゃなくて、やつはフェンスの電気もストップさせたんだ。しかもゲートをあけた」

ケイトは、いま聞いた知らせがどれほどまずいことなのか理解しようと、イーサンの顔をじっと見つめた。

「つまり、あれが……」彼女は言った。「あの気持ちの悪い化け物が……」

「いつ、町にやってきてもおかしくない。実際、連中はこっちに向かっているようだ。フェンスの近くで声が聞こえたからね」

「数はどれぐらい？」

「さあ。とにかく、小集団でも壊滅的な被害をもたらすと思ったほうがいいだろう」

ケイトは住民を振り返った。

会話がしだいにおさまり、人々が話を聞こうと近づいてくる。

「何人かは武器を持ってる」ケイトは言った。「マチェーテを持ってる人もいるわ」

「その程度じゃ太刀打ちできない」

「ピルチャーを説得できないの？　こっちから電話したらどう？　気を変えさせるのよ」

「その段階はもう過ぎてるんだ」

「じゃあ、全員で劇場のなかに戻るしかないわね。窓はひとつもないし、ステージの左右に出口がひとつずつあるだけだし。あとはなかに入る両開きドアと。みんなで立てこもりましょう」

「何日間にもわたって包囲されたらどうする？　食料も火も水もないじゃないか。それに、アビーを永遠に寄せつけないようなバリケードだってない」

「だったら、どうすればいいの、イーサン？」

「わからない。とにかく、全員を自宅に帰すのはまずいと思う」

「何人かはもう帰ったわ」

「誰も帰すなと言ったのに」

「引きとめようとはしたのよ」

「帰ったのは何人ぐらい？」

「五、六十人といったところ」

「まいったな」

テレサとベン――イーサンのかけがえのない家族――が人混みをかき分け、近づいてくるのが目に入った。

「基地に潜入して、ピルチャーの側近に、自分たちが仕えている男の正体を明かしてやれば、道がひらけるかもしれないな」

「だったら、行って。いますぐ」

「家族を残しては行けないよ。こんな状況ではね。なにか案でもあればべつだけど」

テレサがイーサンの前に立った。長いブロンドの髪をポニーテールに結い、彼女もベンも黒い服に身を包んでいた。

イーサンは妻にキスをし、ベンの髪をくしゃくしゃと乱した。十二歳の少年がどんな大人になるか、息子の目からはその片鱗《へんりん》がうかがえた。成長のきざしだ。

「どうだった？」テレサが訊いた。

「明るい材料はひとつもなかったよ」

「言いたいことはわかった」ケイトが言った。「あなたが基地に侵入するあいだ、わたししたちはどこか安全な場所に隠れていればいいのね」

「そうだ」

「安全で、身を守ることができて、備蓄が充分ある場所に」

「そのとおり」

ケイトはほほえんだ。「その条件にぴったり合う場所があるわ」

イーサンは言った。「背反者たちの洞窟だね」

「あたり」

「あそこならいいだろう。保安官事務所に行けば銃が何挺かある」

「取ってきて。ブラッド・フィッシャーと一緒に行くといいわ」ケイトは歩道を指差した。

「ほら、あそこにいる」

「これだけの大人数をどうやって崖の上まで連れていこうか？」

「全員を百人ずつのグループに分けて、道を知ってる人に各グループのリーダーになってもらえばいいと思う」

「家に帰った人はどうするの？」テレサが訊いた。

その質問に答えたのは、遠くであがった悲鳴だった。

それまで住民はひそひそと小声で話していた。

それがいまは全員が黙りこんでいる。

声は町の南から聞こえた——弱々しくもおぞましいうなり声。

言葉で説明するなり描写するなりが無理なのは、ただ聞こえるだけではないからだ。

声の意味が肌をとおして伝わってくる。

その意味とは――地獄のお出ましだ。

イーサンは言った。「ここにいる人を守るだけでも至難の業《わざ》だろう」

「つまり、帰った人は自力でどうにかしろってこと？」

「いまやわれわれ全員が自力でどうにかするしかないんだ」

イーサンはブロンコの助手席側にまわりこみ、なかに手を入れ、拡声器をつかんだ。それをケイトに渡しながら「状況はのみこめたね？」と訊いた。

彼女はうなずいた。

イーサンはテレサに目を向けた。「きみとベンはケイトと行動してくれ」

「わかった」

ベンが言った。「ぼくはパパと一緒に行く」

「ママと一緒にいなさい」

「でも、パパの力になりたいよ」

「力になりたいなら言われたとおりにするんだ」イーサンはケイトに向き直った。「保安官事務所に寄ってから、追いかける」

「北のはずれにある小さな公園に来て」

「四阿《あずまや》のある公園のこと？」

「そう、そこよ」

ウェイワード・パインズ唯一の弁護士であるブラッド・フィッシャーは、ブロンコの壊れかけた助手席にぎこちなくすわり、イーサンが一番アベニューを時速六十マイルで飛ばすあいだ、ドアハンドルをしっかりつかんでいた。

イーサンはブラッドを見やった。「奥さんはどこに？」

「劇場では一緒にいたんだけどね。あなたが話すのを、真実を語るのを、聞いてたんだ。気がつくと、ミーガンはいなくなっていた」

イーサンは言った。「保護者に内緒で子どもたちによからぬことを吹きこんでいた手前、裏切り者と見なされると思ったのかもしれないな。身の危険を感じたんだろう。彼女に対してはいまどんな気持ちだ？」

その質問にブラッドは不意を突かれたようだった。いつもの彼はきれいに磨きあげた靴を履き、ひげはきちんと剃《そ》っている。まさに、できる若き弁護士そのものだ。その彼が、紙やすりのようになった顎《あご》をかいた。

「わからない。妻のことをわかっている、あるいは妻に理解されていると感じたことは一度もないんだよ。一緒に住めと言われたから、そうしていただけだし。同じベッドで眠り、ときには身体を交えたこともあるけど」

「だったら、本物の夫婦そのものじゃないか。奥さんを愛していたのかい？」

ブラッドはため息をついた。「そういう簡単な話じゃない。それはそうと、さっきはよくやってくれた。真実を話してくれてよかったよ」

「あいつがフェンスの電源を落とすとわかっていたら――」

「そういう話はなしだ、イーサン。いまさらそんなことを言ったって意味がない。あなたは正しいと思うことをしたんだ。ケイトとハロルドの命を救い、われわれの命がいかに尊いものかを教えてくれた」

「そうは言うが」イーサンは言った。「いったん人が死にはじめたら、その気持ちがいつまでつづくことか」

ハイビームが暗い保安官事務所をまぶしく照らした。ブロンコは縁石を乗り越え、歩道にあがり、入り口の数フィート手前でとまった。イーサンは車を降りると、ブラッドとふたり、両開きドアに向かいながら懐中電灯のスイッチを入れた。解錠し、片側が閉じないようつっかいをした。

「なにを持ち出せばいいのかな？」ロビーを駆け抜け、イーサンのオフィスに向かって廊下を走りながらブラッドが訊いた。

「ぶっぱなせるものを全部」

ブラッドが懐中電灯で照らし、イーサンがキャビネットから次々と銃を取り出し、それに合う銃弾も出した。

モスバーグ九三〇をデスクに置き、弾を八発こめた。

ブッシュマスターAR‐15のマガジンに三十発。
デザートイーグルのマガジンを満タンに。
ショットガンはほかにも何挺かあった。
狩猟用ライフルも。
グロック数挺。
シグ一挺。
スミス&ウェッソンの三五七口径が一挺。
さらに二挺の拳銃にも弾をこめたが、とにかく時間がかかった。

ケイト・ヒューソン・バリンジャー

彼女はハロルドの腕を強くつかんだ。夫は担当する集団を数ブロック南にある入り口へと連れていくところで、彼女はべつの一団を率いて町の北はずれに向かうところだった。夫の首に抱きつき、長く激しいキスをした。

「愛してる」

夫の顔がほころんだ。身を切るような寒さにもかかわらず、白いものの目立つ髪が汗で額にぺったりと貼りつき、顔に青黒いあざがいくつもできはじめていた。

「ケイト、万が一なにかあって――」

「そんなことはしなくていいから」

「なんだって？」

「とにかく崖《がけ》まで行けばいいの」

数ブロック離れたところで、けたたましい声があがった。安全な場所へと誘導されるのを待つ人々のところに戻る途中、ケイトはうしろを振り返り、ハロルドに投げキスをした。

彼はそれを空中でキャッチした。

ジェニファー

ジェニファーは寝室に入ると、整理箪笥《せいりだんす》にろうそくを置き、〝祭り〟の衣装――上下がつながった赤い肌着に黒いトレンチコート、頭にかぶった手づくりの悪魔の角《つの》――を脱ぎ捨てた。ネグリジェは、すぐに着られるよう、ドアの裏にかけてあった。

ベッドに入ってカモミールティーを飲み、ろうそくの光が天井で踊るのをぼんやりとながめた。

お茶の温かさがじんわりと身体にしみていく。

かれこれ三年もつづけている習慣だから、今夜もやめないほうがいいと思った。自分の世界がばらばらに崩れたときは、普段どおりにするのがいちばんいい。

ウェイワード・パインズのほかの住民はどうしているのだろうか。

きっと自分と同じようなことをしているはずだ。

聞かされた話をことごとく疑う。

とんでもないことをされたという事実を受け入れる。

明日はどうなるのだろう？

小さくあいたベッドわきの窓から、冷えびえとした夜気が入りこんでくる。凍てつくような部屋で山のように毛布をかけて寝るのが好きで、わざと室内を寒くしているのだ。ガラス窓の向こうには、黒々とした闇が広がっていた。

コオロギはすっかり鳴きやんでいた。

お茶のマグをナイトテーブルに置き、毛布を脚にかけた。整理簞笥の上のろうそくは、あと半インチしかないし、まだ部屋を真っ暗にする気にはなれない。

このまま燃えつきるにまかせよう。

目を閉じた。

下へ下へと落ちていく感じがした。

たくさんの思いと多大な恐怖がのしかかる。

ずっしりと。

とにかく眠ろう。

テディに思いをはせた。去年から、彼のにおい、彼の声、彼の手に触れられたときの感覚を思い出すようになっていた。それも記憶のなかの顔を思い出すより、はるかに鮮明に。

彼の容貌については、記憶が薄れつつある。

闇のどこかで男の悲鳴があがった。

ジェニファーは起きあがった。

あんな悲鳴は聞いたことがない。

恐怖と驚愕と理解不能な苦悶が一緒くたになった叫びは、永遠につづくかに思われた。

あれは人が殺される音だ。

やっぱりケイトとハロルドの処刑はおこなわれたのだろうか。

悲鳴は栓を閉めたかのように、唐突にやんだ。

ジェニファーは目を伏せた。

冷たい硬材の床に足をつけ、立ちあがる。

窓のところまで行って、数インチほどあげた。

冷気がどっと流れこむ。

近くの家で誰かが叫んだ。

ドアが乱暴に閉まる。

路地を全速力で走る音。

またも悲鳴があがって、あたり一帯にこだましたが、さっきのとはちがっていた。保安官のブロンコにいた化け物があげたのと同じ声だった。

この世のものとは思えない、背筋も凍りそうな甲高い声。

それに呼応するべつの声が聞こえたかと思うと、鼻が曲がりそうなほど強烈な——麝香《じゃこう》の腐ったようなとでも言おうか——においが、風に乗って寝室に押し寄せてきた。

庭のほうで、喉の奥から絞り出すような低いうなり声があがった。

ジェニファーは窓を閉め、鍵をかけた。

よろよろと引き返し、マットに腰をおろしたとき、下の居間の窓が突きやぶられる音がした。

ジェニファーはさっとドアのほうに顔を向けた。

整理箪笥の上のろうそくが燃えつきた。

ジェニファーは、ひっと息をのんだ。

部屋は真っ暗で、目の前に自分の手を持ってきても見えないほどだ。

あわてて立ちあがり、寝室のドアに向かってよろよろと歩きだしたところで、ベッドの脚側に置いてある櫃《ひつ》に膝をぶつけたが、転ぶのはなんとか避けられた。

ドアの前に立った。

なにかが下からあがってくるらしく、階段のきしむ音がする。

ジェニファーはそっとドアを閉め、錠をおろそうと手探りした。

カチリと受けにおさまった。

この家に押し入ったのがなんであれ、いまはすぐ外の廊下にいて、重みに耐えかねた床がギシギシいっている。

下からはほかにも音が聞こえた。

カタカタという音やキーキーいう声が家じゅうに響きわたっていた。

ドアの向こうの足音が近くなったのに気づき、ジェニファーは両手両膝をついて、床を這い戻った。腹這いになってベッドの下に無理矢理もぐりこむと、埃《ほこり》だらけの硬材の床を心臓が激しく叩いた。

敵が次々と階段をのぼってくるのが音でわかった。

寝室のドアが破られた。

敵は硬材の床にカチッ、カチッと音を響かせながら寝室に入ってきた。爪を立てたような音。

あるいは、猛禽類《もうきんるい》の鉤爪《かぎづめ》のような音。

においがいっそうきつくなった。死んだものを寄せ集めたというか、腐敗と血、それに彼女の理解をはるかに超えた、この世のものとは思えぬ悪臭が一緒くたになったにおいだった。

ジェニファーは音をいっさいたてなかった。

なにか重たいものがしゃがんだのか、ベッドのわきの床に亀裂が走った。

ジェニファーは息をとめた。

固くつるつるしたものが腕をかすめた。

彼女は悲鳴をあげ、あとずさりした。

肩が急に冷たくなった。

思わず手をやった。

手がぐっしょり濡れた。肩を切られていた。

小声でつぶやく。「ああ、神様……」

すでに部屋にいるのは一匹だけではなくなっていた。

ああ、テディ。あの人の顔が見たい。せめてもう一度だけ。本当にこれが最期なら。

ベッドがひょいと持ちあがり、脚の一本をジェニファーのわき腹にこすりながら、壁にぶつかった。

漆黒《しっこく》の闇のなか、彼女は恐怖で身体がすくみ、ぴくりとも動けなかった。肩から派手に出血しているのに、なにも感じなかった。極度の緊張状態にいるせいで全身がしびれ、固まっていた。

連中はすぐそばまで来ていた。息を切らした犬のように、妙に浅くて速い息をしながら彼女を見おろしている。

彼女は頭を膝ではさみ、防御の姿勢をとった。

運命的な旅でウェイワード・パインズを訪れる二週間前、彼女とテディはスポケーンのリバーフロント公園で土曜日を過ごした。芝生にピクニックブランケットを広げ、持参した本を読んだり、水が滝を落ちていく様子をながめたりしながら、暗くなるまでのんびりとした。

一瞬、ジェニファーの目が彼の顔をとらえた。正面からではなく、横から見た顔だった。夕陽がわずかに残った髪を輝かせ、メタルフレームの眼鏡に反射してきらめいている。彼は太陽が滝の向こうに沈むのをじっと見ている。いまこの瞬間に満足した様子で。彼女も同じ気持ちだった。

テディ。

彼がこちらを振り向いた。

笑顔で。

そのとき、終わりが訪れた。

イーサン

ブラッドが銃弾をたっぷり詰めたリュックサックを割れたリアウィンドウから押しこみ、イーサンは運転席に飛び乗った。

腕時計に目をやった。

十一分もかかっていた。

「行くぞ!」と声をかけた。

ブラッドはドアを乱暴にあけ、ぼろぼろのシートに乗りこんだ。

ヘッドライトが保安官事務所のガラスドアを貫き、ロビーを照らした。

イーサンはバックミラーに目をやった。テールランプの赤い光のなかを、ぼんやりとした影がものすごいスピードでよぎるのが見えた。

ギアをバックに入れた。

車は歩道をバックしていき道路におりたが、そのときにイーサンは頭をルーフにぶつけた。

ブレーキを強く踏みこんで、道路の真ん中でぴたりととめ、ギアをドライブに入れた。

助手席のドアになにかがぶつかり、ブラッドが悲鳴をあげた。イーサンが目をやったときには、ブラッドの脚はすでにガラスのないウィンドウフレームから引きずり出されるところだった。

暗くて血そのものは見えなかったが、においでわかった――錆《さび》のにおいが突如として強烈にただよってきた。

拳銃を抜いた。

悲鳴はもうやんでいた。

ブラッドの靴が道路を引きずられる音が、しだいに遠ざかっていく。

イーサンはブラッドがシートのあいだに落とした懐中電灯を拾いあげた。

それで通りを照らした。

ああ、やっぱり。

光のなかにアビーが一匹、浮かびあがった。

うしろ脚でしゃがんでブラッドに覆いかぶさり、彼の喉もとに顔を埋めていた。

顔をあげたそいつは口のまわりを血で真っ赤にし、獲物を奪われまいとするオオカミのようなすごみをきかせ、ライトに向かって威嚇した。

そのうしろにも、道路の真ん中をやってくる白っぽいものが見えた。

イーサンはアクセルを踏んだ。

バックミラーに目をやると、十四以上のアビーが四つん這いで追いかけてきていた。先頭の一匹が運転席側のドアに並んだ。ウィンドウに飛びつこうとしたがつかみそこね、車のボディにぶつかって撥ね飛ばされた。イーサンはそいつが通りを転がっていくのを確認してから、アクセルペダルをめいっぱい踏みこんだ。

フロントガラスに目を戻すと、フロントグリルの前方二十フィートのところに小さなアビーが一匹、ヘッドライトの光を浴びて立ちすくみ、歯《む》を剝き出していた。

イーサンは肚《はら》をくくった。

バンパーがアビーを三十フィート後方に撥ね飛ばした。車はそいつを轢《ひ》いたうえ、半ブロックほど引きずった。ブロンコは激しく震動し、イーサンはハンドルを握っているのもやっとだった。

ようやく車の下からアビーが吐き出された。

イーサンは北に向かって車を飛ばした。

バックミラーには暗くがらんとした通りが映っていた。

イーサンはようやく息をついた。

町の北端近くで西に折れ、メイン・ストリートのほうに数ブロック進むと、ヘッドライトのなかに、通りに一列に並ぶ人々の姿が浮かびあがった。数本のたいまつが顔を照らしていた。

イーサンはブロンコを縁石に寄せた。

ヘッドライトが消えないよう、キーはイグニッションに挿したままにした。

ブロンコのうしろにまわりこんでリアゲートをさげ、装塡《そうてん》済みのショットガン三挺のうち一挺を手に取った。

ケイトはベンチのうしろ、あけ放した跳ねあげ戸のわきに立っていた。戸の裏側は1×4材と錆びた蝶番《ちょうつがい》からなり、上面は土と芝でカモフラージュしてある。ケイトと男とで住民をひとりひとり、穴のなかへと誘導していた。

イーサンは近づいていって、彼女と目を合わせた。

その手にショットガンを押しつけ、ずらりと並んだ住民を見やった――まだ二十五人か三十人が残っていた。

「五分前には全員が下におりていてほしかったんだが」イーサンは言った。

「これだってそうとう急いだのよ」

「ベンとテレサはどこに？」

「もう下におりたわ」

「アビーが現われた」

ケイトが問いかけるような目で尋ねた。「ブラッドはどうしたの？」

「捕まったよ。本当にあと二分ほどでなんとかしないと、一巻の終わりだ」

住民は避難訓練を思わせる効率的な動きを見せていた——整然として、無駄話ひとつしていない。

悲鳴——人間と人間とはちがうもの両方の——が町全体に響く回数が増えはじめた。

イーサンは住民たちに向き直った。

「車に武器を積んできた。前世で銃器を所有したことがある者、どんなレベルでもいいから、なんらかの経験がある者はわたしについてきてほしい」

十人が列を離れ、イーサンを先頭にブロンコのうしろにまわった。

そのなかに、町のピアニストのヘクター・ゲイサーもいた。長身痩軀《そうく》、ごま塩頭の彼は白く塗った翼をつけていた。たおやかで、貴族を思わせる顔立ち。〝祭り〟に彼が選んだ衣装は、残忍な妖精を思わせるものだった。

「前世ではどんな銃を扱っていたんです、ヘクター？」

「毎年、クリスマスの朝になると、父とカモを狩りに行ったものだよ」

イーサンは彼にモスバーグを渡した。

「十二番径の弾を装塡してあります。慣れ親しんだ鳥撃ち用のやつより反動が大きいかもしれない」

ヘクターは銃床をつかんで受け取った——やわらかくしなやかな手に近距離用ショットガンが握られているのは、なんとも奇妙な光景だった。

イーサンは言った。「わたしとあなたでしんがりをつとめましょう。もう少し待っててください」彼は積みこんできた武器に向き直った。「まだリボルバー数挺とセミオート拳銃が残っている。誰がどれを使う?」

II

ピルチャー

十二年前

ウェイワード・パインズ

朝。

ある秋の日。

前世の空はこんな青ではなかった。見あげると紫色の空が広がっている。空気は澄みわたり、現実以上にリアルで、どの色もどぎついくらいに濃い。

ピルチャーは町に向かう道を歩いている。二週間前に舗装されたばかりで、まだタールのにおいがぷんぷんする。

真新しい看板の前を通りすぎると、作業員が〝楽園《Paradise》〟の最後の〝e〟を書いているところだ。完成すれば、〝ウェイワード・パインズへようこそ。楽園のふるさとへ〟の文言《もんごん》が躍ることになる。

ピルチャーは声をかける。「おはよう！　がんばっているな！」

「ありがとうございます！」

町の完成にはまだほど遠いが、平野部はずいぶんとひらけてきている。鬱蒼《うっそう》としていた木々は、通り沿いのものと前庭の陽よけになるものを残して、大半が切り倒された。

ミキサー車が重い音を響かせながら追い越していく。

遠くに進捗《しんちょく》状況が異なる建築途中の家々が見える。住宅用の部材は、仮死状態に入る前に加工しておいた。基礎工事がすべて終わり、作業は急ピッチで進んでいるようだ。家が形になりはじめ、日一日と町らしさを増している。

学校はそろそろ完成だ。

病院も三階までは骨組みができている。

ふと気がつくと、八番ストリートとメイン・ストリートの交差点になる予定の、均《なら》しただけで舗装していない角まで来ている。

遠くでのこぎりがうなる音や、間柱に釘を打ちこむバンバンという音があたり一帯に響く。

メイン・ストリート沿いに並ぶ建物はまもなく骨組みが完成するはずで、黄色みを帯びたマツ材が早朝の陽光を浴びて輝いている。

アーノルド・ポープがジープ・ラングラーに乗ってやってくる。

ピルチャーの右腕はジープを降り、悠然と近づく。

「進捗状況を見に来たんですか?」ポープは訊く。

「たいしたものじゃないか、え?」

「実のところ、かなり前倒しで進んでましてね。順調にいけば、雪が舞いはじめる前に百七十戸の住宅と建屋の外壁が完成する。つまり、冬のあいだは引きつづき、内装の作業ができそうですよ」

「では、テープカットはいつを予定すればいいだろうね」

「来年の春には」

ピルチャーはそのときを想像し、思わずほくそえむ——五月の暖かな日、谷間の町には花が咲き誇り、若葉の薄緑色と黄色が目に痛いはずだ。

再出発。人類の新規まき直し。

「第一陣の住民に事情をどう説明するかは決めましたか?」

ふたり並んで道路の真ん中を歩きながら、ピルチャーはオペラハウスになる予定の建物に組まれた足場に目をやる。

「言われてすぐはショックを受けるだろうし信じてもらえないかもしれないが、わたしのおかげでどのようなチャンスに恵まれたかを知ったらどう反応するだろうな」

「地面にひれ伏してあなたに礼を言うでしょうよ」ポープが言う。

ピルチャーは顔をほころばせる。

木材を運ぶ平床トラックが大きな音をさせながら追い越していく。

「きみならこのようなチャンスがあたえられた意味が理解できるかね？」ピルチャーは考え考え言う。「かつての世界では、われわれの存在はひどく軽かった。軽すぎるがゆえに、不満も多かった。自分が七十億人のうちのひとりにすぎなければ、きみはそこにどのような価値を見出す？　食べるものも着るものも、ほしいものはなんでもウォルマートに行けば揃うとしたら？　ありとあらゆる映画や高品質の娯楽に頭が麻痺《まひ》してしまったら、われわれの存在も役割も失われてしまうだろう」

「で、そいつはなんなんです？」ポープが質問する。

「そいつとは？」

「われわれの役割ですよ」

「種《しゅ》を絶やさないことだよ、もちろん。この地球を支配することだ。いつかはまた、それが実現できるときが来る。きみやわたしが生きているうちではないにしろ、いずれはそうなる。仮死状態から目覚め、わたしの町に住んでもらうことになる人たちにはフェイスブックもiPhoneもない。iPad、ツイッター、翌日配送もない。彼らはかつての人類がやっていた方法で交わることになる。顔と顔を合わせるという方法だ。彼らは自分たちが人類最後の生き残りであり、フェンスの外側には自分たちをむさぼり食おうとする化け物が何百万といることを知った上で生きていくことになる。そういった事実がわかっていれば、自分たちの命にははかりしれない価値があることを踏まえて生きていくはずだ。それこそが、われわれの究極の目標だとは思わないか？　自分が貴重な存在であると感じることが。価値ある存在だと感じることが」

自分の町――自分の夢――が目の前で産声《うぶごえ》をあげようとしているのを見て、ピルチャーの顔がほころぶ。

彼は言う。「ここはわれわれのエデンの園となるだろう」

ターナー家

ジム・ターナーは八歳になる娘の額《ひたい》にキスをし、ぽろぽろこぼれる涙をぬぐってやった。娘は訴えた。「でも、パパも一緒じゃなきゃいやだ」

「パパは戸締まりをしなきゃいけないんだよ」

「だって怖いんだもん」

「ママがそばにいるじゃないか」

「どうして外で悲鳴がするの？」

「どうしてだろうね」としらばっくれた。

「モンスターが来たんでしょ。学校で習ったもん。ピルチャーさんがあいつらからあたしたちを守ってるんだって」

「パパにはわからないな、ジェシカ。とにかく、おまえとママが危なくないようにしないといけないんだ。わかるね？」

幼い娘はうなずいた。

「大好きだよ、ジェシカ」

「あたしも大好き、パパ」

彼は立ちあがると、妻の顔を両手ではさんだ。真っ暗闇で見えないが、唇が震え、流れる涙で濡れているのがわかる。

彼は言った。「水と食べ物、懐中電灯は用意した」それから少し冗談めかしてつけくわえた。「用を足すための壺だってある」

妻は夫の首に手をかけ、耳に唇を押しつけた。

「こんなことはやめて」

「こうするしかないのはきみもわかってるだろう」

「地下室なら――」

「だめだ。板が長すぎてドアの幅におさまらない」通り一本はさんだミラー家から断末魔の叫びが聞こえた。「ここから出なきゃいけないときは――」

「あなたが出してくれるのよね」

「だったら万々歳だけどね。でも、ぼくがいない場合は、そこのバールを使え。扉と側柱のあいだに押しこむんだ」

「みんなと一緒に残ればよかった」

「たしかに。でも、ぼくらは残らなかったし、こうやってできるだけのことをしてるんじゃないか。寝室でどんな音がしてもクローゼットから出てはいけないし、音をたてるのも絶対にだめだ。もしもの場合は耳をふさげ。もしも――」

「その先は言わないで」

「なにがもしもなの、パパ」

「だめ、絶対に言わないで」

「愛してる、ふたりとも。さあ、もう扉を閉めるよ」

「いやだ、パパ！」

「静かにしなさい、ジェス」彼は声を小さくして言った。

ジム・ターナーは妻にキスをした。

娘にもキスをした。

それから、ラベンダー色をしたヴィクトリア朝様式の家の二階にある寝室のクローゼットにふたりを閉じこめた。

工具箱はすでにふたをあけた状態で床に置いてあった。

彼は懐中電灯をつけ、納屋から持ってきた端材から、手ごろな2×4材を一本選んだ。どれも、昨夏、犬小屋を建てたときの残りだった。

裏庭で作業をした、暑い午後……。

ミセス・ミラーの悲鳴が聞こえ、思い出は彼方へと追いやられた。

「いや、いや、いやー！　やめてー！」

ジェシカがクローゼットのなかで泣きだし、グレイシーが必死になだめている。

ジムは金槌《かなづち》を手に取った。まずは板の両端から取りかかった。ねじでとめたほうがいいのはわかっているが、時間がない。扉にマツ材をあて、釘を一本一本打ちこんでいく。

次から次へといろいろなことを考えた。

保安官の話を頭のなかで繰り返し再生したが、どうしても理解できなかった。

この町の住民が唯一残った人類だなんてことが、本当にありうるのか？

四枚の板を打ちつけ終えたときには、通りの向こうのミラー家はすっかり静かになっていた。

金槌を放り出し、額をぬぐった。

汗だくだった。

膝をつき、クローゼットの扉に唇をつける。

「ジェシカ？　グレイシー？」

「聞こえるわ」妻の声がした。

「板を打ちつけたよ」ジムは言った。「ぼくはこれから隠れるところを探す」

「気をつけて」

彼は扉に手をぴったりとあてた。

「ふたりとも、心から愛してる」

それに対し、グレイシーがなにか言ったが、聞き取れなかった。かすれているうえにか細く、涙で切れぎれの声だった。

ジムは立ちあがり、懐中電灯と金槌——工具箱のなかでいちばん武器になりそうなのがそれだったのだ——を手に取った。

寝室のドアまで行くと、錠をあけ、外に出てそっと閉めた。

廊下は真っ暗だった。

この半時間ほどは大声や悲鳴がずっと聞こえていたから、あまりに静かだと、嘘くさくてかえって落ち着かない。

どこに隠れよう？　どうやって命を守ればいい？

階段のおり口で足をとめた。明かりをつけたい気持ちもあったが、そんなことをしたら敵の注意を惹《ひ》きかねない。

手すりを頼りに、ギシギシいう階段をゆっくりとおりた。居間は漆黒の闇に閉ざされていた。ジムは玄関のドアの前に立った。サムターンをまわして錠をおろしたが、あまり意味がないような気もする。実際に自分の目で見たが、連中は窓を割って入っていたからだ。

なかにいるべきか。

外に行くべきか。

ドアの反対側を引っかくような音がした。

のぞき穴から外をうかがった。

街灯はついていないが、外の様子は見てとれた。道路と杭垣と車が、わずかな星明かりにほんのり照らし出されている。杭垣から玄関までつづく敷石のアプローチを、三体の〝あれ〟がゆっくり近づいてくるのが見えた。

さっき二階の寝室の窓から通りをものすごいスピードで移動していく姿をちらりと見たが、こんな近くで見るのははじめてだ。

どれもジムほど背は高くないが、筋肉のつき方が尋常でなかった。

まるで――

モンスターの着ぐるみを着た人間のようだった。

指のかわりの鉤爪と嚙《か》みちぎるのに特化した歯を持ち、振りあげた腕は、身体のバランスからして長すぎる。なんと、脚よりも長いくらいだ。

ジムは祈るときのような小声でつぶやいた。「おまえらはいったい何者なんだ」

連中はポーチまで来ていた。

その瞬間、全身が恐怖にすっぽり包まれた。

ジムはドアからあとずさると、ふたたび闇のなかを移動し、ソファとコーヒーテーブルのあいだを抜け、キッチンに飛びこんだ。流しの上の窓から射しこむ星明かりがリノリウムの床を照らしてくれ、おかげで足もとがよく見える。

カウンターに金槌を置き、ドアのわきのフックから裏口の鍵を取った。

鍵を錠前に挿そうとしたとき、玄関になにかが激しくぶつかった。

ドアが粉々に壊れ、錠を揺さぶるほどのいきおいだった。

ジムは鍵をまわし、デッドボルトを引っこませた。

裏口のドアを乱暴にあけた瞬間、玄関のドアが叩きやぶられた。

化け物たちがまず目にするものといったら、二階に、寝室に、妻と娘が隠れているクローゼットにつづく階段だ。

ジムは数歩戻ってキッチンに入り、声を出した。「なにやってる、おまえら。こっちだ！」

鼓膜が破れそうなほど甲高い声が家じゅうに響きわたった。

目にはなにも見えないが、化け物がテーブルや椅子を踏みつけ、自分のほうに近づいてくるのが音でわかる。ジムはがむしゃらにキッチンを抜け、外に出てドアを閉めると、一段だけのステップをおり、真四角の芝生におりた。

犬小屋を通りすぎた。

フェンスに向かう。

うしろでガラスが割れる音がした。

路地に出る門の手前で振り返った。一匹はキッチンの窓から出るところで、残りの二匹は裏口のドアに身体をぶつけはじめていた。

ジムは掛け金をはずし、肩で門を押した。

イーサン

アビーの鳴き声が一ブロック以内にまで近づいたころ、イーサンは開口部から下におり、跳ねあげ戸の裏面の取っ手をつかんで閉めた。トンネル内は集まった百人もの声が反響し、アビーの声をかき消してしまうほどやかましかった。

イーサンは手探りしたが、扉のこちら側には錠にしろなんにしろ、上の世界からトンネル内を守る手段はなかった。

はしごの二十五の横木をくだり、十本ほどのたいまつで煌々《こうこう》と明るいトンネルの底に降り立った。

そこは幅、深さとも六フィートほどの崩れかけたコンクリートの暗渠《あんきょ》で、ところどころ飛び出ている木の根や蔓《つる》は二千年前からあるものだ。町の地下を走るこのトンネルは、墓地をべつにすれば、二十一世紀のウェイワード・パインズから唯一残った構造物と言っていい。

じめじめと寒く、相当に古かった。

住民は一列に並んで、背中を壁にあずけていた。まるで、やりたくもない訓練のために集められた小学生のようだ。緊張。不安。身震い。いま起こっていることを頭から否定するように、目を大きく見ひらく者もいれば、呆然《ぼうぜん》とした表情の者もいた。

イーサンはケイトがいるところまで小走りした。

「全員がおりた？」彼女は訊いた。

「ああ。先導を頼む。ヘクターとわたしとでしんがりをつとめる」

イーサンは唇に指をあて、静かにするよううながしながら、列を引き返した。

妻子のそばまで来たときには、テレサと目を合わせ、ぎゅっと手を握ってから先を急いだ。

最後尾近くまで来ると、すでに列は動きはじめていた。

イーサンはたいまつを持つ者のなかで、いちばんうしろにいた女性をわきに引っ張った。週末に〈ビアガルテン〉でバーテンダーをしている女性だった。名字はわからないが、マギーという名前のはずだ。

「なんでしょう？」

彼女は若く、怯《おび》えていた。

イーサンは言った。「たいまつをしっかり持っていてくれ。名前はマギーだったね？」

「はい」

「わたしはイーサンだ」

「知ってます」

「さあ、行こう」

列の動きは全体としてゆっくりすぎ、イーサン、ヘクター、マギーの三人がうしろ向きに歩いても置いていかれる心配はなかった。たいまつの炎が崩れかけたコンクリートで踊り、いま来た道四十フィートほどのがらんとしたトンネルを照らし出した。壁だけが炎で明るく、中心部分は不気味なほど暗かった。

水を跳ねあげる足音と押し殺した何人かの声のほかには、音らしい音はほとんどしない。歩きながら、イーサンはテレサとベンのことをぼんやり考えていた。ふたりはほんの五十フィートほど前方にいるが、このような状況ではたとえ少しでも離れていたくなかった。

一行は合流点に達した。

マギーのたいまつが合流するトンネルをちらりと照らした。

一瞬、悲鳴が闇を突いて聞こえた気がしたが、一行が歩く音にまぎれ、すぐに聞こえなくなった。

「わたしたち、無事に着けるかしら？」マギーが訊いた。

声が震えていた。

「ああ」イーサンは答えた。「すぐに安全なところに行ける」

「寒いわ」

彼女は〝祭り〟の衣装としてビキニの上からレインコートをはおり、ボア付きブーツを履いていた。

「これから行くところには暖炉がある」

「わたし、怖いの」

「きみはりっぱにやってるよ、マギー」

合流点をふたつすぎたのち、一行は右に折れてべつのトンネルに入った。闇に吸いこまれるようにのびている古い鉄ばしごのところまで来ると、イーサンは足をとめた。

「なんの音だろう？」ヘクターが訊いた。

イーサンはマギーに目を向けた。「ちょっとたいまつを貸してくれ」

「どうして？」

イーサンはたいまつをひったくり、かわりにショットガンを渡した。

片手をはしごの段にかけ、もう片方の手でたいまつを持ってのぼった。

十段のぼったところで、下からヘクターの声が届いた。

「イーサン、文句を言うわけじゃないが、これじゃなんにも見えない」

「一分で戻る」

「なにをしてるの？」マギーが声を張りあげる。涙声なのはわかったが、それでものぼりつづけると、やがて頭が跳ねあげ戸にぶつかった。はしごの最上段をつかみ、炎が顔を熱くするのもかまわず跳ねあげ戸をたいまつで照らした。

マギーとヘクターがまだ呼びかけている。

ゆっくりと跳ねあげ戸をあけた。

トンネル内にくらべれば、星明かりに照らされた町は真昼のように明るかった。

イーサンにはしごをのぼらせた音は悲鳴だった。

人間の悲鳴だった。

目に飛びこんできた光景は想像を絶していた。

人々が通りの真ん中を駆ける姿は、それだけでも《サタデーイブニングポスト》誌の表紙を飾ってもおかしくないが、そのうしろから、夜なので透明に見える青白い化け物の群れが二本脚で、あるいは飛ぶように走るオオカミのように四本脚で追いかけていた。

とてもいっぺんには理解しきれない。

トラウマになりそうな光景の連続だった。

手前の家の正面窓から一匹のアビーがもぐりこみ、悲鳴があがる。

三匹のアビーに追いかけられた〝祭り〟の役員は、覚悟を決めてマチェーテで切りつけようとしたが、先頭のアビーの鼻先をかすめただけに終わり、けっきょく残りの二匹に組み伏せられる。

三十ヤード離れたところでは、一匹のアビーがくねくねとした腸を引っぱり出し、それを自分の口に詰めこんでいる。鉤爪で押さえつけられた男から最期の声が――おぞましい断末魔の叫びだった――あがる。

メイン・ストリートの真ん中では、大型のアビーがミーガン・フィッシャーに馬乗りになって残虐《ざんぎゃく》のかぎりを尽くしている。

メイン・ストリートにはすでに十人以上が散らばり、その大半は自分のはらわたや血でできた海のなかでぴくりとも動かなかった。ふたりは這うのもやっとという状態で、三人はちょうどいま、生きたまま食われているところだ。

ホラーゲームさながら、誰もがばらばらの方向に逃げていた。

イーサンは地上にあがって救いの手を差しのべたくなった。命を救いたかった。たとえひとりでも。化け物を一匹でも殺したかった。

しかし、そんなことをしたら一巻の終わりだ。

ショットガンすら手もとにない。

いま襲われている人たち——ウェイワード・パインズの住民の四分の一にあたる——は、跳ねあげ戸に向かう途中で襲われたのだろう。

数本のマチェーテ以外、なんの武器も持たずに。だが、全員が武器を帯びていたところで、どんな違いがあっただろう。地下トンネルの存在を知られたら、イーサンたちのグループはどうなる?

そう思ったとたん、背筋が凍った。

家族のことを考えろ。

ふたりはいま、この下にいる。

ふたりはおまえを必要としているんだ。

ふたりのためにもおまえは死ぬわけにはいかない。


「イーサン！」マギーが大声で呼んだ。「早く行きましょうよ！」

地上に目をやると、ひとりの男が猛然と走っていった。人があんなにも必死に走るところなど、いままで見たことがなかった。あれだけのスピードとパワーは、想像を絶する死がすぐそばまで迫っていなくては、とても出せるものではない。

男のあとをアビーが四つ脚で追いかけ、その距離はぐんぐんとせばまっていた。男がうしろを振り返ったとき、イーサンはすぐに町の歯科医、ジム・ターナーだと気がついた。

二匹めのアビーが猛然とぶつかっていき、そのすさまじい衝撃でジムの首はぽきりと折れた。

どうしても考えないわけにはいかなかった——このわたしが事実を暴露しなければ、と。ケイトとハロルドの処刑をつづけさせ、いままでどおりにしていたら、と。そうすれば、この人たちはいまここで死なずにすんだはずだ。

イーサンはそろそろと跳ねあげ戸をおろし、はしごをおりはじめた。

下で待つマギーは半狂乱で、ヘクターが必死になだめていた。

イーサンははしごをおり切ると、たいまつと銃を交換した。「さあ、行こう」

三人は早足でトンネルを進んだ。ほかの住民の姿はすっかり見えなくなっていた。

「上でなにが起こってるの？」マギーが訊いた。

イーサンは言った。「べつのグループのひとつが地下にもぐれなかったんだ」

ヘクターが言った。「だったら、助けなくては」

「助けるのは無理だ」

「それ、どういう意味?」マギーが訊いた。

遠くにたいまつの炎がかすかに見え、イーサンは歩調を速めた。

「このメンバーを安全な場所まで連れていくことだけを考えよう。ほかはさておいても」

「みんな殺されてたの?」マギーは訊いた。

「そうだ」

「何人くらい?」

「おそらく、最終的には全員だと思う」

リチャードソン夫妻

ボブ・リチャードソンは一九八二年型オールズモビル・カトラス・シエラの運転席にすわり、妻のバーバラが隣の助手席に乗りこむのを待ってエンジンをかけた。

「こんなの無謀だわ」バーバラは言った。

ボブはギアを入れ、暗い通りにゆっくりと車を出した。

「ならきみの考えを言ってほしいね。やつらが押し入ってくるのを家でじっと待つつもりなのか？」

「ヘッドライトがついてないわよ」

「わざとそうしてるんだ、ダーリン」

「あいつらにエンジン音が聞こえないとでも思ってるの？」

「ちょっとは黙って、運転に専念させてくれ」

「勝手にすれば。町から出る道なんかないんだから、ぐるっとまわって終わりよ」

車は一番アベニューに折れた。

口に出して言うつもりも、行動で示す（ヘッドライトをつけるということだ）つもりもないが、本当に真っ暗だった。この暗さをヘッドライトなしで運転するのはたしかに無謀だ。ハンドルを握るのは何カ月かぶりで、腕はすっかりなまっていた。

保安官事務所の前を通りすぎた。

ウィンドウをきっちり閉めていたから、町のそこかしこであがる悲鳴も車内の張りつめた沈黙を壊すにはいたらなかった。

ほどなく車は町はずれに達した。

ウィンドウから外をのぞくと、牧草地でなにか動きまわっている。

「あいつらだわ」バーバラが言った。

「わかってる」

彼女は手をのばして、ヘッドライトをつけた。一対の光線が牧草地をぱっと照らした。何十頭という牛が内臓をあらわにして倒れ、そこに化け物が群がってがっついていた。

「ばかなまねはよせ、バーバラ！」

化け物が一斉に獲物から顔をあげた。血だらけの口がハイビームを受け、てらてら光っている。

ボブは力いっぱいアクセルを踏みこんだ。

車は見送りの看板の前を通りすぎた――いかにも一九五〇年代風の家族がにこやかに手を

振っている。


ウェイワード・パインズをお楽しみいただけましたか？

いつでも歓迎です！　またおいでください！


道路は森林地帯に入った。

ボブはハイビームを消し、コーナーについているフォグランプに切り替えた。それでも、黄色の二重線をまたぐ恰好で走るには充分な明るさだった。

マツ並木の道路を霧が流れていく。

ボブはしきりにバックミラーに目をやったが、テールランプで赤く染まった道路がスクロールしていくだけだ。

「もっとスピードを出して！」バーバラが言った。

「無理だって。この先はヘアピンカーブになってるんだから」

バーバラは座席のあいだをよじのぼって後部座席に移り、うしろ向きに正座してウィンドウの外に目をこらした。

「なにか見えるか？」ボブは訊いた。

「ううん。わたしたち、これからどうするの？」

「決めてないが、少なくとも町はずれにいるから、惨事からは逃れられた。奥のひっそりしたほうに車をとめるとするか」彼は言った。「そこで騒ぎがおさまるのを待つのはどうだ？」

「でも、おさまらなかったらどうするのよ？」

バーバラの疑問が黒雲のようにふたりのあいだに垂れこめた。

町を出る道がカーブしはじめると、ボブは時速二十マイルを超えないよう注意して、カーブする方向にハンドルを切った。

バーバラは後部座席で泣いていた。

「あの人があんな話をしなければよかったんだわ」

「なにを言ってるんだ？」

「バーク保安官よ。こんなことになったのも、あの人が真相とやらを教えてくれたせいなのよ」

「まあ、そうだな」

「べつにここが気に入ってたなんて言うつもりはないわ。でもね……」バーバラは洟《はな》をすすった。「お金のやりくりで苦労しなくてすんだわ。ローンの支払いだってそう。せっかくふたりでパン屋を始めたっていうのに」

「ここでの暮らしにすっかり慣れたってわけだ」

「そういうこと」

「だが、過去の話はできなかったぞ」ボブは言った。「友だちとも家族とも会えなかった。

きみとも強制的に結婚させられた」

「結婚生活はそう悪くもなかったわよ」

ボブは黙ってカーブの突端をまわった。

町から遠ざかる道は、町へ向かう道に変わった。

歓迎の看板の前に差しかかると、ボブはアクセルをゆるめた。

まっすぐ前方に、闇に包まれたウェイワード・パインズが広がっている。

車をとめ、エンジンを切った。

「ここで様子を見るの?」「バーバラが訊いた。

「さしあたり」

「走りつづけてるほうがよくない?」

「あまりガソリンがないんだよ」

バーバラはシートを乗り越え、助手席に戻った。

「あそこでは人が次々に死んでるのね。いまこのときにも」

「そうだな」

「まったくあの保安官ときたら」

「おれは、ああしてくれてよかったと思ってる」

「なんですって?」

「よかったと思うと言ったんだ」

「ちゃんと聞こえてるわよ。そうじゃなくて、どうしてかってこと。ご近所さんが無残な殺され方をしてるのよ、ボブ」

「おれたちは奴隷《どれい》だった」

「で、いまは勝ち取った自由を謳歌《おうか》してるってわけ？」

「どうせ死ぬんだ、本当のことがわかってよかった」

「あなた、怖くないの？」

「びびってるさ」

ボブはドアをあけた。

「どこに行くの？」バーバラが訊いた。

車内灯が目に痛かった。

「しばらくひとりになりたいんだ」

「わたしは降りないわよ」

「そういうつもりで言ったんだ、ダーリン」

イーサン

自分のグループに追いつくにつれ、地上で目にしたものと、自分たちが無事にトンネルにおりられた事実との差が胸のうちでどんどん大きくなっていった。バトルになるか否《いな》かは運命や偶然で決まる——たとえば、右でなく左に進んでいたら、弾は友ではなく自分の目を射貫いていたというような——という、胸が悪くなるほどのでたらめぶりをあらためて思い知った。ケイトがべつの入り口へとこの一行を導いていたら、メイン・ストリートで惨殺されていたのはイーサンと妻子だったかもしれないのだ。いま彼は、ミーガン・フィッシャーを頭から追い払おうと、むなしい努力をつづけていた。イラクで無数の死と破壊行為を目にしてきた経験から、気の毒なミーガンの姿が今後何度も夢に出てくるのはわかっている。そして、これから先ずっと自問しつづけることも——なりふりかまわず外に飛び出していたらどうなっていただろう？　ミーガンを襲った化け物を殺していたら？　彼女の命を救ったとしたら？　トンネルまで連れて戻れたら？　頭のなかで何度も何度も再生するうち、その場面が妄想でぱんぱんに膨《ふく》れあがってしまいそうだ。道の真ん中でアビーに組み敷かれているミーガンに代わるものならなんでもいい。イラク戦争の記憶のなかにはいまも引きずっているし、これからも引きずることになるものがある——理不尽な苦悩と苦痛の記憶だ。

さっきのあれは、それらを凌駕《りょうが》していた。

イーサンたちが列の最後尾に追いついてみると、一行はべつのトンネルに入っていくところだった。

人類の四分の一が消滅した。

前方の行列に目をやると、ぼんやりとした光のなかにテレサの後頭部が見えた。

妻とベンのそばにいなくてはという気持ちが一気に湧きあがる。

通りに見えたミーガンの姿。

やめろ。

泣き叫ぶミーガン。

やめろ。

ミーガン——

耳をつんざくような遠吠えがひとつ、トンネル内に響きわたった。

マギーとヘクターが足をとめた。

イーサンはショットガンをかまえた。

マギーの手のなかのたいまつが激しく揺れはじめた。

イーサンは行列のほうに視線をやった。

全員の足がとまっていた——誰もがあの声を聞き、首をのばし、真っ暗なトンネルをじっと見つめている。

イーサンは一行に向けて言った。「歩きつづけるんだ。なにがあってもとまるな。さあ、行こう」

行列は再出発した。

五十フィートほど進んだところでマギーが言った。「なにか聞こえる気がする」

「どんな音かな?」ヘクターが訊いた。

「なんか……ざぶざぶいってる感じ。水がたまってるところを歩いてるみたいな」

「前の人たちが歩いている音だろう、それは」

マギーは首を横に振って暗闇を指差した。「あっちから聞こえるの」

イーサンは言った。「ちょっと待ってくれ。ほかの人たちを先に行かせよう」

最後尾が遠ざかると、イーサンは暗闇に目をこらした。今度は彼にも聞こえたが、歩いている音ではなかった。

走っている音だった。

口のなかがからからに渇き、ふと気づくと、心臓が胸郭《きょうかく》を乱暴に叩いていた。

「そろそろ、銃をかまえたほうがよさそうだ、ヘクター」イーサンは言った。

「お出ましか?」

「お出ましだ」

マギーが数歩あとずさった。

イーサンは言った。「怖いのはわかるが、わたしたちを照らしていてくれないと困るんだ、マギー。トンネルをやってくるのがなんであれ、その場を動かないでほしい。きみが逃げたら、わたしたち全員が死ぬことになる。いいね？」

水を跳ねあげる音がしだいに大きく、近くなった。

「マギー？　わかったかい？」

「ええ」彼女は泣きそうな声を出した。

イーサンはショットガンに給弾した。

「ヘクター、安全装置の解除は？」

「してある」

イーサンは首を振り向け、大勢のなかからテレサとベンを見つけようとしたが、もうかなり遠くまで行っているらしく、おまけに明かりが頼りにならない。

黒い合成樹脂のストックを肩に食いこませ、銃身ごしにねらいをさだめた。照準器は自己発光性トリチウムを使っているので、暗いなかでもはっきり浮かびあがる――やわらかな緑の点が三つ。

イーサンは言った。「きみのはスラッグ弾で、鹿弾《しかだま》じゃないからな」

「つまり、散らばって飛ばないんだね」

「そういうことだ。正確に頼むよ」

「弾が切れたらどうすればいい？」

「その場合は、あそこの橋を渡って——」

〝それ〟は闇のなかから猛然と飛び出し、驚くべきスピードを維持しながら四つ脚で突っこんできた。

グレイハウンド犬並みの速さだ。

イーサンはねらいを定めた。

ヘクターが発砲した。

銃口がはなつ閃光《せんこう》で周囲がぱっと明るくなり、イーサンは目の前が一瞬見えなくなった。ふたたび見えるようになったときには、アビーはまだ接近中で、その距離二十フィート、時間にして二秒というところだった。

マギーの息が荒くなった。「助けて神様、助けて神様、助けて……」

イーサンも発砲した。反動で銃床が肩に食いこんだ。閉鎖された場所でショットガンを撃つのは、大砲を発射するのにもひとしかった。

撃たれたアビーは後頭部の大半を吹き飛ばされ、イーサンのブーツから三フィート離れた場所に倒れた。

ヘクターが言った。「やったな」

耳鳴りのせいで、ヘクターの声がくぐもって聞こえた。

三人は小走りで列の最後尾を追いかけはじめた。すでにかなり遠ざかり、火明かりが小さな点となって見えるだけになっていた。正常に戻ったイーサンの耳が、トンネル内にこだまするべつの遠吠えを聞きつけた。

「急ごう」

水のなかを移動するアビーの足音が、じりじりと近づいてくるのがわかる。

何度も何度も振り返ったが、いっこうになにも見えてこない。

三人はマギーを先頭に、イーサンとヘクターが並ぶ恰好で、何歩かごとに肘を触れ合わせながら、ひたすら走った。

道が交差しているところを突っ切った。

右を走るトンネルから聞こえてくるのは悲鳴、絶叫、泣き叫ぶ声——

ハロルド・バリンジャー

はじめは、うしろにいる人たちから大声があがった。

暗闇につぎつぎとあがる悲鳴。

人間の声。

人間ではない声。

「――走れ、走れ、とにかく走れ――」

「――大変だ、やつらがここにも――」

「――助けて――」

「――やめろ、やめろ、やめてくれ――」

巨大な力が行列を貫いたかのように、人がばたばたと水のなかに倒れていく。

助けを求める声がいっそう大きくなる。

苦悶《くもん》の声も。

あっと言う間の出来事だった。

ハロルドはくるりと向きを変えて引き返そうとしたが、引き返しようがなかった。たいまつはすべて消えていた。あるのは闇と悲鳴だけ――大音響がトンネルの壁に反射する――で、きっと地獄もこんな音がしているのだろうなどと考えた。

隣のトンネルで銃声がした。

ケイト？

ティファニー・ゴールデンが大声で彼を呼んだ。彼を含めた全員に、早く来るよう怒鳴っている。急いで。そんなところに突っ立ってちゃだめよ。

ティファニーは三十フィートほど前方にいて、唯一残ったたいまつを手にしていた。

人々がハロルドを押しのけていく。

誰かの肩がぶつかり、彼はもろくなったコンクリートの壁に叩きつけられた。

死にゆく者たちの叫びが近くなる。

走りはじめたハロルドを女性ふたりが両脇からはさみ、彼のわき腹に肘鉄《ひじてつ》を食らわせながら追い抜くと、遠ざかる火明かりに向かっていった。

そう遠くまで行かなくていいはずだ。せいぜい三百か四百ヤードも走れば、トンネルが終わって森に出られる。

無事に出られれば、半分くらいは――。

はるか前方で悲鳴があがり、同時にたいまつが消えた。

たちまち訪れる真っ暗な闇。

悲鳴の大きさが三倍に跳ねあがる。

周囲にパニックが広がっていくのがわかる。

そのうちのいくらかは、ハロルド自身のものだ。

彼はなぎ払われ、流れる水に倒れこんだ。脚を踏まれ、上半身も踏まれた。起きあがろうとすると、またも押し倒され、邪魔だとばかりにまたがれ、なかには頭を踏みつけていく者もいた。

横に転がって道をあけ、どうにかこうにか立ちあがった。

真っ暗ななか、なにかがわきをかすめた。

それは強烈な腐臭を放っていた。

数フィート前方から、骨と軟骨を噛み砕く音を突いて、助けを乞う男の声がした。

信じられない出来事に、度胸が一瞬にして萎《な》えた。

逃げなくては。

とにかく走れ。

隣の不運な男が静かになり、化け物が仕留めた獲物をむさぼり食う音だけが聞こえてくる。

なぜこんなことになったのか。

くさい息が顔にかかる。

数インチ離れたところで、低いうなり声があがりはじめた。

「やめてくれ」

突然、喉が熱を持った。胸のあたりがじっとりと生温かい。まだ息はできるし、痛みはまったく感じないが、首から大量の血が噴き出している。

すでに頭が朦朧《もうろう》としていた。

ハロルドが冷たく流れる水にくずおれるのを待っていたかのように、化け物が腕のひと振りで腹をかっさばいた。

アビーに食われはじめたときには、ぼんやりとした鈍い痛みがあるだけだった。

死にゆく怯えた者たちがうめき、すすり泣く声がそこらじゅうから聞こえてくる。

暗いなか、人々が安全な場所をめざして彼のそばを走りすぎていく。

彼は声をあげなかった。

抵抗しなかった。

ショックと失血と外傷と恐怖で身動きできなかった。

まさか、こんなことが自分の身に降りかかるとは。

化け物はうしろの鉤爪でハロルドの脚を、前の鉤爪で両腕をコンクリートに押しつけ、何日も餌《えさ》にありついていない獣のようにがつがつと食べている。

いまのところ、これといった痛みは訪れてこない。

自分はついているようだ、と思う。

本当の痛みに襲われるころには死んでいるだろう。

イーサン

――まぎれもない人間の苦しみと恐怖。
阿鼻叫喚《あびきょうかん》。
イーサンは大声で叱咤《しった》激励《げきれい》した。「足をとめるな！　歩きつづけろ！」
隣のトンネルでべつのグループが襲われているのだろうか、という考えが頭をよぎる。
思ってもいなかった。
ここで襲われるとは。
化け物どもに追いつかれ、他人を踏み越えて逃げようとする人たち。
たいまつが水に没する。
ジュッという音をたてて火が消える。
闇のなかでむさぼり食われる。
前方に目をやると、イーサンのグループのたいまつが見えなくなっていた。

イーサンは肩で息をしながら訊いた。「みんなどこへ行ったんだ?」

「わからない」ヘクターが言った。「たったいま、光が消えてしまって」

足もとの流れはすでにいきおいを増し、ふたりは冷たく吹きつける風に向かって進んでいた。

トンネルを出るとそこはごつごつした河床で、一瞬、アビーの声が白く泡立つ水の大音響に取って代わった。近くにあるはずだが、暗いせいで見えなかった。

斜面を見あげると、たいまつは森に向かって進んでいた。

イーサンは、ほらあそこだとヘクターとマギーに身振りで伝えた。「光のあとを追え」

「きみは行かないのか?」ヘクターは訊いた。

「すぐに追いかけるよ」

アビーの甲高い鳴き声が滝の轟音《ごうおん》を貫いた。

「行け!」イーサンは言った。

ヘクターとマギーは木が鬱蒼《うっそう》としているほうに向けて出発した。

イーサンは装弾チューブに新しい弾をこめると、土手を数フィートのぼってたいらな場所を見つけた。じょじょに目が慣れてきた。木々のシルエットも、遠くにある滝も見分けられた。

トンネルで全力疾走したせいで太ももが張り、寒いはずなのに下着は汗でぐっしょり濡れている。

一匹のアビーがトンネルから猛然と飛び出し、河床でとまった。

これまでとはちがう風景に目をきょろきょろさせている。

イーサンと目が合った。

これでも食らえ。

アビーの頭がぴくりと横を向いた。

弾は胴体をとらえ、アビーは流れる水のなかに仰向けに倒れた。

トンネルからさらに二匹がいきおいよく飛び出した。

そのうちの一匹が死んだ仲間のもとに駆け寄り、脈打つような低い鳴き声を発した。

もう一匹は四つん這いでごつごつした斜面を駆けあがり、イーサンに向かってまっしぐらに突き進んだ。

イーサンはこめた弾を送りこみ、そいつの歯に一発見舞った。

それが倒れたときには、もう一匹がそのすぐうしろまで迫り、さらに二匹がトンネルから飛び出してきた。

イーサンは次弾を送りこんで発砲した。

あとから出てきた二匹が迫る一方、そのうしろから、さらなる鳴き声があがった。

イーサンは腹への一発で一匹倒したが、もう一匹は頭を撃ちそこねた。

また弾を送りこむ。

至近距離で発砲し、今度は首のすぐ下にぶちこんだ。

血しぶきが目にかかる。

顔をぬぐっていると、べつのアビーが参戦した。

イーサンは弾を送りこんでねらいをさだめ、引き金をしぼった。

カチリ。

くそ。

アビーはその音を聞きつけた。

飛びかかった。

イーサンは弾切れしたショットガンを投げ捨て、デザートイーグルを抜き、敵の心臓に一発撃ちこんだ。

あたりが硝煙でもやり、イーサンの心臓はまだ動いていたが、トンネルからはまだ甲高い声が聞こえてくる。

もう逃げるしかない。

拳銃をホルスターにおさめ、ショットガンを拾いあげると、岩と泥の斜面を這いのぼった。

木が密生しているところにたどり着いたときには、汗が目に入ってしみるように痛かった。

光はかなり遠くなっていた。

後方からは甲高い鳴き声。

ショットガンを肩にかけて、走った。

一分後、アビーの声に変化があった。

トンネルを出てきたのだ。
それも大勢。
イーサンは振り返らなかった。
先を急いだ。
ひたすらのぼりつづけた。

III

アダム・トバイアス・ハスラー

ハスラーによる遠征
ワイオミング州北西部
六七八日前

あざやかな色の藻《も》が岸を縁取り、溶融した地下からミネラル分豊富な湯が湧きあがっている。硫黄《いおう》などの鉱物のにおいがぷんぷんする。

ハスラーは雪が舞い落ちるなかで裸になり、悪臭を放つダスターコートで脱いだものと装備を隠す。急ぎ足で草むらを抜け、音をたてぬよう池に浸かり、満足の声を漏らす。中央付近は深く、透明で、空のように青い。

岸から遠くないところに深さ一フィート半ほどの場所を見つけ、ゆるやかに傾斜しているすべすべの細長い岩に寝そべる。

純粋であけっぴろげな喜び。

こういうときのためにあるような感覚。

雪が降りしきるなか、四十度ほどの湯に身を横たえていると、まぶたがしだいに重くなって、ささやかな幸福感ではちきれそうになり、人間らしいとはどんなことかをしみじみと思い出す。便利で安らげる文明社会での暮らしを。絶えず死の恐怖に怯える必要のない社会での暮らしを。

しかし、いま自分がどこにいて、何者で、なぜここにいるかは常に意識している。張りつめた声——八百日以上も荒野で生きてこられたのはこの声のおかげだ——が、こんなところで湯に浸かるのは愚の骨頂だとささやいてくる。判断が甘く、無謀にすぎると。ここはスパではない。アビーの群れがいつ何時《なんどき》現われるか知れたものではない。

いつもなら何事にも注意深いが、この池は天の恵みにほかならず、ここでしばらく過ごせば、これからの数週間を乗り切れる気がする。それにこんな吹雪《ふぶき》では地図もコンパスもなんの役にも立たない。悪天候が過ぎ去るまでは身動きできそうにない。

もう一度目を閉じ、雪片がまつげに落ちるのを感じる。

遠くで、クジラが潮を吹くような音がする——小さな間欠泉が噴きあがる音だ。

頬がゆるむのを感じ、自分でもびっくりする。

ここをはじめて見たのは、両親の家の地下室にあった『ブリタニカ百科事典』のXYZの巻の、色褪せたカラー写真でだった——一九六〇年代の観光客が、オールド・フェイスフル（イエローストーン国立公園にある間欠泉）がミネラルを含む熱湯を噴きあげるのを板張りの遊歩道から見学している写真だった。

少年のころから、ここを訪れるのが夢だった。まさかこんな形でイエローストーンをはじめて訪れることになるとは、夢にも思っていなかった。

二千年後、世界が地獄と化してしまったあとに。

片手でつかめるだけの砂利をつかみ、防弾着のように肌に積もった汚れをこすり落とす。池の真ん中は頭がもぐるほどの水深があり、彼は湯に全身を浸ける。何カ月かぶりでさっぱりすると、池からあがり、霜で真っ白になった草むらに腰をおろし、身体を冷やす。

肩から湯気が立ちのぼる。

のぼせたせいで、頭がぼんやりしている。

草むらの向こうに常緑樹が幽霊のように立っているが、湯気と雪のせいでほとんどそれとわからない。

そのとき——

低木だと思ったものがのっそり動きはじめる。

心臓がとまりそうになる。

彼はすわり直し、目をこらす。

どのくらい離れているか正確にはわからないものの、百ヤード以内であるのはたしかだ。この距離だと、四つん這いの人間とまちがいやすいが、地球上にはもう人類は存在しない。少なくとも、ウェイワード・パインズの周囲にめぐらされたレーザーワイヤーつきの電気柵の外には。

まあ、正確に言えばひとりだけいる。

ハスラー自身だ。

影が近づいてくる。

嘘だろ。

影は複数ある。

全部で三匹。

ばかめが。

素っ裸なうえ、最良の防御手段――三五七ロ径――は、池の遠いほうの側に置いたダスターコートのポケットのなかだ。

だが、たとえスミス&ウェッソンがあっても、雪嵐で視界がきかないなか、至近距離にアビーが三匹いたら、とてもじゃないが安心できない。こっちが待ちかまえていて、もっと遠くにいる時点で気づいていれば、ウィンチェスターで一、二匹は倒せたかもしれない。そして最後の一匹にはリボルバーで頭に一発お見舞いすればいい。

そんなことをつらつら考えていてもしょうがない。

三匹が池のほうに向かってくる。

ハスラーは音をたてないよう、そろそろと湯にもぐり、首まで浸かる。湯気が邪魔して、やつらの姿はほとんど見えないが、向こうも同じように視界がきかないことを祈るしかない。

アビーがじりじりと近づき、ハスラーは目まで湯に浸かる。

メスの成体が一匹と、ひょろっとした若い個体が二匹で、若いのはどちらも体重が百二十ポンドほど——この程度でも殺傷能力は充分もっている。もっと小さなやつがりっぱに成長したバイソンを倒すのを見たことがある。

メスのほうは若い二匹を足したくらいの大きさだ。

六十フィート離れたところで見ていると、母親がハスラーの服と装備の山があるところで足をとめる。

ダスターコートに鼻を近づける。

若い個体が横に並び、まねをしてにおいを嗅ぐ。

ハスラーは鼻が水面の上に出るまで、数ミリほど上昇する。

長々と肺全体に行き渡るように息を吸うと、ふたたびもぐり、全身が沈む程度まで肺から息を吐き出す。

ほどなく、池のごつごつした底に尻がつく。

脚の下の小さな裂け目から、熱い湯がこんこんと湧き出している。

目を閉じる。肺の圧迫感と痛みが強くなり、酸素不足が光の炸裂《さくれつ》という形で現われる。

指の爪を脚に食いこませる。

息つぎしたい気持ちがぐんぐん大きくなっていく。

そのことしか考えられない。

もうこれ以上はがまんできないというところで、水面に顔を出し、空気をむさぼるように吸いこむ。

アビーたちはいなくなっている。

湯のなかでゆっくり向きを変える――そろりそろりと。

動きをとめる。

いますぐにでも、向きを変えて走りだしたくてしょうがない。

十フィート離れた池の縁に、若いアビーの片割れがしゃがみこんでいる。

ぴくりとも動かない。

頭をわずかに傾けている。

魅入られたように。

水に映る自分に見とれているのか？

ハスラーはいやになるほどこの化け物どもを見てきたが、そのほとんどはライフルのスコープごしだった。少し距離をおいたところからだった。

相手に気づかれずにここまで近づいたのははじめてだ。

アビーの心臓に目がくぎづけになる。透明な皮膚の向こうで筋肉が鼓動し、血液が動脈に送り出されていく——胴体に張りめぐらされた紫色のハイウェイ。石英ガラスごしに見ているかのように、なにもかもがぼやけて見える。

アビーの小さな目は黒ダイヤを彷彿《ほうふつ》とさせる——硬くて、この世のものとは思えない。

しかし、おかしな話だが、不気味に感じるのは化け物の恐ろしい外見ではない。

五本の鉤爪を持つ手足、ずらりと並ぶ尖った歯、破壊的な腕の強さから、人間らしさが透けて見える。この連中が人類から進化したのはあきらかで、いまや世界は彼らのものだ。ハスラーの上司にしてウェイワード・パインズの創始者であるデイヴィッド・ピルチャーの概算によれば、この大陸だけでも五億匹のアビーがいるらしい。

湯気はもうもうと立ちこめているが、ハスラーはふたたび水中にもぐる気にはなれない。

彼は動かずにいる。

アビーはまだ池に映った自分を見ている。

あいつに見つかって殺されるか、さもなくば——

遠くで母親が甲高い声をあげる。

若いアビーは顔をあげる。

母親がまた甲高い声を出す。すごみのある声だ。

若いアビーはあわてて走っていく。

ハスラーは三匹が池から遠ざかっていく音に耳をすまし、いちかばちか、ほんのわずか身体を動かした——頭をすばやくめぐらした——ときには、親子は雪嵐のなかに消えていた。

ハスラーは雪がやむのを待つが、一向にやむ様子がない。池からあがり、ダスターコートに積もった三インチの粉雪を払い、足をよくぬぐってブーツに滑りこませる。

濡れた身体の上からダスターコートをはおると、装備一式を抱え、マツの木立を目指して草むらを小走りする。藁葺《わらぶ》き屋根のように完璧に地面を覆っている低い枝の下にもぐりこむ。すでに身体が震えはじめているが、手にしていたものをすべて下に置き、バックパックを乱暴にあける。いちばん上にサルオガセという地衣植物が、その下にはけさ集めた火のつきやすいものが束になって入っている。

地衣植物は三度めの火花で着火する。

小枝がパチパチいいはじめると、ハスラーは手近にある大きめの枝を数本折り取り、膝の上でぽきりと折る。

たき火がいきおいよく燃える。

寒さが引いていく。

彼は炎の熱にあぶられながら、裸で立っている。

やがて服を着ると、木の幹に背中をあずけ、両手を火にかざしてくつろぐ。

雨風をしのげる木陰の向こうでは、雪が草原に吸いこまれるように降りしきっている。

夜が忍び寄る。

身体はすっかりぬくもっている。

濡れてもいない。

しかもいまのところは……

死んでいない。

結局のところ、このクソのような新世界では、長くて寒い一日の終わりに、それ以上のものを望んだらばちが当たる。

次に目をあけたときには、枝の隙間から見える空は藍色《あいいろ》に染まり、草原は一フィートものきらめく白に埋もれている。

火は何時間も前に燃えつきている。

草原の若木は雪の重みでたわみ、小さなアーチを作っている。

熱い湯に浸かったおかげか、数カ月ぶりで、錆びついた蝶番のようにぎくしゃくせずに立ちあがる。

喉が渇くが、手もとにある水は夜のうちに凍ってしまった。

目覚めたときの強烈な空腹感をなだめる程度にジャーキーを食べる。

ライフルを手にし、異常はないかと広い草原をスコープごしに観察する。

気温はきのうよりも十度以上低く、マイナス十五度あるかないか。温泉からは白い湯気が絶え間なく立ちのぼっている。

それをべつにすれば、広大な冬景色のなかに動くものはない。

コンパスと小さな地図を取り出し、バックパックを背負う。

張り出した枝の下から這い出し、移動を開始する。

陽が昇りはじめたいま、空気は冷たく、あたりはしんと静まり返っている。

草原の真ん中で足をとめ、ウィンチェスターのスコープごしに周囲の様子をうかがう。

少なくともいまだけは、世界は彼ひとりのものだ。

陽が昇り、積もった雪の照り返しが目に痛い。足をとめてサングラスを出してもいいが、陽の射さない森まではもうすぐだ。

森に生えているのはすべてロッジポールマツ。

高さは二百フィート前後、まっすぐのびる細い幹と小さな樹冠が特徴だ。

森のなかを歩くのはそうとう危険なため、手前でダスターコートの内ポケットから三五七口径を出し、装塡を確認する。

森は傾斜になっている。

太陽の光がマツの木立にまだらに射しこんでいる。

ハスラーは尾根に到達する。

宝石のように輝く湖が見える。岸から近いところの水は凍っているが、中央付近はまだ凍っていない。彼は白茶けた切り株に腰をおろし、ライフルの銃床を肩にのせる。

大きな湖だ。岸沿いを観察する。行くつもりの方向には足跡ひとつなく、白くきらめく雪があるだけだ。

反対側を数マイル行ったところには、血に染まった雪のなかに雄牛が一頭いて、巨大なハイイログマの腹から長い腸を引っ張り出している。クマの喉が嚙み切られているのはアビーの仕業だ。

ハスラーはゆるやかな斜面をおりていく。

湖岸まで来ると、あらためて地図を調べる。

森は湖のすぐ近くまで迫っており、彼は湖岸と森のあいだを通って、湖の西に向かう。

雪のなかを歩いたせいで疲労困憊《こんぱい》している。

肩にかけたライフルをおろし、水際近くに倒れこむ。近くで見ると、氷は厚くない。夜間の厳しい寒さでうっすら凍っただけだ。今年の雪は早い。あまりに早い。計算では、まだ七月のはずなのに。

もう一度、スコープごしに岸を調べる。

背後の森も。

動いているのは湖の反対側でハイイログマの腹に頭を突っこみ、むさぼり食っているアビーだけ。

ハスラーはバックパックにもたれ、地図を出す。

風はなく、太陽は真上にある。身体はすっかり温まっている。

彼は朝が好きだ——一日のうちでもっとも好きな時間だと断言できる。早朝の陽射しを浴びて目覚め、きょうはなにが待っているか知らずにいるのは、どこか心浮き立つものがある。精神的にいちばんきついのは、陽射しがしだいに弱まり、今夜もまたひとり、死の恐怖につきまとわれながら暗い外で過ごすのかと思うようになる夕方前だ。

しかし、少なくともいまは、来るべき夜はまだまだ先のように感じる。

ここでまた、北に思いが飛ぶ。

ウェイワード・パインズに。

フェンスにたどり着き、安全な場所に戻れる日のことに。

六番ストリートに建つ小さなヴィクトリア朝様式の家に。

そして、自分でももてあまし気味の情熱を傾けて愛する女のことに。彼女を思うがゆえに、彼は二〇一三年での生活を迷いもなく捨て、二千年間におよぶ仮死状態を進んで受け入れた。目を覚ましたときに世界がどうなっているか、まったくわからないにもかかわらず。しかし、その世界にテレサ・バークが生きていて、夫のイーサンはとっくの昔に死んでいるのならば、命を危険にさらす価値は充分あった。

地図とコンパスを見くらべる。

この地域でひときわ目立つのは、かつてシェリダン山と呼ばれた、標高一万フィートの山だ。山頂から千フィートのところまでは樹木限界より上にあり、紫色の空を背景に真っ白な姿が浮かびあがっている。山頂付近は風が強く、巻きあげられた雪が頂上から舞い落ちている。

絶好の条件なら歩いて一時間。

新雪を歩いていくとなると二、三時間はかかる。

とりあえず、あの山がいまは北の目印だ。

わが家がある方角だ。

リチャードソン夫妻

ボブは車を降り、そっとドアを閉めた。

森は静かで、町であがる悲鳴がかすかに聞こえてくるだけだ。

ボンネットから少し遠ざかり、考えにふけった。

町はずれまで来たのは正解だった。おかげでふたりともまだ生きている。

車内灯が消えた。

闇が迫った。

のろのろとアスファルトに腰をおろし、膝のあいだに顔を埋めた。声を殺して泣いた。一分後、背後で車のドアがあき、車内灯の光で道路に色がついた。

ウェイワード・パインズでの妻がそばにやってきた。

「しばらくひとりになりたいと言ったじゃないか」ボブは言った。

「あなた、泣いてるの？」

「ちがう」彼は目もとをぬぐった。

「やっぱり、泣いてる」

「頼むからひとりにしてくれないか」

「どうして泣いてるのよ？」

彼は町のほうを示した。「あれを見りゃわかるだろうが」

妻は隣に腰をおろした。

「あなた、大切な人がいたんでしょう？　ウェイワード・パインズに来る前のことよ」

彼は返事をしなかった。

「奥さんがいたの？」

「彼の名前は――」

「彼？」

「ポールだ」

ふたりはそのまま道路にすわっていた。

互いの息づかいを感じながら。

しばらくしてバーバラが口をひらいた。「それじゃ、さぞつらかったでしょうね」

「きみだって楽じゃなかったろうに」

「思えばあなたは全然――」

「申し訳なかった」

「きみにはこれっぽっちも責任はないよ。なにひとつとして、おれたちが選んだわけじゃないんだから。きみは前の世界では結婚してなかったんだろう？」

「あなたが最初の人だった。いろんな意味で」

「そうだったのか。本当にすまない」

「あなたにはこれっぽっちも責任はないでしょ」バーバラはそう言うと、ほがらかに笑った。

「五十五歳の処女にして――」

「女王様」

「これじゃまるで、出来の悪い映画みたい」

「実際、そうじゃないか」

「あなたとポールはどれくらい……？」

「十六年だ。彼が死んでるなんて信じられないよ。それも二千年も前に死んだなんてね。いつかまた一緒になれると、ずっと信じてたのに」

「これからそうなるかもしれないじゃない」

「そう言ってくれてうれしいよ」

バーバラは手をのばし、夫の手を握った。「この五年間、あなたはわたしのすべてだったわ、ボブ。あなたはいつだって、わたしを大切にしてくれた。尊重してくれたわ」

「ふたりとも、最大限努力したよな」

「ものすごくおいしいマフィンもつくったし」

どこかで銃声があがり、音が谷間の町全体にこだました。

「今夜死にたくないわ、ハニー」バーバラは言った。

ボブは彼女の手を強く握った。「死なせるものか」

ベリンダ・モーラン

老婦人はフットレストを引き出した革のリクライニングチェアにすわり、膝にディナーのトレイをのせていた。ろうそくの明かりのもと、トランプをめくった。ソリティアの途中だった。

隣家で住人が殺されかけていた。

老婦人は小さく鼻歌を歌った。

スペードのジャック。

それを真ん中の列の、ハートのクイーンの下に置いた。

次に出たのはダイヤの6。

スペードの7の下に置く。

玄関のドアになにかが激しくぶつかった。

老婦人は気にせず、トランプをめくりつづけた。

そして、正しい位置に置いていく。

つづいて二度、ぶつかる音。

ドアが乱暴にあいた。

老婦人は顔をあげた。

化け物は四つ脚で入ってくると、椅子にすわっている老婦人に気づき、低いうなり声を発した。

「来るのはわかってましたよ」彼女は言った。「こんなに待たされるとは思わなかったけど」

クラブの10。あらあら。これはまだどこにも置けないわ。山札に戻しましょう。

化け物が近づいた。老婦人は相手の小さな黒い目をじっとのぞきこんだ。

「他人の家に勝手に入るなんて、お行儀が悪いことなのよ、知らないの?」

その言葉に、化け物は足をぴたりととめた。そして首をかしげた。

まちがいなく隣人のものと思われる血が、化け物の胸から床へとしたたり落ちた。

ベリンダは次のカードを置いた。

「悪いけど、これはひとりで遊ぶゲームなの。それに、お茶も出してあげられないわ」

化け物は口をあけ、やかましい鳥のような鳴き声を喉から絞り出した。

「家のなかでそんな大声を出すものじゃありません」ベリンダは叱りつけた。

言われたアビーは小さくなって、数歩うしろにさがった。

ベリンダは最後の一枚を置いた。

「あがり！」そう言って手を叩く。「このゲームはわたしの勝ち」

彼女はカードをひとつにまとめ、ふたつに分けてシャッフルした。

「ソリティアなら毎日やっても飽きないのよ。ときとして、最良の仲間は自分自身だって、ある日突然気づいたの」

化け物はまたもや喉の奥からうなり声を出した。

「おやめなさい！」ベリンダは怒鳴《どな》りつけた。「わたしの家で、そういうしゃべり方は許しませんよ」

うなり声はゴロゴロと喉を鳴らす音に変わった。

「そのほうがいいわ」ベリンダは言いながら、次のゲームをしようとカードを配った。「怒鳴ったりしてごめんなさいね。ときどき怒りにわれを忘れちゃうのよ」

イーサン

遠くに見えていた光にぐんぐん近づいてはいたが、足もとはまったく見えなかった。数歩ごとにつまずき、やみくもに枝をつかもうとして何度も手をすりむいた。

ふと気になる。アビーはなぜわれわれを追跡できるのだろう。においか。音か。姿が見えているのか。そのいずれもなのか。

たいまつが近くなった。

火明かりのなかに仲間の姿が見える。

森を出ると、崖のふもとだった。

人々はすでに列をなしてアリのように岩山をのぼっていた。高いところで揺らめくたいまつは、さながら断崖を飾るクリスマスの電飾のようだ。

このルートをのぼったのは一度だけ、ケイトとハロルドの秘密のグループに潜入したときだった。

鋼鉄のケーブルがジグザグに岩にボルト留めされ、その下に手作りの足場と手がかりがついている。

ふもとには十二人ほどが順番を待っていた。イーサンは家族の姿を探したが、そのなかにはいなかった。

ヘクターが近づいた。「いい考えとは思えないな。真っ暗闇のなか、子どもたちをケーブル伝いに歩かせるなんて」

イーサンはベンのことが気になったが、すぐに頭から追い出した。

「敵は何匹いた?」ヘクターが訊いた。

「われわれの手には負えない数だ」

山腹のあちこちから、枝が折れる音が聞こえた。

イーサンは森が終わるあたりに目を配りつつ、ポケットいっぱいの十二番径の弾を弾倉にこめはじめた。

最後の一発を銃身におさめると、森に向けてショットガンをかまえた。

〝まだ来るなよ。もう少し時間をかけてくれ〞と心のなかで祈りながら。

ヘクターがイーサンの肩を軽く叩いた。「行こう」

ふたりは冷えきったケーブルにつかまり、崖をのぼりはじめた。

三つめの折り返しまで来たときには、下の森は甲高い声であふれていた。

長く尾を引くような声が木々の合間から立ちのぼる。

いちばん近いたいまつは二十フィート上だったが、無数の星のおかげで足もとはよく見えた。

崖下に目をやると、一匹のアビーが先頭を切って森から飛び出すのが見えた。

もう一匹。

また一匹。

つづいて五匹。

さらに十匹。

ほどなく、崖のふもとには三十匹が集まった。

イーサンはケーブルをしっかりつかみ、転ばないよう注意しながらのぼりつづけたが、下をのぞきこむたび、アビーの数は増えていた。

崖が垂直に切り立ったところまで来た。

テレサとベンはちゃんとのぼれただろうか。

もうアジトである洞窟に無事たどり着いただろうか。

上であがった悲鳴が彼をめがけて飛んできた。

ぐんぐん近づいてくる。

音量は急激に増し、真上にまで迫った。

顔をあげると、手をばたつかせ、恐怖で目を大きく見ひらいた男が、すぐ前を急降下してくるところだった。

男はイーサンから二インチほどのところをかすめると、二十フィート下の岩棚に頭をぶつけ、そこから森の地面までの残りの距離を無言で転げ落ちていった。

なんてことだ。

膝から力が抜ける思いがした。

左脚に震えが走った。

イーサンは岩肌に身体をあずけ、手がかりをつかんだ。目をきつく閉じる。パニックが全身をめぐり、自然消滅するのを待った。

戦慄《せんりつ》はおさまった。

崖から足を踏みはずした男をアビーどもが食いちぎっている隙に、イーサンは錆びたケーブルにつかまり、身体を引っ張りあげるようにして、一歩、また一歩とのぼった。

板の通路があるところにたどり着いた。

幅六インチの板が崖伝いにのびている。

ヘクターはすでになかほどまで進んでいた。

イーサンもあとにつづいた。

すでに森からの高さは三百フィート。

その先に広がるウェイワード・パインズはまだ暗いが、無数のかすかな悲鳴が聞こえてくる。

崖の下のほうでなにかが動いた。

白いものが彼のほうへとのぼってくる。

ヘクターに大声で伝えた。「やつらがのぼってきた！」

ヘクターは下をのぞきこんだ。

アビーは転落する危険などあるわけがないとばかりに、すばやく、大胆にのぼってくる。

イーサンは足をとめ、片手でケーブルを握りつつ、モスバーグをしっかりかまえようとした。

うまくいかない。

大声でヘクターを呼んだ。「こっちに来てくれ！」

ヘクターは細い板の上でおっかなびっくり向きを変え、イーサンのほうに引き返しはじめた。

「わたしのベルトをつかんでてほしい」イーサンは言った。

「どうして？」

「ここだと立ってねらいをつけるのにスペースが足りないんだ」

「意味がよくわからないな」

「片手でケーブルをつかみ、もう片方の手でわたしのベルトをつかんでくれ。へりから身を乗り出して一発でしとめるから」

ヘクターは残り数フィートを横歩きしてイーサンのところまで来ると、ベルトをしっかりつかんだ。

「締めてあるんだろうね？」と訊く。

「しっかりとね。つかんだかい？」

「ちゃんとつかんだとも」

その返事を聞いても、覚悟を決めるまでに三秒かかった。

ケーブルから手を放し、ショットガンのストラップを肩からはずし、岩肌にレーザーサイトを向けた。

十四のアビーがひとかたまりになってのぼっていた。イーサンは集中しよう、恐怖を頭から追い払おうとしたが、目の前を落下し、岩にぶつかって頭がぱっくりと割れた男の姿が何度も何度も目に浮かんだ。

鳴き声。

静寂。

鳴き声。

静寂。

胃がひっくり返りそうだ。世界が彼に向かって一気に押し寄せると同時に遠ざかっていく。

落ち着け。

先頭のやつにねらいをさだめた。

反動でイーサンはうしろの崖まで押し戻され、銃声が谷間一帯に響きわたり、西の崖に跳ね返ってこだました。

弾は先頭のアビーに命中した。

そいつはけたたましい声をあげながら手を放し、岩肌を転げ落ちる途中で四匹に激突し、ボウリングのピンのように倒していった。

ほかの連中はしっかりつかまっていた。

すでに、通路まで六十フィート足らずのところまでのぼってきている。

イーサンはもう一度、岩棚から身を乗り出した。ヘクターがうめいたのは、ケーブルが指に食いこんだからだろう。

残ったアビーたちは知恵をはたらかせ、横に広がった。

イーサンは左から右へ、一匹ずつ撃ち落とした。

一発もはずさずに。

そいつらがのぼりはじめた数匹を道連れに、闇に吸いこまれていくのを見送った。

弾が切れた。

「もういいだろう」イーサンは言った。

ヘクターが引っ張って板の通路まで戻してくれ、ふたりは大急ぎで岩肌を水平移動し、終点に達したところで角をまわりこんだ。

しだいに幅が広くなる岩棚を山に向かって駆けていった。

通路はほとんどなにも見えない状態で、前方に目をやると、洞窟のドアが閉まっていた。

木のドアを強く叩いた。

「ふたり到着した！　あけてくれ！」

反対側でかんぬきをはずす音がし、蝶番をきしませながらドアがあいた。

はじめてここに来たときはドアに気づかなかったが、今度は念入りに観察した。マツの丸太を水平に積み、土をベースにしたモルタルで固めてある。

イーサンはヘクターにつづいてなかに入った。

ケイトがすぐにドアを閉め、重たい鉄の棒をもとに戻した。

イーサンは言った。「家族は――」

「いるわ。ふたりとも無事」

彼はステージ近くにふたりの姿を認め、〝愛してる〟の意味のハンドサインをした。

洞窟内を見わたした――広さは数千平方フィート、低い天井に這わせたワイヤーから、石油ランプが吊りさげられている。

わずかばかりの家具。

左にバーカウンター。

右にはステージ。

どちらも廃材で作ったみたいに年季が入っている。奥の大きな暖炉に目をやると、すでに誰かが火を熾《おこ》そうとしていた。

ざっと見たところ、人数は百人ほど。それが何本かのたいまつを中心に寄り集まり、火明かりを受けた目が輝いている。

「ほかのグループはどこに？」

ケイトが首を横に振った。

「わたしたちだけか？」

ケイトの目に涙がこみあげ、イーサンは彼女を抱きしめた。「ハロルドは必ず見つける。約束するよ」

アビーの鳴き声がドアの向こうの通路に響きわたった。

「銃を持った者はどこにいる？」イーサンは呼びかけた。

「ここだ」

彼は、すっかり怯えて銃をかまえるどころではない六人に目をやった。

要するに寄せ集めだった。

あらためてドアを調べた。かんぬきは固い金属でできた厚さ半インチの棒だった。それがアーチにぴったりおさまるよううまく切り抜かれた幅五フィートのドアに差し渡してある。受け金具も頑丈そうだ。

ケイトが言った。「全員がドアのすぐ外に並んだらどうかしら。通路をやってくるものを片っ端から撃つの」

「それはやめたほうがいいだろう。化け物どもの数がわからないし、それに悪く思わないでほしいんだが――」イーサンはまわりに集まった怯えた顔に目をやった。「――このなかの何人が、切迫した状況で正確な射撃ができると思う？　敵はそう簡単には倒せない。三五七口径だったら、敵の頭をねらって片っ端から撃ち抜く必要がある。だから、外には出ないほうがいい。ドアが持ちこたえてくれるのを祈るしかないだろう」

イーサンは向きを変え、残りの全員に向かって言った。「みんな、奥の壁までさがってくれ。まだ危機は脱していない。音をたてないようにしてほしい」

全員がステージやバーのそばから移動しはじめ、洞窟の奥にあるソファの近くに集まった。

イーサンはケイトに声をかけた。「わたしたちはこのドアの前で待機しよう。ドアを破ってくるものがあれば殺せ。弾薬が入った袋はどこにある？」

酪農場で働く若者が言った。「ここです」

イーサンはそれを受け取って、床に置いた。そのそばにしゃがんだ。「明かりがほしいな」

マギーが頭上にたいまつを差しかけた。

イーサンは弾薬を選り分け、自分用に二と四分の三インチのウィンチェスター社製のスラッグ弾をひと箱取り、ほかの者に予備の弾薬を渡した。

マツの丸太でできたドアから二十フィートのところに移動し、洞窟内に不気味な静けさがおりているのを感じながら、モスバーグに一発多く弾をこめた。

マギーともうひとりの男が、たいまつを手に射手のうしろに立った。

ケイトもショットガンを持ってイーサンの隣に立ったが、泣き崩れまいと必死にこらえているのが痛いほどわかる。

そのとき突然――外の通路で動きがあった。

ケイトは鋭く息をのみ、目もとをぬぐった。

イーサンは戦いのときが迫っているのを身体で感じた。うしろに目をやり、大勢のなかにいる妻子を見つけようとしたが、ふたりとも暗がりにまぎれていた。自分が死ぬのはしかたない。しかし、アビーがひとり息子にかぶりつき、妻の腹を裂くなどとは考えたくもない。そんなことになったら、もう前には進めないだろう。たとえこの身が助かっても、とても耐えられそうにない。

このドアが突きやぶられ、なおかつ、敵の数が十四以上なら、いま洞窟にいる全員がおぞましい死を迎えるだろう。

甲高い鳴き声がするかと思ったが、実際には通路の石の地面を鉤爪が蹴る音が聞こえた。

ドアの反対側の丸太を引っかく音が聞こえ、ほどなく金属の取っ手のまわりをカリカリやる音がしはじめた。

IV

ピルチャー

ウェイワード・パインズの町は壊滅状態だった——建物はひっくり返り、車は蹴散らされ、道路は大きくひび割れていた。病院も壊され、上の三つの階はもぎ取られていた。なかでもイーサンの自宅は悲惨だった——原形をとどめないほどにつぶされ、裏庭のポプラの木は半分にへし折られて、窓に突っこまれていた。

このウェイワード・パインズのジオラマは二〇一〇年にデイヴィッド・ピルチャーが製作を依頼したもので、彼は精巧な模型に金を惜しまず、価格は三万五千ドルにも達した。町を讃えるだけでなく、ピルチャーのあくなき野望を象徴するジオラマは、二千年にわたって彼のオフィスの中心的存在としてガラスケースにおさまっていた。

壊すには十五秒しかかからなかった。

いま彼は革のソファにすわり、壁一面のモニターで、実際に町が崩壊していくさまをながめていた。

一帯の電気は落としたが、監視カメラはバッテリー駆動で、大半は夜間でも映る。モニターにはカメラがとらえた映像が映っており、カメラはすべての家のすべての部屋に設置されていた。すべての事業所。茂み。街灯にも隠してある。それらはウェイワード・パインズの全住民に埋めこまれているマイクロチップで作動するが、今夜は大繁盛《だいはんじょう》だった。

ほぼすべてのモニターがついていた。

ある画面：一匹のアビーが女を追って階段をのぼっている。

べつの画面：三匹のアビーがキッチンの真ん中で男を引きちぎっている。

——メイン・ストリートを逃げまどう人々が、駄菓子屋の前でアビーに捕まる。

——リクライニングチェアにすわるベリンダ・モーランがアビーに食われる。

——廊下を全速力で走る一家。

——阻止しようのない恐怖から子どもを守ろうとする親。

いくつもの画面に映し出された苦悶、恐怖、絶望。

ピルチャーはスコッチ——一九二五年ものだ——を瓶からあおり、この惨状に対しどう感じるべきかと考えた。もちろん、前例はある。神の子どもたちが反抗したときだ。そのとき神は正当な罰を下された。

小さな声が、もうとっくに聞き流せるようになっている声が、超弩級《ちょうどきゅう》に混乱した頭のなかでささやきかける——おまえは自分が彼らの神であると心から信じているのか。

神は与えるか？

そうだ。

神は守るか？

そうだ。

神は創造するか？

そうだ。

結論は？

そうとも、やはりわたしは神だ。

生きる意味を求めることは心の不安を生むもとであるから、その邪魔なものを取り払った。この谷間の町に住む四百六十一の人間を、彼らがどう想像をたくましくしても考えつかないような存在に仕立てた。人生と目的、庇護《ひご》と安息をあたえた。ピルチャーによって選ばれたという理由により、彼らは二十万年前にホモ・サピエンスが東アフリカのサバンナを歩きはじめて以来、もっとも重要な存在となった。

その彼らにこんなしっぺ返しを食らわされた。自分たちには受け入れるだけの能力もないくせに、図々しくもすべてを知りたいと訴えたのだ。そして、イーサン・バークから真実を知らされた彼らは、創造主に反旗をひるがえした。

それでも、彼らが死んでいく様子をモニターでながめていると心が痛む。

どれも大切にしてきた命だ。住民がいなければ、このプロジェクトは意味を失う。

それでもやはり——知ったことか。全員アビーに食われるがいい。

まだ仮死状態にあるのが二百人ほどいる。一からやり直すのはなにもこれが最初ではないし、この本部基地にいる部下たちはこの件については彼を無条件に、そして全身全霊を傾けて支持してくれるはずだ。まさしく天使の軍団だ。

ピルチャーはふらつく足で立ちあがった。よろよろとデスクに歩み寄る。本部にいる者で、いまの町の状況を知るのは自分だけだ。テッド・アップショウに命じ、夜間の監視を停止させてある。しでかしたことを明かす際には、うまく取り繕《つくろ》わねばなるまい。

ピルチャーは倒れこむように椅子にすわると、受話器を取り、腹心のテッドの番号をまわした。

パム

夜遅く、彼女はフェンスまで戻った。イーサン・バークにえぐられた左太ものの痛みが脚全体に広がり、上半身にまで飛び火していた。保安官にマイクロチップを切除され、フェンスの人が住んでいない側に取り残され、ついいましがたまで、頭のなかは疑問符だらけだった。いまこうしてフェンスを見あげると、それらの疑問はすべて跡形もなく消え、かわりに思った。いったいなにがあったの？

静かだった。

電線を電気が流れるぶうんという音がしなかった。

愚かだとわかっているが、どうしてもがまんできなかった。手をのばし、太いスチールのケーブルをつかんだ。とげがてのひらに食いこんだが、それだけだった。戦慄が走ることはなかった。ワイヤーを握るのは、なんだかいけないことをしているような感じで、官能的ですらあった。

気分が上向き、濡れた手をケーブルから放した。

足を引きずりながらフェンス沿いを歩き、これはバークの仕業だろうかと考えた。二時間前、アビーの大群が猛スピードで近くを通りすぎていった。彼女は高さ四十フィートのマツの木の上からその様子をながめていたが、彼らはウェイワード・パインズがある北に向かっていた。

数えきれないほどの大群だった。

パムは太ももの痛みをこらえながら、足を速めた。

五分後、たどり着いた。

ゲートはあいていた。

大きくあいていた。

うしろを振り返り、彼女──それにアビーの大群──が抜けてきた暗い森を見やった。つづいて、あけっぱなしのゲートをじっと見つめた。

こんなのってあり?

あの大群が町になだれこんだわけ?

小走りでゲートをくぐった。死ぬほど痛かったが、速度はゆるめず、うめき声をあげながらも痛みに耐えた。

数百ヤードほど進んだところで甲高い声が聞こえた。距離がありすぎて人間のものかアビーのものか判然としないが、とにかくあちこちから声がする。走るのをやめた。脚がずきずきしていた。彼女は丸腰だ。怪我《けが》もしている。しかも、アビーの大群が町に侵入したのは、まずまちがいない。

彼女は疲れ切っていた。頭の一部は自分の身を守れとささやき、基地に向かって走れとうながしている。安全なところに行け。仲間に合流しろ。マイター先生に傷を縫ってもらえ。しかし、彼女という存在そのものを仕切っている部分は、恐れていた。アビーをではない。化け物がはびこる町で待ちかまえている惨事をでもない。彼女が恐れていたのは、イーサン・バークがすでに死んでいることで、それだけは絶対に受け入れられない。これだけのことをされたのだ、なにがなんでもあいつを見つけ出し、時間をかけていたぶってやらなくては気がすまない。

じわじわと苦しめてやる。

テッド・アップショウ

上司のオフィスのドアをあけたとたん、酒のにおいが鼻を突いた。デスクについていたピルチャーがテッドに気づき、いくらかわざとらしくほほえんだ。顔は真っ赤で、目がとろんとしていた。

「来てくれたか、入りたまえ」

ピルチャーがよろよろと立ちあがったのを見て、テッドはなかに入り、ドアを閉めた。

室内はめちゃくちゃだった。モニターのうちふたつが叩き壊され、ウェイワード・パインズのジオラマはひっくり返っていた。町の模型を覆っていたはずのガラスは粉々になって床一面にぶちまけられ、住宅や建物はつぶされてガラスの破片にまみれていた。

「起こしてしまったようだな」ピルチャーは言った。

そんなことはなかった。今夜はトランキライザーをたっぷり注射されたとしても眠れなかっただろう。しかし、こう答えた。「いいえ、かまいません」

「古い友人のように、並んですわろうじゃないか」

ピルチャーの話し方は言葉が不明瞭で締まりがなかった。実際のところ、どれだけ飲んだのだろう。

ピルチャーはよろけながら革のソファに歩み寄った。テッドはあとをついていきながら、ここのモニターもスイッチが切れているのに気がついた。

ふたりは暗いモニターの正面にある、ひんやりした革に腰をおろした。

ピルチャーは〝マッカラン〟の文字が見える、高そうなボトルからふたつのグラスにスコッチをたっぷり注ぎ、片方をテッドに差し出した。

ふたりはクリスタルのグラスを触れ合わせた。喉に流しこむ。

テッドは二千年以上、アルコールと無縁だった。妻の死をきっかけにホームレスの酒浸りになったころは、こういう年代物のスコッチを飲むと厳粛な気持ちになれたものだ。しかし、いまではすっかり味がわからなくなっていた。

「きみと出会った日のことはいまも覚えている」ピルチャーが言った。「きみはあのシェルターでスープの配給の列に並んでいたんだったな。あのとき、きみの目になにかを感じたんだよ。抱えきれないほどの悲しみをたたえていた」

「あなたは命の恩人です」

年配の男はテッドを見やった。「いまもわたしを信頼しているかね、テッド」

「もちろんです」嘘だった。

「そうだろうとも。わたしの命令に従って、監視装置の電源を切ったのだからね」

「ええ」

「理由すら尋ねずに」

「はい」

「わたしを信頼しているからだね」

ピルチャーはグラスのなかで渦を巻いている琥珀色《こはくいろ》の液体をのぞきこんだ。

「今夜、わたしは、あることをしたんだよ、テッド」

テッドは暗いモニターを見あげた。みぞおちのあたりに冷たい氷を押しあてられたような感じがした。ピルチャーはと見ると、コントロール端末を出して、タッチパッドになにやら打ちこんでいる。

画面が息を吹き返した。

監視チームの責任者であるテッドは、人生の四分の一を住民が食べ、眠り、笑い、泣き、セックスし、しかもときには――〝祭り〟の指令が下れば――死ぬところを見て過ごしてきた。

「べつに軽い気持ちでやったわけではない」ピルチャーは言った。

テッドはモニター群を呆然と見つめた。とくに目を惹いたのは、浴室のドアが鉤爪のあるこぶしで叩き壊され、ひとりの女性がシャワーの下にうずくまり、肩を震わせてすすり泣いている姿だった。

たちまち吐き気がこみあげた。

そんな彼の様子を、ピルチャーはじっと見ていた。

テッドは上司を見やった。涙がこみあげてくるのを感じながら言った。「いますぐやめさせてください」

「もう手遅れだ」

「なぜです？」

「捕らえたアビーを利用し、大群をフェンスまでおびき寄せたのだ。そうしておいてから、ゲートをあけた。五百匹以上のアビーが町に入った」テッドは目をぬぐった。五百匹。信じがたい数だ。五十四でも未曾有《みぞう》の惨事を引き起こすには充分すぎる。

テッドは声をうわずらせまいとした。

「この場所にこれだけの人を集めるのに、どれだけ苦労したか思い出してください。何十年もかけたんですよ。新しく誰かを仮死状態にするたび、あなたは興奮に打ち震えていたじゃありませんか。ウェイワード・パインズは通りや建物や機能停止ユニットで成り立ってるわけじゃありません。人工のものなどどうだっていいんです。大事なのは人間なのに、それをあなたは――」

「あいつらはわたしに背を向けたのだ」

「ご自分の虚栄心からこんなことを？」

「まだ数百人が仮死状態にある。一からやり直せばいいだけのことだ」

「あそこで人が死んでいるんですよ、デイヴィッド。あなたの子どもたちが」

「バーク保安官がすべて暴露した」

「それでかっとなったんですね。気持ちはわかります。いまからでもチームを送って、助けられるだけ助けてください」

「もう手遅れなんだよ」

「生きている者がいるかぎり、手遅れなんてことはありませんよ。救出したら、全員を仮死状態に戻せばいい。次に目覚めたときには覚えてやしません――」

「もうどうにもならんのだ。一日か二日もすれば、殺戮はおさまるだろうが、わたしが恐れているのは、この基地に誰かが乗りこんでくることだ」

「なにをおっしゃりたいんですか？」

ピルチャーは酒に口をつけた。「これが保安官ひとりの仕業だと思うかね？」

テッドは震えそうになる手をきつく握りしめた。

「あの男は内部の協力を得ていたはずだ。われわれの誰かから」ピルチャーは言った。

「そう思う根拠は？」

「監視チームの協力なしには得られるはずのない情報を得ているからだ。つまり、きみの部下の誰かが協力しているんだよ、テッド」

ピルチャーはその非難が相手に伝わるまで待った。

手のなかのグラスの氷に亀裂が走った。

「おっしゃっているのはどのような情報ですか？」テッドは訊いた。

ピルチャーはその質問には取り合わず、テッドの目を正面から見据えた。「きみのチームは、きみと四人の監視技術者で構成されている。きみの忠誠心が揺るがないのはわかっているが、部下はどうだ？　バークは彼らのうちの誰かの協力を得ていた。それが誰か、心当たりはないかね？」

「いったいなにを根拠にそんなことを？」

「テッド。いまのは答えになっていないぞ」

テッドは膝に目を落とし、自分のグラスを見つめた。それからふたたび顔をあげた。

「そんなことをしそうな部下に心当たりはありません。だから監視を停止させたのですか？」

「きみはこの基地でもっとも機密性の高いチームを率いているが、そこが骨抜きにされたからだ」

「パムはどうなんです？」

「パム？」

「保安官は彼女を抱きこんだのかもしれない」

ピルチャーはばかにしたように笑った。「パムはわたしの命令ならば、自分に火をつけることもいとわない女だ。実は彼女はいま、行方がわからない。マイクロチップによれば、町にいることになっているが、かれこれ何時間もなんの連絡もない。最後にもう一度だけ訊く

——部下のうち誰の仕業だ？」

「ひと晩、待ってください」

「なんだって？」

「犯人を突きとめるので、ひと晩、時間をください」

ピルチャーはソファにもたれ、表情の読めない鋭い視線をテッドに向けた。「自分で対処するというわけか」

「そうです」

「きみの面子《メンツ》の問題かな？」

「まあ、そんなところです」

「よかろう」

テッドは立ちあがった。

ピルチャーはモニター群を指で示した。「あそこで起こっていることについては、きみとわたしだけの秘密だ。いまのところはそういうことにしてもらいたい」

「承知しました」

「わたしにとってもつらい夜になる。きみのような頼れる友人がいてよかったよ」

テッドはほほえもうとしたが、どうしてもできなかった。「では、また明日の朝に」とだけ言った。スコッチの入ったグラスをテーブルに置き、ドアに向かった。

イーサン

全員が押し黙った。

あまりに静かで、奥の暖炉で火が燃える音さえ聞こえるほどだった。

引っかく音がとまった。

鉤爪のカチャカチャいう音がふたたび聞こえた。

退却しているのだ。

それも当然だろう。獲物がこのドアの反対側に消えたと考える理由がどこにある？　連中はドアがなにかも知らないはずだ。そこをあけたらべつの場所に行けるとは思っていまい。

おそらく大半はまだ――

なにかがドアにぶつかった。

全員が一斉に息をのんだ。

かんぬきが受けのなかでカタカタと揺れた。

イーサンは背筋をのばした。

またもドアが強打された。強さはさっきの二倍で、二匹のアビーが同時にぶつかってきた感じだった。

イーサンは銃の安全装置を解除し、ヘクター、ケイト、その他全員に目を向けた。

「何匹いるの？」ケイトが訊いた。

「わからない」イーサンは小声で答えた。「三十四かもしれないし、百匹いるかもしれない」

背後の暗闇で、子どもたちが泣きだした。

親たちが静かにさせようとする。

ドアへの攻撃はまだつづいていた。

イーサンは蝶番でドアが枠に取りつけられている左側に近づいた。錆びた真鍮《しんちゅう》の座金から、ネジが一本抜けていた。

ケイトが声をかけた。「持ちこたえると思う？」

「どうかな」

次の一撃が襲いかかった――これまでもっとも強い。

いちばん上の座金が枠から丸ごとはずれた。

その下にはまだ四個ある。

イーサンはマギーを呼び寄せ、たいまつの光のなかで、かんぬきの受けの様子を観察した。

次に強打されたときは、揺れはしたものの持ちこたえた。

イーサンはケイトのところまで戻って尋ねた。「この部屋にはほかに出口はないのかい？」

「ないわ」

襲撃はまだつづいた。アビーたちは丸太のドアに身体をぶつければぶつけるほど頭に血がのぼるのか、いまや、失敗するたびに甲高い声でわめいていた。

二個めの座金がはずれた。

つづいて三個め。

終わりが近づいていた。実際、イーサンは頭のなかで、いますぐ妻と息子を見つけなくてはと思ったほどだった。手早く、楽に死なせてやるために。アビーに突入されたら、最期のときは恐怖に塗り固められたものになる。

外が静かになった。

ひっかく音がやんだ。

足音がしない。

洞窟にいる全員が息を詰めていた。

しばらく時間をおいてからイーサンはドアに近づき、耳をあてた。

なにも聞こえなかった。

かんぬきに手をのばした。

ケイトが小声で制した。「だめ！」

それでも彼は、できるかぎり音をたてぬようにしてかんぬきをスライドさせ、取っ手を握った。

「マギー、明かりを持ってきてくれ」

彼女をうしろに立たせ、ドアを引いた。

残った二個の蝶番がドアの重みを受けて、ギイギイと耳障りな音をたてた。

火明かりで通路が明るくなった。

まだアビーのにおい——腐敗と死——が残っていたが、なにもいなかった。


人々は岩壁にもたれて、泣いていた。

なかには、自分の目で見たもののおぞましさに、無言で身体を震わせている者がいた。

ひたすら無表情で、石にでもなったのか身動きひとつせず、みずからの深淵《しんえん》をのぞきこんでいる。

そうでない者は働いた。

暖炉の火の番をする。

ドアを修理する。

貯蔵庫から食べるものと水を持ってくる。

悲しみに暮れる者をなぐさめる。

イーサンは暖炉のそばにある壊れたふたり掛けソファに妻子とすわっていた。室内はしだいに暖かさを増し、ヘクターがピアノで奏《かな》でる美しい曲のおかげでぴりぴりした気分がやわらぎ、誰もがいくらか人間らしい気持ちを取り戻していた。

薄暗い光のなかで、イーサンは何度も人数を数えた。

何度やっても九十六人だった。

けさの時点でウェイワード・パインズには四百六十一人が暮らしていた。

ほかのグループも生きている可能性はあると自分に言い聞かせた。なんとか隠れ場所を見つけたかもしれない。アビーに見つからない場所を。自宅や劇場にバリケードを築き、立てこもっているかもしれない。森に逃げこんだかもしれない。しかし内心では、それはないと思っていた。跳ねあげ戸から外をうかがったときにミーガンをはじめとする人々が通りで虐殺される光景を目にしていなければ、そうやって自分を納得させられたかもしれない。

しかし無理だ。

ウェイワード・パインズの町で、八十パーセントの人間が消滅した。

テレサが言った。「そのうち、誰かがあのドアをノックするように思えてならないの。ここまでたどり着ける人はいると思う？」

「いつだって望みはあるさ、だろう？」

ベンは頭をイーサンの膝にあずけて眠っていた。

「あなた、大丈夫？」

「なんとかね。住民の大半に残虐な死を迎えさせるような決断をしてしまったわりにはだが」

「あなたがフェンスの電流を切って、ゲートをあけたわけじゃないわ、イーサン」

「それはそうだが、こんな事態を招いたのはわたしだ」

「そうしなければ、ケイトとハロルドは死んでいたのよ」

「けっきょくハロルドは死んでしまったようだけどね」

「そんなふうに考えるのは——」

「わたしは大変なことをしでかしたんだよ、ベイビー」

「ここにいる人たちに自由をあたえたじゃない」

「アビーに喉を掻《か》き切られるときには、その自由をしみじみ味わってくれるだろうね」

「わたしはあなたをわかってるわ、イーサン。だめ、ちゃんとわたしを見て」テレサは彼の顎を自分のほうに向けた。「わたしはあなたという人をよくわかってる。あなたは正しいと思うことをしただけだってわかってる」

「行為が意図で評価される世の中ならどんなにいいか。だが、現実には、結果がすべてなんだ」

「ねえ、これからどうなるかはわからないけど、これだけは言っておく。どうしても言っておきたいの。死の瀬戸際にあるいま、あなたとの距離がこれまでになく縮まった気がする。

いままでにないくらいに。いまさらだけど、あなたを信頼してるわ、イーサン。あなたがわたしを愛してるってよくわかった。あらためてそれがわかってきたの」

「愛してるよ、テレサ。心の底から。きみは……わたしのすべてだ」キスをすると、妻は彼のほうに身体を傾け、肩に頭をあずけた。

イーサンは彼女の腰に腕をまわした。

ほどなく、彼女は眠りに落ちた。

彼はあたりを見まわした。

全員の悲しみが目に見えるようだった。水や濃い煙のようにみっちりとしたものが、空気をよどませていた。

手が冷えてきた。右手をパーカのポケットに突っこんだ。デイヴィッド・ピルチャーが自分の娘を殺す動画が入ったメモリーカードに指先が触れた。それを親指と人差し指でそっとつまむと、腹のなかで怒りの爆弾が炸裂した。

動画のコピーはテッドも持っているが、イーサンはなにもするなと言ってある。早まったことはしないようにと。だが、それはアビーに侵入される前の話だ。ウェイワード・パインズがいまどうなっているか、テッドは知っているのだろうか。

もう一度、頭数を数えた。

やはり九十六人。

たったこれだけか。

ピルチャーはいまごろ、安全でぬくぬくとしたオフィスにいて、異なる時代に拉致《らち》した人々が惨殺される様子を二百十六台の薄型モニターで見ていることだろう。

声に起こされた。

イーサンは目をあけた。

隣にいるテレサが身体を起こそうとしていた。

光そのものに変化はなかったが、ずいぶん時間がたったように感じた。何日も眠っていたように思えた。

イーサンはベンの頭を膝からそっとどけ、立ちあがって目をこすった。

ほかの人たちも起きて、動きまわっていた。

ドアの近くで言い争う声がした。

ふたつのグループがいるのが見え、ケイトがヘクターとべつの男のあいだに立っていた。

たがいに激しく言い合っていた。

イーサンは近づいていき、ケイトと目を合わせた。

彼女は言った。「洞窟を出たいという人が何人かいるの」

メイン・ストリートで〈コブラーズ・ショップ〉という靴の修理店を営むイアンという男が訴えた。「女房があっちにいるんだ。グループ分けしたときに別れちゃったんだよ」

「それで、具体的にはどうしたいんだい？」イーサンは訊いた。

「助けたいに決まってるだろう。なに考えてんだよ」

「なら行けばいい」

「銃がほしいんですって」ケイトが言った。

市民農園で働く女性が何人かを押しのけ、イーサンをにらみつけた。「わたしの息子と主人もあっちにいるの」

ケイトは言った。「わたしの夫もそうなのは知ってるでしょう？」

「だったらどうして、助けに行かずにこんなところに隠れてるわけ？」

ヘクターが言った。「洞窟を出たら最後、十分とたたずに死んでしまうよ」

「望むところさ」イアンが言った。

「とにかく、銃を持っていかせるわけにはいかないんだ」

イーサンは割って入った。「ちょっと待ってくれ。みんなで話したほうがよさそうだ」

部屋の真ん中まで行き、全員に聞こえるよう大声を出した。「まわりに集まってくれ！話し合いたいことがあるんだ！」

全員がゆっくり集まりはじめた。目はしょぼしょぼしているし、着ているものはよれよれだ。

「大変な夜だったことと思う」イーサンは言った。

沈黙。

向けられた目に、怒りと非難を感じた。

「ここにたどり着けなかった者の安否が心配なのはわかる。わたしも同じ気持ちだ。われわれだって、どうにかこうにかたどり着けたようなものだ。このなかには、なぜ、先を急ぐのをやめて助けなかったのかと疑問に思っている者もいるだろう。それに対する答えはこうだ。そうしていたら、この洞窟には誰もおらず、われわれは全員があの谷間で死んでいるはずだ。聞きたくない答えだと思う。この状況を招いた張本人として……」

そこで思わず感極まった。

涙がこぼれるのもかまわず、震えて声が割れるのをどうにかしようともしなかった。

「最後尾にいたわたしは、地上にいた人たちがどんな目に遭ったかをこの目で見ている。あの化け物どもがどんなことをしでかすかも知っている。われわれとしては、とてもつらい現実を受け入れるしかないんだ。ウェイワード・パインズの住民で生き残っているのは、ここにいるわれわれだけという可能性が高い」

どこからか大声があがった。「そんな話は聞きたくないね！」

ひとりの男が円のなかに進み出た。〝祭り〟の役員で、まだ黒い衣装を身に着け、マチェーテを手にしていた。言葉を交わしたことはないが、住んでいるところは知っているし、図書館に勤務していることも知っていた。すらりと引き締まった身体に剃りあげた頭、顎にうっすら無精ひげが生えている。そしてまた、権力を渇望するものにはつきものの、分不相応な傲慢《ごうまん》さもまとっていた。

役員は言った。「あんたがやるべきことを教えてやろう。四つん這いになってピルチャーのもとに舞い戻り、許しを請うんだ。これはすべて自分の責任だと言え。おれたちの頭にクソの雨を降らせたのはあんたひとりの責任で、住民はこれまでの生活に戻りたがっていると伝えるんだ。おれたちは誰ひとり、関わってないとな」

「もう手遅れなんだよ」イーサンは言った。「みんなが真実を知ってしまった以上は。知らなかったことにはできないんだ。いまの状況を抜け出すのは容易なことじゃない」

背の低い小太りの男——町の肉屋だ——が円のなかに進み出た。

「おれの女房と娘は死んだと言うんだな。大事な友だちのうち、少なくとも十人は死んだわけだ。なのになにかい？　臆病者集団よろしくここに隠れて、みんなを見殺しにしろってのか？」

イーサンは顎をこわばらせ、その男に歩み寄った。「そうは言ってないぞ、アンドリュー。誰であろうと、見殺しにしろとは言ってない」

「じゃあ、なんだってんだ？　おれたちはどうすりゃいい？　あんたはおれたちの目をひらかせた。だが、なんのために？　仲間の大半を失い、こんな生活をするためか？　だったら、奴隷でいるほうがよっぽどましだ。身の危険を感じずに、家族と暮らすほうがいい」

イーサンは男の一フィート手前で足をとめた。全員の顔をながめわたし、テレサの顔を見つけた。彼女は泣いていた。彼女の思いが伝わってくる。「口火を切ったのはわたしかもしれない。だが、わたしがフェンスの電流をとめたわけでも、ゲートをあけたわけでもない。われわれの家族や友人の死を招いた張本人は、われわれがいるこの場所から二マイルは離れたところでぴんぴんしている。そこでみんなに問いたい。そんなことを許すつもりか？」アンドリューが言った。「やつは意のままに動かせる兵隊に守られてる。あんたがそう言ったじゃないか」

「ああ」

「じゃあ、おれたちにどうしろってんだ？」

「希望を持ちつづけてほしい。デイヴィッド・ピルチャーは極悪人だが、本部にいる全員がそうだというわけじゃない。わたしは谷の向こうに行ってくる」

「いつ？」

「いまからだ。ケイト・バリンジャーとほかに銃を扱える者二名が同行してくれるとありがたい」

「大勢で行くべきだ」役員が言った。

「どうして？　目立ちやすくして、これ以上死人を出そうというのか？　だめだ、なるべく少人数ですみやかに移動したほうがいい。できるかぎり目立たないようにして。戻ってこれない可能性もあるが、行かなければ、避けられぬものが来るのをこの洞窟で待つだけのことだ。だったら動いたほうがいい」

ヘクターが言った。「本部にたどり着けたとして、あの男をとめられると本気で思ってるのか？」

「やってみせる」

ひとりの女が進み出た。彼女も前の晩の衣装のままだった――夜会服もティアラもそのままだった。口紅、マスカラ、アイライナーが落ちて、顔に派手な筋がついている。

「ちょっと聞いてほしいの。大半の人がこの人に怒ってるのは知ってるわ。保安官に。わたしの夫は……」気持ちを落ち着けるのにしばらくかかった。「べつのグループに入ったの。結婚して六年。押しつけられた結婚だけど、あの人のことは愛してたわ。いちばんの親友だった。と言っても、話らしい話をすることはめったになかったけど。目と目を合わせるだけで、ちゃんとわかり合えるなんてすごいわよね。さりげない目配せだけで」同意のつぶやきが全体に広がった。女はイーサンを見つめた。「カールはもうこの世になく、わたしもきょう死ねたらと思うわ。あと一時間だって、こんな胸の悪くなるような幻想の町に暮らしていたくないもの。囚人のような暮らし。奴隷のような暮らし。あなたが正しいと思うことをやったのはわかってる。だから、これっぽっちも責める気持ちはないわ。ここにいる全員が同じ気持ちじゃないかもしれないけど、わたしと同じ思いの人だっていると思う」

「ありがとう」イーサンは言った。「そう言ってくれてうれしいよ」

彼はゆっくりと向きを変え、自分を見つめている九十五の顔をながめながら、彼らの人生という重みが肩にかかるのを感じた。

しばらくしてようやく口をひらいた。「十分後に、あのドアから出ていく。ケイト、一緒に来てくれるか？」

「あたりまえじゃない」

「あとふたり必要だ。同行を希望する者は多いと思うが、洞窟のほうに再度、攻撃がないともかぎらない。こっちも充分に武装し、警戒を怠らないようにしておきたい。銃が撃てて、体調が良好で、恐怖をコントロールする自信がある者は、ドアのところまで来てほしい」

イーサンはテレサとベンにはさまれる恰好でステージにすわった。

息子が言った。「外に行くなんてやめてよ、パパ」

「そうだな。ここだけの話、わたしだってものすごく行きたいわけじゃないんだ」

「だったら行かないで」

「ときには、やりたくないこともやらなきゃいけないんだよ」

「どうして?」

「それが正しいことだからさ」

息子の頭を去来する思いがなんなのか、彼には想像できなかった。学校で教わった数々の嘘が、突然、真実という強烈な熱で溶けはじめているにちがいない。自分がベンと同じくらいだったとき、父が悪夢から目覚めさせてくれ、悪い夢を見ただけだ、化け物なんてこの世にはいないんだよと言い聞かせてくれたことを思い出した。

しかし息子が生きている世界には、化け物が存在する。

それもいたるところに。

自分自身でさえ向き合うのがやっとなのに、息子にそんな事実を受け入れさせるにはどうしたらいいのか。

息子がイーサンの身体に両腕をまわし、ぎゅっと抱きしめた。

「泣きたければ泣いていいんだぞ」イーサンは言った。「恥ずかしいことじゃない」

「パパが泣いてないもん」

「よく見てごらん」

息子は顔をあげた。「どうして泣いてるの、パパ？　もう、戻ってこられないから？」

「そうじゃない。おまえを愛してるからだ。このうえなく」

「絶対に帰ってくる？」

「できるかぎり努力する」

「帰ってこられなかったらどうしたらいいの？」

「パパは必ず帰ってくるわよ、ベン」テレサが言った。

「いや、正直に話したほうがいい。パパがやらなきゃいけないことは、とっても危険なんだ。帰ってこられないかもしれない。わたしになにかあったら、お母さんを大事にするんだぞ」

「パパになにかあるなんていやだよ」ベンはまた泣きはじめた。

「ベン、パパを見ろ」

「え？」

「もしもわたしになにかあったら、お母さんを大事にするんだ。おまえが一家の大黒柱になるんだから」

「わかった」

「約束だぞ」

「約束する」

イーサンは息子の頭のてっぺんにキスをしてから、テレサに目を向けた。

彼女は気丈に振る舞っていた。

「必ず帰ってきてね。帰ってきたら、この町を隅から隅までよくしてちょうだい」

ハスラー

各地をさすらいつづけたハスラーは、これを荒野で過ごす最後の夜にするつもりでいたが、マツの木に設営した寝筒にもぐりこんだ瞬間、はっと気づいた――とても眠れそうにない。フェンスの外の世界を放浪すること一三〇八日。確信はなく、あくまで推測ではあるが、ウェイワード・パインズはここから北にわずか数マイルのところにあり、アビーの大群が行く手からいなくなったおかげで、彼が家に帰るのをさえぎるものはなにもない。

過酷な毎日のなかで、ふとしたときにこの瞬間に思いを馳《は》せることがあった。また目にすることがあるのだろうか。町に帰還するのはどんな気持ちだろう。安全で、大切なもののある町に。

ウェイワード・パインズが始まって以来、フェンスの外に送り出された探索者はわずか八人。ピルチャーの腹心の部下にとって、この役目は究極の名誉であり犠牲とされている。ハスラーの知るかぎり、長期の探索任務から帰還した者はいない。彼が任務に出ているあいだに誰かが帰還していなければ、ハスラーがその第一号となる。

ケルティのバックパックに、ゆっくりと手際よく、これで最後となる荷を詰めていく——空《から》の一リットルの水筒、火打ち道具、空の救急セット、かびだらけのバッファロージャーキー数切れ。

習慣で革の日記をビニール袋に入れて、口をしっかり閉じた。この三年半で経験し遭遇したものは、すべて書きとめてある。日々の悲しみ。喜び。これが最期と思った日。突きとめたこと。自分の目で見たものすべて。

五万ものアビーの大群がグレートソルト湖をのぞむ、かつてはボンネヴィル・ソルトフラッツと呼ばれた場所を猛スピードで突っ切っていくのを目にしたときは、心臓がばくばくした。

骨組みだけになったポートランドの高層ビルの残骸を、沈む夕陽が錆色からブロンズ色に変えるのを見たときは、涙がとまらなかった。

クレーター湖——干上がっていた。

シャスタ山——低くなっていた。

サンフランシスコでは廃墟となったポイント要塞に立ち、ゴールデンゲートブリッジの残骸しかない湾をぼんやりと見つめた。南塔の上部百フィートが沈没船のマストのように、水面から突き出ていた。

びしょ濡れで寒さに震えながら過ごした夜。

ひもじく、孤独だった。

灰色の朝は寝筒から起き出して、探索に出る気になれなかった。

ほっとひと息ついて、たき火にあたりながらパイプをふかした夜。

なんと奇妙で途方もない人生か。

とにかくいまは、いろいろあったが、家に帰れる。

バックパックの口を締めてストラップを取りつけ、肩に背負った。この数日間は、これまでより強く踏ん張らなくてはならず、脚と腰に張りを感じるようになっていた。ゆっくりとたまった痛みは、数日休まないとやわらぎそうにない。しかし、いまはそんなことはどうでもいい。あと少しすれば、風呂に入り、温かくてふかふかのベッドにもぐりこみ、腹いっぱいに食べられるのだ。最後の最後が少しくらいしんどくてもさしつかえあるまい。

渓流に沿って歩いていくと、やがて西に分かれた。

川の流れる音がしだいに小さくなった。

森は暗く、静かになった。

一歩一歩に重みがあり、しかも一歩ごとにそれは増している。

夜明けまであと数分のところで足をとめた。

まっすぐ前方にフェンスが見える。

おかしい。充分な殺傷能力を持つ高圧電流がぶうんとうなっているはずだが、なんの音も聞こえない。

たったひとつの思いが彼の脳裏をよぎった——テレサ。
ハスラーはゲートに向かって走りだした。

V

テッド

〈レベル4〉にあるテッドの居室は、ほかの者の二倍の広さがあった。デイヴィッド・ピルチャーの中核グループに初期段階から参加した者の特権だ。十四年暮らしたこの部屋は、すべてがあるべき場所に（いちおう）おさまっていて、雑然としたなかにもほっとするものがあり、いかにもわが家という感じがする。

本部基地での生活は仕事と余暇のパターンが変則的で、普通はバランスが取れるようになるのに何年もかかる。どこの所属でも勤務は過酷だ。一日十時間、週六日。しかも監視チームの責任者であるテッドの場合はそれだけですまず、記憶にあるかぎり、勤務時間が七十時間を下まわった週は一度もない。自由時間も週に七十時間程度あるが、寝る以外になにをすればいいのかが問題だった。もともと外向的な性格ではない。それに、画面ごしとはいえ、仕事時間はずっとウェイワード・パインズの住民と一緒にいるような気がする。そんなわけで、非番のときは、とにかくひとりになりたかった。

絵を描こうとした。

写真もやった。

おもしろくなかったが編み物も。

運動に打ちこんだこともある。

八年前のある日、〝方舟〟で古いタイプライターを見つけた。アンダーウッド社のタッチマスター5というモデルだ。何箱分かの用紙と一緒に自室に持ち帰り、部屋の一角にささやかな書き物机をしつらえた。

これまでずっと、アメリカを代表する小説を書きたいという望みを抱いていたような気がしていた。

しかし、もはやアメリカは存在せず、それを言うならすべてが失われてしまったいま、なにを書けばいいのだろう。

そもそも、人類が滅亡の瀬戸際にあるというときに、本や芸術を生み出すことになにか意義はあるのだろうか。

答えは出なかったが、摩耗《まもう》して文字が消えかかった古いキーを叩いてみると、自分は書くことが好きで、アンダーウッドのキータッチが心地いいとわかった。

モニターはなかった。

あるのはカタカタカタという心地よいキーの響きと、紙がゆっくり送り出されるときにただよう、インクのかすかなにおい、それに頭にアイデアの詰まった自分だけ。

最初はなんとなく探偵小説を書いてみた。

いつしか尻すぼみになった。

次に自分史を手がけたが、すぐに飽きた。

二週間ほどためすうち、ぴんとひらめいた。彼は日がな一日、絶望のあらゆる段階にいる何百人もの私生活を映し出す監視モニターとにらめっこしている。ウェイワード・パインズの住民をテーマにすればいい。彼らの前世や町に溶けこむまでを記録し、おもてには出さない思いや不安に想像をめぐらすのだ。

書きはじめたら、とまらなかった。

書くことは次から次へとあふれ出て、雪が積もるように原稿が机の隣にどしどしたまり、ウェイワード・パインズの住民の（あくまでテッドから見た）人生を詳述した原稿は何千枚にもおよんだ。

書いたものをどうするかは考えていなかった。

読んでくれる人がいるとも思えなかった。

仮題を『ウェイワード・パインズの隠された生活』とし、表紙にはこの谷間の町に暮らす全住民の顔をのせたらどうかと考えた。とにかく、まずは原稿を書きあげなくてはならず、それ以外の問題はあとまわしだ。いまのところ、終わりは見えなかった。ここでの生活はつづいている。新しいことが起こる。亡くなる人も出る。新しい住民が登場する。話が終わらない現在進行形の本など、どうやって出版すればいいのだろう。

答えは昨夜、痛ましい形で訪れた。ピルチャーのオフィスにすわり、アビーの大群が町を襲撃する様子をモニターで見せられたのだ。

町の〝神〟が即座に決断をくだし、突如として終わりが到来した。


早朝、部屋のドアを叩く音がした。

テッドはベッドに横になっていた。ひと晩じゅうそうしていた。恐怖のあまり呆然として決断がつかないまま。

「どうぞ」

もっとも年配の友人、デイヴィッド・ピルチャーが入ってきた。

テッドは一睡もしていなかったが、見たところ、ピルチャーも同じだったようだ。いかにも疲れている様子だった。まぶしそうに細めた目を見れば、二日酔いがそうとうひどいのがわかるし、まだ上等なスコッチのにおいをぷんぷんさせている。うっすらとしたひげが影のように顔を覆い、剃りあげた頭には灰色の細かいものが点々と生えていた。

ピルチャーはテッドの書き物机の椅子をベッドの前まで引っぱってきて、腰をおろした。

テッドを見すえた。

「で、どうだったんだね？」

「どうだったと言いますと？」

「きみの部下だよ。まかせろと言ったのはきみだ。バーク保安官が今回の暴動を画策するのに手を貸した人物を突きとめる約束じゃないか」

テッドはため息をついた。起きあがり、ナイトテーブルから分厚い眼鏡を取ってかけた。染みのついた半袖のボタンダウンシャツとクリップ式ネクタイという恰好のままだった。ズボンもきのうと同じものだ。靴も脱いでいなかった。

昨夜、ピルチャーのオフィスに呼ばれたときは、びくびくしていた。

いまはただ疲れ、腹が立っていた。

ものすごく腹が立っていた。

「保安官が監視チーム経由で得たとしか思えない情報を持っていたとのことですが、具体的にどういう情報か教えてもらえませんか」

ピルチャーは椅子の背にもたれ、脚を組んだ。

「いや、それは無理だ。いいから、監視チームの責任者として、やるべきことをやりたまえ」

テッドはうなずいた。

「答えてもらえるとは思ってませんでしたけど、まあ、いいでしょう。その情報とやらがどんなものかは知ってます。昨夜、そう言うべきでしたが、びびってしまって」ピルチャーが首をかしげた。

「あなたとパムがお嬢さんになにをしたかが映っている動画を見つけたんで

す」

　ほんの一瞬だったが、テッドにとって胃の痛くなるような間があいた。

「つまり、バーク保安官はきみに助けを求めたわけだ」ピルチャーは言った。

「ゆうべはひと晩じゅう、どうすべきか考えてました」テッドはポケットに手を入れ、雲母《うんも》片《へん》に似た金属片を出した。

「動画をコピーしたんだな」ピルチャーは訊いた。

「しました」

　ピルチャーは床に視線を落としてから、ふたたびテッドを見すえた。

「わたしがこの事業のためにどれだけのことをしてきたか知っているな。二千年の時を経た未来に、最後の人類として生きるため、わたしは――」

「ものには一線というものがあるでしょう、デイヴィッド」

「ほう、そうかね？」

「あなたは自分の娘を殺したんですよ」

「娘が地下組織に手を貸したりするから――」

「それでも殺していいことにはなりません。どうしてわからないんですか」

「わたしはね、テッド、前世で思ったんだよ。ウェイワード・パインズ以上に大事なものはなにひとつ、なにひとつとしてないと」

「娘さんよりも大事だと言うんですか」

「かわいいアリッサよりもだ。だが、わたしがこんな――」ピルチャーの顔を涙がこぼれ落ちた。

ちた。「――結末を望んだと思うのかね？」

「あなたの望みなど、もはや知ったことじゃありません。あなたは町をまるごと殺した。自分の娘も。何年も前には奥さんも。どこまでいけば終わりになるんです？　一線はどこにあるんですか」

「一線などない」

テッドは手にしたメモリーカードをなでた。「まだ引き返せます」

「なにを言っているんだ、きみは」

「全員を集め、すべて打ち明けるべきです。アリッサになにをしたかを話してください。ウェイワード・パインズの住民になにをしたかを――」

「誰も理解などしてくれまい。テッド、きみだってしていないではないか」

「みんなに理解してもらえるかどうかは関係ありません。あなたが正しいことをやるかどうかです」

「なぜそんなことをしなくてはいけない？」

「魂の救済のためです、デイヴィッド」

「なら言わせてもらおう。もうこんなのには慣れっこなんだよ、やろうとしていることを誰にも理解してもらえないなんてことにはね。妻はわかってくれなかった。アリッサもだ。きみがわかってくれないことも、残念とは思うがびっくりはしていないよ。わたしが創り出したものを見たまえ。わたしがなしとげたことを。いまも歴史の書が書かれていれば、わたしは人類史上もっとも重要な存在としてあげられるだろう。べつに妄想でもなんでもない。これは動かしがたい事実なんだ。わたしは人類を救ったのだよ、テッド。それこそがわたしがなしとげたかったことだからだ。誰も理解してくれなかったがね。いや、ふたりだけいたな。だが、アーノルド・ポープは死に、パムは行方不明だ。それがなにを意味するかわかるか？」

「いえ」

「わたしが汚れ仕事をやらなくてはならないということだ」

ピルチャーはだしぬけに椅子から腰をあげ、ベッドに近づいた。テッドがなにがなんだかわからずにいると、上司の手に握られたファイティングナイフの短い刃が光を受けてきらめいた。

イーサン

けっきょく、志願者のなかで頼れそうなのはマギーとヘクターだけだった。ケイトを含めたほかの者は、このふたりとちがってアビーと対峙《たいじ》していない。襲いかかるアビーと相対すれば、どれほど度胸があろうとひるむに決まっている。既知の人材と行動をともにするほうがいい。

それぞれ武器を持った。

マギーは過去に二二口径のライフルしか撃ったことがないと言うので、モスバーグ九三〇に鹿弾をこめてやり、トレンチコートのポケットには予備の弾をたっぷり入れてやった。それからかまえ方を教えた。再装塡の仕方も。反動が大きい点も注意した。

ヘクターにはモスバーグにスラッグ弾を装塡してやり、三五七口径のスミス＆ウェッソンも同じようにした。

ケイトはブッシュマスターAR‐15と、予備に四〇口径のグロックを選んだ。

イーサンは通路に立ち、洞窟のドアを守るために武装させたひと握りの人々を振り返った。

「もし、あんたたちが戻ってこなければどうなる？」役員が訊いた。

「ここの備蓄は数日もつわ」ケイトが答えた。

「そのあとはどうすればいい？」

「それは自分たちで考えてもらうしかないわね」

テレサとベンは洞窟を入ってすぐのところに立っていた。

ふたりとはすでに別れのあいさつを交わしてある。

イーサンは重たい丸太造りのドアがいきおいよく締まり、かんぬきがカタカタいいながらはまるまで、妻と目を合わせていた。

外は凍えそうな寒さだった。

遠くに目をやると、陽の光が射しこんできている。

イーサンは言った。「撃つしかないとき以外は絶対に撃つな。最良のシナリオは、一発も撃たずに町まで行くことだ。居場所を教えるようなことをしたら最後、わたしたちは一巻の終わりだ」

ケイトを先頭に、通路の端の陽射しに向かった。

イーサンはドアに隔てられる直前のテレサとベンの姿を頭のなかで再現した。

心のなかでつぶやいた。もうあれきりで、きみたちをこの目で見ることはないのだろうか。

きみたちをどれほど愛しているか、ちゃんと伝わっただろうか。

四人は岩棚の突端に立って、谷間を見やった。

朝になっていた。

千フィート下の町からは、なんの音も聞こえてこない。

陽射しが顔にぽかぽかと心地いい。

マギーが小声で言った。「いつもと変わらない朝としか思えないわね」

眼下の通りの様子をこまかくうかがうには距離がありすぎた。イーサンはふと、保安官事務所のデスクの最下段の抽斗《ひきだし》に双眼鏡をしまってあるのを思い出した。あれがあればよかったのに。

へりに近づいて下をのぞきこんだ。垂直にそそり立つ三百フィートの絶壁が陽射しを受けて輝いている。

厚板伝いに進み、反対側のいちばん上のカーブでひと休みした。

陽射しを浴びた岩肌が温かかった。

すぐに下山を再開した。

ケーブルをしっかりつかむ。

岩肌に残る足跡をたどる。

一羽の鳥もいない。

風はそよりとも吹かない。

四人の荒い呼吸が聞こえるだけだ。

木のてっぺんより下、太陽が届かない位置にある鋼鉄のケーブルは氷のようだった。

しばらくすると岩だらけのところを過ぎ、森の柔らかい地面におり立った。

イーサンは言った。「町に戻る道はわかるかい、ケイト？」

「ええ、たぶん。なんだか変な感じ。明るいときに来たことがないから」

彼女を先頭に、四人はマツの森に入った。

地面のところどころに雪が残り、二日前の夜の足跡がついていた。それをたどって山腹をおりていった。イーサンはあたりに目を配ったが、動くものはなにもなかった。森は水を打ったように静かだった。

しばらく行くと、滝の音が聞こえてきた。

四人は急な斜面をくだった。

小川と排水トンネルの入り口が見えてきた。イーサンが昨夜撃ったアビーが、水中や土手で死んでいた。

顔に細かい水しぶきがあたった。

二百フィート上の岩棚から落ちる一本の滝を見あげた。落ちてくる水に太陽の光があたり、そこに虹が現われていた。

「トンネルで町まで戻るの？」ケイトが訊いた。

「いや」イーサンは答えた。「逃げ場所が多いほうがいい」

四分の一マイルほど進むと地面はたいらになり、一行は町の東端にある老朽化した家の裏に出た。ウェイワード・パインズにはじめてやってきたイーサンが、エヴァンズ捜査官の無残な死体を発見したあの家だ。

四人は家のわきの草むらで足をとめた。

いまのいままで、イーサンは静かなほうが安心できた。しかし、今度は急に不安になった。なにかが始まるのを、世界が固唾《かたず》をのんで見守っているような気がしたからだ。

「来る途中、考えたんだが、まともに動く車があれば、すみやかに南端まで移動できるし、奇襲される心配をしなくてすむんじゃないかな。ケイト、きみの家の前にある古い車は動くのか?」

「もう何年も動かしてないわ。わたしならいちかばちかの賭けに出るのはやめておくけど」

「うちの前の車なら動くわよ」マギーが言った。

イーサンは訊いた。「最後に動かしたのはいつだい?」

「二週間前。ある朝、電話がかかってきて、数時間ほど、車で町をぐるぐるまわるようにと言われたの」

「どうしてそんなことをするのか、以前から不思議に思っていたんだよ」ヘクターが言った。

「普通の町なら道路を車が一台も走ってないなんてことはないからさ」イーサンは言った。

「ウェイワード・パインズを本物らしく見せるための小細工のひとつだ。きみの家はどこなんだい、マギー？」

「八番ストリートの、六番アベニューと七番アベニューのあいだ」

「ここから六ブロックほどだな。キーはどこに？」

「ナイトテーブルの抽斗のなか」

「たしかだね」

「百パーセントたしかよ」

家のわきから様子をうかがうと、少し離れた通りに死体がいくつかあるのが見えたが、アビーは一匹もいなかった。

「いったんすわろう。ひと息つくんだ」

四人は腐りかけた板壁にもたれてすわった。

イーサンは言った。「マギーとヘクターは軍隊の経験がないんだろう？」

ふたりそろってうなずく。

「わたしはブラック・ホークの操縦士だった。ファルージャでは常軌《じょうき》を逸《いっ》した戦闘を何度も見たよ。これからわれわれは、敵が占拠している場所を六ブロック移動するわけだが、このような状況における適切な動き方は、姿をさらす時間を最小限に抑えることだ。わたしたちがいまいる場所からだと、周辺のブロックしか見えないが、通りを渡れば見える範囲がちがってくる。あらたな情報が得られる。ここから六ブロック進むわけだが、その距離を少しずつ移動する。マギーとわたしがまず通りを渡って、安全を確保する。あらたな地点から周囲の状況を見きわめるから、合図をしたら、ケイトとヘクターは合流してくれ。わかったかな？」

　全員がうなずく。

「最後にひとつ、移動の仕方について話しておく。いま説明したのは戦術縦隊と呼ばれるものだ。なるべくおたがいの距離をあけずに走るわけだが、周囲に目を配れるだけの速度に抑えなくてはいけない。いまがチャンスだと思うと、どうしても前方に注意が集中しがちだが、それではだめだ。百ヤード、二百ヤード前方からアビーがやってくる場合は、反応する余裕がある。最悪なのは、奇襲されることだ。たとえ一匹でも茂みや角から飛び出されたら、銃をかまえる余裕すらない。だから、危険区域全体に目を配ること。それがなによりも重要だ。茂みのそばを通る際、奥になにがいるか確認できないなら、そこに銃を向けるように。いいね？」

　マギーのショットガンが手のなかで小刻みに震えはじめた。

　イーサンは彼女の手に軽く触れた。「大丈夫、うまくやれる」と声をかける。

　彼女はぱっと顔をそむけ、芝生に吐いた。

　ケイトがその背中をさすり、やさしく声をかけた。「大丈夫よ、ハニー。怖がってもいいの。怖がったほうがいいの。神経が研ぎ澄まされるから」

　この女性はまさかこんなことになるとは思っていなかったのだろう。これほどのレベルの恐怖やプレッシャーにさらされた経験がないにもかかわらず、必死にみずからを鼓舞しようとしている。

マギーは口もとをぬぐい、何度か深呼吸した。

「大丈夫かい？」イーサンは訊いた。

「やっぱりできない。できると思ったけど――」

「きみならできる」

「ううん、わたしはこのまま引き返したほうがいいみたい」

「わたしたちにはきみが必要なんだよ、マギー。洞窟で待っている人たちもきみを必要としている」

彼女はうなずいた。

「わたしと一緒に行こう」イーサンは言った。「一歩ずつ進むんだ」

「わかった」

「きみならできる」

「ちょっとだけ待って」

戦争でも目にした症状だった。戦闘硬直。激しい戦闘への恐怖と迫りくる死の恐怖に押しつぶされた状態だ。イラク時代は、悪夢と言えば、スナイパーの銃弾か簡易手製爆弾だった。だが、ファルージャの市街戦がもっとも激しかったときでさえ、生きたまま食われるという悪夢は存在しなかった。

マギーに手を差し出した。

「行けるかい？」

「たぶん」通りの向こうを指差した。「道を渡って、角のあの家のところまで行く。それ以外のことはいっさい考えなくていいから」

「わかった」

「通りにはいくつか死体が転がっている。あらかじめ言っておく。すべて無視するんだ。目を向けてはだめだ」

「危険地帯ね」マギーは無理にほほえもうとした。

「そうだ。では、わたしのそばを離れないように」

イーサンはショットガンを拾いあげた。

腹がざわざわしてきた。

かつてさんざん味わった恐怖感。

家のわきから五歩離れると、通りの死体がすべて見えた。どうしたって目に入ってしまう。数えると子どもふたりを含めて全部で七人。文字どおり、ずたずたにされていた。

マギーは必死についてきていた。

数フィートうしろで彼女の足音がしている。

アスファルトを叩く自分たちの足音だけを聞きながら、先を急いだ。

それに自分たちの荒い息づかいも。

一番アベニューで左右を確認した——なにもない。しんとしている。

通りを渡って庭に飛びこむと、最後の数歩は足を速め、二階建てのヴィクトリア朝様式の家にたどり着いた。

窓の下にしゃがんだ。

イーサンは角から顔を出し、あたりをうかがった。

あらためて、一番アベニューを確認した。

問題なし。

ケイトとヘクターを振り返り、右腕をあげた。

ふたりは立ちあがって走りはじめた。先頭のケイトは自分のやっていることをちゃんとわかっているらしく、自信にあふれた動きだったが、ヘクターのほうは落ち着かなげに数歩うしろをついてくる。ふたりが死体を見たのがわかった。ヘクターは顔をくもらせ、ケイトは顎を引きつらせながらも、視線をそらすことができずにいた。

イーサンはマギーに顔を向けて言った。「ちゃんとできたじゃないか」

やがて四人はふたたび一緒になった。

イーサンは言った。「道路にはなにもいない。なぜこんなに静かなのか解《げ》せないが、このチャンスを利用しよう。今度は四人一緒に移動する。まず通りに出て、真ん中を歩く」

「どうして?」ヘクターが訊いた。「だだっ広いところじゃなく、家に近いところを歩いたほうが安全だと思うが」

「角はわれわれの味方じゃないんだ」イーサンは答えた。

ヘクターとケイトが息を整えるまで一分待った。

それから立ちあがった。

「次の目標地点はどこ？」ケイトが訊いた。

「道路の反対側を二ブロック行ったところに、緑色のヴィクトリア朝様式の家がある。正面側にビャクシンが並んで植わっている家だ。そのうしろにまわりこむ。全員、準備はいいかい？」

「わたしがしんがりをつとめましょうか」ケイトが訊いた。

「頼む。右側にあるものすべてに用心しつつ、頻繁《ひんぱん》にうしろを確認して、奇襲されないよう見張ってくれ」

八番ストリートはことのほか穏やかな朝を迎えていた。

両側に趣《おもむき》のあるヴィクトリア朝様式の住宅が建ち並び、白い杭垣が早朝の陽射しを受けて輝くなか、四人は道路の真ん中を小走りで移動した。イーサンは空腹で腹が痛くなった。最後になにか口にしたのがいつかも思い出せなかった。

左側の家々と前方の道路を交互にうかがった。

なによりも側庭に神経をとがらせた。家と家のあいだの細い隙間は裏庭につづいているが、そこはイーサンから見ると死角になっている。

最初の交差点まで来た。

妙だ。てっきり町にはアビーがうようよしていると思ったのだが。引きあげたのか。夜のあいだだけ襲撃し、来たときと同じ経路で――ピルチャーがあけたゲートを通って――荒野に戻ったのかもしれない。それなら話は簡単で、フェンスを開閉できるようにしさえすれば、連中を閉め出せる。

緑色のヴィクトリア朝様式の家が二軒先にまで迫っていた。

イーサンは歩みを速め、庭に向かった。

ふと気がつくと、ケイトがすぐ隣を走っていた。

「どうした?」彼は息をはずませながら尋ねた。

「急いで」ケイトがあえぐように言った。「とにかく走って」

イーサンは縁石を飛び越え、全速力で芝生を突っ切った。

うしろにちらりと目をやる――なにもない。

ビャクシンの茂みまで来た。

枝をかき分けながら、ひたすら走った。

茂みと家のあいだの暗がりに飛びこんだ。

全員が息を切らしていた。

イーサンは言った。「ケイト、なにがあったんだ?」

「アビーがいたの」

「どこに？」

「通り沿いにある家のなか」

「家のなかだって？」

「窓のところに立って、外を見てた」

「わたしたちに気づいたようだったか？」

「わからない」

イーサンはゆっくりと膝立ちになり、枝の隙間から様子をうかがった。

「立っちゃだめ」ケイトが小声で制した。

「確認する必要があるんだ。どの家だ？」

「窓枠が黄色い茶色の家。正面のポーチにブランコ、庭にこびと《ノーム》の像がふたつ置いてある」

見えた。

スクリーンドアが揺れて閉まり、木の部分が枠にはまるパタンという音がかすかに聞こえた。

しかし、アビーの姿は見えなかった。

イーサンはふたたび茂みの奥にしゃがんだ。

「外に出たようだな。スクリーンドアが閉まるのが見えた。どこにいるかまではわからなかったが」

「この家をまわりこんでくるんじゃないかしら」ケイトが言った。「壁伝いにそっと近づいてるかもしれないわ。あいつらはどの程度、知恵がまわるの?」

「恐ろしくまわる」

「どうやって獲物を見つけるのかしら? 五感はどれくらい鋭いの?」

「見当もつかないよ」

マギーが言った。「なにか聞こえる」

全員が黙った。

カチャカチャという耳障りな音だった。

イーサンは少し身体を起こし、もう一度、枝の隙間からのぞき見た。

アビーが直立歩行でこの家に向かって歩道を歩いてくる。

カチャカチャいうのは鉤爪がコンクリートにあたる音だった。

大きなオスだ。

体重は少なくとも二百五十ポンドはあるだろう。

餌を食べたばかりのようだ。胸のところによだれかけのようにまとわりついている乾いた血や内臓が邪魔で、大きな心臓が鼓動する様子はほとんど見えない。

ポーチの手前でアビーが足をとめた。

首をめぐらす。

イーサンは頭を引っこめた。

唇の前に指を立てると、顔をぐっと近づけ、ケイトの耳にささやいた。

「二十フィート前方、ポーチのところにいる。倒すしかない」

ケイトはうなずいた。

イーサンは膝立ちになってショットガンを持ちあげ、頭を茂みの上に出した。

弾は送りこんだか？

もちろん送りこんである。昨夜、一発多くこめたじゃないか。

アビーはいなくなっていたが、強烈なにおいがただよっていた。

近くにいる。

茂みの反対側から甲高い声があがり、歯を剝き出し、濡れた黒い石のような目をしたアビーが現われた。

耳がおかしくなりそうな発砲音がとどろいた。敵の大きさはそうとうなものだったが、一発で芝生に倒れてくれた。

すでにケイトは立ちあがっていた。

ヘクターとマギーは茂みの奥で固まっている。

イーサンは声をかけた。「移動しよう」

手でかき分けながら茂みを出た。

アビーはまだ生きていた。苦しげなうめき声を漏らし、二十五セント硬貨大の穴をふさごうとしつつも、あまりの出血量に呆然としている。

イーサンがそのわきを通りすぎようとすると、アビーにジーンズの裾をつかまれそうになり、デニム地がさっくりと裂けた。

ケイトはすぐうしろをついてきたが、ヘクターとマギーが遅れていた。

「急げ!」イーサンは怒鳴った。

四人は通りに走り出た。

イーサンの額に汗が玉のように噴き出し、目に入ってひりひりとしみた。

次の交差点を突っ切った。

近づいてくるものはない。

イーサンは首だけうしろに向け、八番ストリートを振り返った。

マギーもヘクターも腕を強く振って、心臓が破れそうなほど必死に走ってくる。目の届く範囲に追っ手の姿は見えなかった。

右手方向の次のブロックは、学校が占めていた。

金網塀の向こうに遊具がひっそりと並んでいる。

シーソー。ブランコ。滑り台。メリーゴーランド。

テザーボール用のポール
バスケットボールのゴール。

その先には赤煉瓦《れんが》造りの校舎。

マギーが声を漏らした。「信じられない」

イーサンは振り返った。

彼女は通りの真ん中に突っ立ち、学校をぽかんと見つめていた。

イーサンは彼女のところまで駆け戻った。

「先を急ごう」

マギーは指を差した。

校舎の側面のドアが大きくあき、戸口に男がひとり立って、手を振っている。

マギーは言った。「どうするの？」

さて、どうするか。

その後のすべてを左右する重大な決断だ。

イーサンは高さ四フィートの金網塀をよじのぼると、校庭を猛スピードで突っ切り、巨大なハコヤナギの木陰のジャングルジムがある砂場の前を通りすぎた。ハコヤナギの黄色い葉がアスファルトにぺったり貼りついていた。

ドアが閉まらないよう押さえていたのはスピッツという名の男で、ウェイワード・パインズの郵便配達人だった。郵便の需要などゼロである町にとって、なんとも創造性に富んだ職と言える。それでも、彼は週に何日か通りを歩き、偽のダイレクトメールや無意味な納税通知書で郵便受けをいっぱいにしていた。彼は筋骨たくましく、ひげをたっぷりたくわえ、歩くのが仕事のわりには腰まわりが大きかった。その彼がいま、ぼろぼろになった黒いTシャツにキルトという恰好——〝祭り〟の衣装だ——で、左腕に血のついた布切れを巻いていた。頬に醜《みにく》い切り傷を負い、右脚の一部がえぐれていた。

彼はやってきたイーサンに声をかけた。「やあ、保安官。まさか会えるとは思ってなかったよ」

「それはこっちの科白《せりふ》だ、スピッツ。ずいぶんとひどいありさまじゃないか」

「なに、ほんのかすり傷さ」相手は白い歯を見せた。「ほかのグループは全滅したと思ってたよ」

「わたしたちのグループは、地下通路を通ってなんとか洞窟にたどり着いたんだ」

「そっちは何人だい？」

「九十六人」

「こっちは学校の地下に八十三人が隠れてる」

ケイトが訊いた。「ハロルドはいるの？」

スピッツは首を振った。「残念ながら」

ヘクターが言った。「てっきりほかのみんなは殺されたとばかり」

「おれたちはトンネルに向かう途中で襲われてね。川の近くで三十人ほどを失った。むごたらしいものだったよ。見てのとおり、おれはあのくそったれな化け物とちょっとばかりやり合うはめになったんだ。五人がかりで始末した。ひとりがマチェーテを持ってなかったら、全員殺されてたところだ。さっき、銃声がしたんで、こうして外に出てきたってわけだ」

「一ブロック向こうで、襲ってきたやつがいてね」イーサンは言った。「ひょっとしたら、やつらは森に帰ったんじゃないかと期待してたんだが」

「とんでもない。町のいたるところをうろうろしてるよ。ぱっと行ってこられる範囲の家を捜索したんだが、まだ自宅に隠れてる人がいる。夜が明けるちょっと前、ターナーさんのところでグレイシーとジェシカを救出した。ジムがふたりをクローゼットに閉じこめ、板を打ちつけたそうだ。彼はあんたたちのグループじゃないんだろ？」

「昨夜、見かけたよ」イーサンは言った。「助からなかった」

「気の毒に」

「そっちのみんなの様子はどう？」マギーが訊いた。

「夜のうちに三人が怪我が原因で死んだ。かなりの重傷者がふたりいる。あと一日持つかどうかだ。かすり傷程度なら大勢いる。全員がびびってる。食い物はまったくなく、噴水から汲んできた水が少しあるだけだ。グループのなかに教師がいて、そいつがここに隠れようと言わなかったら、おれたち全員、死んでただろうな。それはもう、まちがいない。ゆうべはまるで戦争だったよ」

「地下室はどの程度安全なんだ？」イーサンは訊いた。

「まずまずってところかな。おれたちが隠れてるのは扉二枚を隔てた音楽室だ。窓はない。出入り口は一カ所だけ。そこにバリケードを築いてある。難攻不落とまでは言わないが、とりあえずは持ちこたえてるよ」

数ブロック離れたところで甲高い鳴き声があがった。

「さっさとなかに入ろう」スピッツが行った。「あんたが殺したやつには仲間がいるようだ」

イーサンはケイトに視線を向け、すぐにスピッツに戻した。

「わたしは山に向かう。ピルチャーに会ってくる」

マギーが言った。「怪我をした人がいるなら、わたしで役に立てるかもしれないわ。前世では看護師になるための学校に通ってたの」

「だったらぜひ残ってもらいたいね」スピッツが言った。

さっきの声に応えるように、べつの鳴き声が響いた。

イーサンは言った。「ここにはいくらかでも武器はあるのかい？」

「マチェーテが一本」

まずいな。となると、銃を使える者を置いていかなくてはならない。このグループには大きなナイフ以上の威力を持つ防御手段が必要だ。

「ケイト、きみもここに残ってくれ」

「それだとあなたが困るじゃない」

「そうなんだが、ふたりで行ってふたりとも殺されたら、どうなる？ 少なくともこうすれば、わたしが戻れなくても、きみがかわりにやれる。しかも、待っているあいだ、きみがこの人たちを守ってやれる」

ヘクターが、その考えにはあまり乗り気でないように言った。「そうは言うが、イーサン、そうなるときみとわたしのふたりだけになってしまうよ」

「帰ってきてくれるんだろうね、保安官？」スピッツが訊いた。

「そうであってほしい」イーサンはマギーの手を握った。「ナイトテーブルの抽斗だったね？」

「ええ、二階にあがったら右に行って。廊下の突きあたりのドアよ」

「家に鍵はかかってる？」

「ううん」

「どの家だ？」

「白い窓枠のピンクの家。玄関のドアにリースがついてる」

マギーとスピッツは校舎に入った。

イーサンは向きを変えかけたが、ケイトがひんやりとした手を首のうしろにまわしてきた。彼女は手に力をこめて唇同士が触れ合うほど引き寄せ、彼にキスをした。イーサンはさからわなかった。

「気をつけて」そう言うと、彼女はドアの向こうに消えた。

イーサンはヘクターを見やった。

アビーがけたたましい声をあげている。

「あと二ブロック」イーサンは言った。「大丈夫だ、行ける」

イーサンとヘクターは校庭を突っ切り、ピクニックテーブルの合間を抜け、広々としたグラウンドに入ると、まっすぐ金網塀を目指した。

ちらりと振り返ると、後方の通りでなにかが動いているのが見えた——四つ脚で立つ、生白い生き物だった。

ショットガンを肩にかけると、金網塀に両手をついて飛び越え、学校の敷地の外に出た。

交差点に差しかかった。

右——異状なし。

左——四匹のアビーが向かってくるが、まだ数ブロック離れている。

目的のブロックのなかほどまで来たとき、一匹のアビーが通り側の窓を突きやぶって、イーサンに襲いかかった。

「走りつづけろ！」ヘクターに大声で指示すると、自分は足をとめて身がまえ、新しい弾薬を送りこんだ。

ヘクターが猛スピードで追い越していき、イーサンは頭部への一発で化け物を仕留めた。

ヘクターのあとを追いはじめた。最後の交差点まで来たとき、マギーに車の種類を訊くのを忘れたことに気がついた。この界隈には何台もあり、マギーの家の前の縁石にも二台がとまっていた。

まっすぐ前方にアビーが現われ、一ブロック先のメイン・ストリートからふたりのほうに向かってきた。しかも振り返ると、六匹ほどが二ブロック後方、学校近くの角をまわってくるのが見える。

ヘクターとふたり、最後の三十フィートとなるマギーの家の庭を駆け抜けた。

玄関ステップをあがり、屋根のついたポーチに立った。

スクリーンドアを乱暴にあける。

アビーが大声を張りあげる。

集まってくる。

ヘクターが冷静さを失いはじめた。

イーサンはドアノブをまわし、肩からドアにぶつかって、急いでなかに入った。「階段のなかほどに立って、入ってくるものを片っ端から撃つんだ」イーサンはよろけながら入ってきたヘクターに命じた。

「ドアの錠をおろせ!」

「あなたはどこに行くんです?」

「車のキーを取ってくる」

イーサンは一段飛ばしで階段をあがった。

甲高い鳴き声が壁をとおして聞こえてくる。

階段をのぼりきると右に折れ、廊下の突きあたりにある、閉まったドアに急いだ。

速度をゆるめることなく、ドアをぶち抜いた。

黄色い壁に白いまわり縁。

やわらかな生地のカーテンは閉まっていた。

椅子の背にかかったタオル地のローブ。

きちんと整えた、大きくてふかふかのベッド。

ナイトテーブルにはジェーン・オースティンの小説が積み重ねられ、アロマポットがひとつ置いてある。

室内は冷えきっていたが、アロマの香りがまだたちこめていた。

マギーの安らぎの場所。

イーサンはナイトテーブルに駆け寄り、抽斗をあけた。

階下でガラスが割れる音がした。

板が砕ける。

うなり声。

抽斗の奥に突っこんだ手がキーを探りあてるのと前後して、ヘクターが叫んだ。

つづいてショットガンの炸裂音。

アビーの悲鳴。

ヘクターがわめく。「くそ！」

カシャン、カシャンと弾が送り出される。

ズドン！

カシャン、カシャン。

使用済みの薬莢《やっきょう》が階段を落ちていく。

イーサンは車のキーをジーンズの前ポケットに突っこみ、廊下を駆けだした。

ヘクターの悲鳴。

銃声がしなくなった。

階段のところでとまろうとしたとき、ブーツのゴム底が硬材の床を滑った。

血。

どこもかしこも。

三匹のアビーがヘクターを押さえつけていた。一匹は右脚を引きちぎり、べつの一匹は上腕をもぐところ、残りの一匹は胃袋を目指して腹筋を噛みちぎっていた。

ヘクターは絶叫し、腹に食らいついているアビーの頭を自由な手で叩いている。

イーサンはショットガンをかまえた。

最初の一発でヘクターの腹に顔を突っこんでいたやつの頭を吹き飛ばし、歯を剝き出しながら顔をあげたべつの一匹に二発めを見舞った。残りの一匹が先手を打って、鉤爪を立てながら宙を飛んできたが、飛びかかられる寸前にモスバーグをかまえて発砲した。

撃たれたアビーは階段を転がり落ち、ちょうど玄関のドアから突入してきたアビー二匹に激突した。

イーサンは次弾を送りこみ、階段の上で少し気持ちを落ち着かせた。次の一手をどうすべきか検討しながら、いまにもうろたえそうになるのを必死でこらえた。モスバーグを撃った反動で左腕が痛く、銃床を肩に引き寄せるだけでも顔がゆがんだ。

死んだアビーの下から二匹が這い出てきたが、両方とも階段をのぼる途中で仕留めた。

家のなかは硝煙でかすみ、しばらくのあいだは、ヘクターの脚の大腿《だいたい》動脈から赤いものが玄関ドアに弧を描きながら噴射されるヒューヒューという音しかしなかった。

階段は血まみれで、ぬるぬるしていた。

ヘクターがうめき声をあげながら全身を震わせ、恐るべき驚異でもあるかのように、自分の腸を手にした。

血がどくどくと流れていき、ショック症状で顔面は蒼白、冷や汗で髪がもつれ、死体のような顔色が来るべきものを予言していた。

彼は死にかけた兵士が撃ちそこなった相手を見るような目でイーサンを見あげた。

恐怖。

驚愕。

どうしてこんなことに、と訴える目。

ドアが蝶番からもげて、素通しになった玄関から、あらたなアビーの一群が庭になだれこんでくるのが見えた。

いまわの際《きわ》のヘクターを食うつもりだろう。

イーサンは拳銃を抜き、安全装置を解除した。

それが本当かどうかわからなかったが、とにかく言った。「もっとましなところに行かせるよ」

ヘクターは目を丸くした。

きみにキーを探しにいってもらえばよかった。

イーサンはピアニストの眉間《みけん》を撃った。化け物が玄関からなだれこんだときには、マギーの寝室とは逆に向かって廊下を走りだしていた。

右側の二番めの部屋に入った。音をさせないようにしてドアを閉め、なにかを阻止できるとは思えないながらも錠をおろした。

猫脚の浴槽が置かれ、上にすりガラスの窓があった。

そこに行こうとしたとき、べつのアビーが玄関から入ってきたのがわかった。

食べる音がする。

イーサンは台座つきのシンクにショットガンを置き、浴槽に入った。

窓の掛け金をはずした。

下枠から二フィートほどあげた。

かなり固かった。

浴槽の縁にあがり、フェンスで囲まれた小さな裏庭をのぞきこんだ。なにもいない。

階段をギシギシいわせながら、アビーがのぼってくる。

廊下から激しい衝突音が聞こえた。どこかのドアになにかがフルスピードでぶつかった音だ。

イーサンは床におりて、ショットガンをつかんだ。

ドアの反対側で一匹のアビーが鋭い声をあげた。

浴室のドアになにかがぶつかった。

ドアのなかほどが裂けはじめた。

イーサンは弾を送りこみ、ドアの真ん中に向けて一発撃った。奥の壁になにかがドスンとぶつかった。

ドアにスラッグ弾の大きさの穴があき、下からはねっとりした血が流れこんで、市松模様のタイルに広がりはじめた。

イーサンは浴槽のふちにあがった。

ショットガンを屋根に落として、窓をくぐり抜けたとき、背後のドアにべつのアビーが体当たりした。

イーサンは窓枠の下で膝をつくと、銃に弾を八発こめ、ストラップで肩からかけた。

アビーはまだ浴室のドアを叩き壊そうとがんばっている。

イーサンは窓を閉め、横歩きでそろりそろりと屋根のへりまで移動した。

そこから裏庭までの落下距離は十二フィート。

四つん這いになると、雨樋《あまどい》につかまってそろそろとぶらさがり、全身をできるだけのばしたところ、どうにか落下距離を五フィートにまで縮めることができた。

いきおいよく着地すると同時に膝を曲げて衝撃を吸収させ、一回転してすばやく立ちあがった。

裏口のガラスの向こうに、家のなかを走りまわる連中の姿が見える。

煉瓦敷きのパティオを急ぎ足でまわりこんだ。筋肉、骨、全身のありとあらゆる部分に痛みが突きあげてくる。

フェンスは古びた1×6材を使ったもので、高さは五フィート、側庭に出るための門がついていた。

フェンスのてっぺんから様子をうかがった——見える範囲にアビーは一匹もいない。

掛け金をはずし、身体を滑りこませるのに必要なだけ門をあけた。

二階で窓ガラスが吹き飛ぶ音がした。

家に沿って走り、前庭まで来ると歩をゆるめた。

いまのところ——敵の姿はない。

マギーの家の前の縁石にとまっている二台を見くらべた。

幌《ほろ》のついた古いジープCJ-5。

有史以前のものかと思うようなビュイックの白いステーションワゴン。

ポケットからキーを出した。

リングにはキーが三個ついていた。

どれも目印はない。

上のほうで、ブリキの屋根を鉤爪でこするような、キーキーという音がした。

イーサンは前庭に駆けこんだ。

縁石に向かう途中でうしろを振り返ると、アビーが一匹、ポーチの上の屋根から飛びおりるところだった。

そいつは着地するなりいきおいよく走りだした。

イーサンは歩道で足をとめると、くるりと向きを変え、ショットガンをかまえてそいつの胸骨にスラッグ弾を一発見舞った。

家のなかで、鳴き声が一斉にあがった。

ステーションワゴンのほうが近かった。

マギーの車である確率は五分五分。

助手席のドアをあけて飛び乗り、すぐに閉めた。

運転席に移動し、最初のキーをイグニッションに押しこんだ。

入らない。

二番めのキー。

「頼むよ」

今度はすんなり入った。

しかし、まわらない。

マギーの家の玄関から、アビーが一匹、飛び出した。

三番めのキー。

最初のアビーを追うように四匹がつづいた——そのうち二匹が死にかけている仲間のもとに駆け寄り、三個のキーの最後の一個は鍵穴に入りもしなかった。

くそ、まずい！

イーサンはシートにすわったまま身体を折り、床に頭をくっつけた。なにも見えないが、庭にいるアビーの様子は音でわかる。

なかをのぞかれたら、一発で見つかる。いま動くしかない。

取っ手に手をかけ、そっと押した。

ドアはきしみながらあいた。

アスファルトに滑りおりると、家のほうから姿を見られぬよう、車体のそばに身をひそめた。

通りにアビーの姿はなかった。

ウィンドウから向こうがのぞける程度まで身体を起こした。

前庭に六匹いるのが確認でき、さらに素通しの玄関からべつの二匹がわずかに残ったヘクターの身体をむさぼっているのが見える。

ジープはステーションワゴンのバンパーから数フィート離れていた。

シートからショットガンを取り、アスファルトの上を腰を落として移動した。

数秒ほど姿が見られるのを覚悟でビュイックとジープの隙間を進んだが、気づかれなかった。

腰をのばし、幌つきジープのビニールのウィンドウごしに様子をうかがった。

アビーのうち何匹かは家のなかに戻っていた。

一匹はまだ、イーサンが撃ったアビーの死体にかがみこみ、哀れな声をあげている。

運転席側のドアは鍵がかかっていなかった。

イーサンは乗りこんで、シートのあいだにショットガンを置いた。

最初のキーを挿したとたん、アビーの鳴き声が響いた。

見つかった。

こっちに向かってくる。

キーをまわした。

だめだ。

二番めのキーを選ぼうとしたが、すぐに時間がないと気づいた。ショットガンをつかむとジープを飛びおり、道路の真ん中まで走った。

すでに五匹が走ってくる。

一発でもはずしたら、おまえは死ぬ。

まず先頭の一匹を、つづいて左の二匹を撃ってから、残りの二匹が迫るなか、通りを引き返した。

三発使って四匹めを倒した。

五匹めは、あと十フィートというところを一発で仕留めた。

家からあらたに三匹が走り出てきた。視界の隅に、周辺の通りの動きが見えた——あちこちからアビーの大群がやってくる。

うしろでうなり声があがり、とっさに顔を振り向けた。

二匹のアビーが一対のミサイルのようにまっしぐらに向かってくる――大きなメスと、体重が七十五ポンドにもなっていないような小柄なアビーだ。

小さいほうにねらいをさだめた。

命中した。

倒れてアスファルトを転がっていった。

濁った目をした母親はあわててとまり、倒れた子どもをのぞきこんだ。

長く尾を引く、悲痛な叫びを漏らした。

イーサンは空薬莢を排出した。

ねらいをつける。

母親は顔をあげると、知性を感じさせる激しい憎悪を燃えあがらせ、すっと目を細めた。

うしろ脚で立ちあがり、イーサンめがけて走りだした。

鋭い声をあげながら。

カチリ。

弾切れだ。

ショットガンを捨てて、拳銃を抜き、ジープのほうに後退しながら、五〇口径の弾を喉に二発撃ちこみ、母親を倒した。

そこらじゅう、アビーだらけになっていた。

イーサンはジープに向かった。

身長七フィートもあるアビーがボンネットに飛び乗った。

イーサンははからずも二発――確実にターゲットを倒すためにつづけて二発撃つことを身体が覚えていた――敵の上半身に撃ちこんだ。

運転席側のドアに手をのばした瞬間、べつのアビーがジープのうしろから現われた。

そいつの鉤爪がのど笛に食いこむ寸前、至近距離から頭を撃って倒した。

車に乗りこんだ。

どのキーをためしたか思い出せず、適当につかんだものを挿しこんだ。

助手席側の幌《ほろ》窓の向こうに、またもアビーが現われた。

鉤爪でビニールの窓を切り裂き、筋肉の発達した長い腕を差し入れてくる。

イーサンは膝に置いたデザートイーグルをかまえ、乗りこもうとするやつの顔を撃った。

キーはまわらなかった。

おぼつかない手で次のキーを選んでいると、恐ろしい考えが頭をよぎった――マギーの車は通りの反対側にあるとしたら？ あるいは、少し先の縁石のところだったら？ いつも運転しているわけじゃないのだから。

その場合、わたしはこのジープのなかで生きながら食われることになる。

背後で引っかくような音がした。

さっと振り返ると、黒い鉤爪が後部の幌窓を切りつけていた。

汚れた古いビニールのせいでぼやけているものの、ねらいをさだめられる程度には化け物の姿が見えた。

ウィンドウごしに撃った。

ビニール一面に血が飛び散り、拳銃のスライドが後退してロックした。

空になった。

マガジンは一個しかなく、五〇口径の弾が入った箱を出してきて装填するには、最低でも三十秒は……。

いや、待て。

そうじゃない。

デザートイーグルの予備の弾は持ってきていない。

モスバーグ用の弾だけだ。

アビーの集団がじわじわと近づいてきている。フロントガラスの向こうだけでも十四あまり見えるし、ほかにもマギーの家からこっちに向かっているのが音でわかる。

べつのキーを握る——このキーがまわるかどうかに生死がかかっているとは、なんとも奇妙な話だ。

イグニッションに挿さった。

クラッチを思いきり踏みこむ。

頼む。

エンジンが数回まわり——

プスプスいいながら、始動した。

ゴロゴロという音はまさに救世主だった。

イーサンはサイドブレーキを解除し、三段マニュアル式のトランスミッションを不慣れな手つきで操作した。

ギアをバックに入れ、エンジンを噴かす。

ジープはがくんと後退してステーションワゴンにぶつかり、悲鳴をあげるアビーをバンパーに押しつけた。次にギアをローに入れてハンドルを切り、アクセルペダルを思いきり踏みこんだ。

通りに出た。

どこもかしこもアビーだらけだ。

運転しているのがもっと頑丈な車なら、片っ端から轢《ひ》いてやるところだが、このジープは小型でホイールベースが短いから、ひっくり返りやすい。

相手が小さめのオスでも、正面衝突したらもたないだろう。

スピードを出すのは気持ちがよかった。

アビーをよけようと左に急ハンドルを切ると、車体が傾き、二輪走行になった。

体勢を立て直すと、今度は四匹が突進してくるのが見えた。大胆にも体当たりするつもりなのか、コースを変える気配は微塵《みじん》もない。

急ハンドルを切って縁石に乗りあげ、時速三十マイルで杭垣をなぎ倒しながら角の家の前庭を抜け、反対側でもまた杭垣を踏みつぶした。

前方の道路に障害物はなかった。

回転数が限界に達した。

ギアをセカンドに切り替えた。

ボンネットの下になにがあったか知らないが、骨に肉がついたもののようだ。

サイドミラーに目をやった。

三十四か四十四はいるだろうか、アビーの大群が通りの真ん中を追ってくる。甲高い叫び声が、八気筒エンジンの轟音が響くなかでもはっきり聞き取れる。

時速六十マイルで次のブロックを走り抜けた。

十四ほどの赤ん坊アビーが芝生に積みあがった死体を食べている、子ども公園とでも言うべき場所を通りすぎた。

死体の数は四十か五十か。運に恵まれなかったグループのひとつだろう。

六番アベニューはもうじきぷつんと途切れる。

高くそそり立つマツの森が遠くにぼんやり見えてきた。

イーサンはシフトダウンした。

アビーとの差は少なくとも四分の一マイルはついているはずだ。

十三番ストリートとの交差点で右に急ハンドルを切り、ふたたびアクセルを強く踏んだ。

森のわきの道を一ブロックほど走り、つづいて病院を通りこした。

もう一段階シフトダウンして、ゆっくりと左折し、町から遠ざかる大きな通りに入った。

思いきりスピードをあげた。

ウェイワード・パインズの町がバックミラーのなかでしだいに小さくなっていく。

見送りの看板の前を通りすぎながら、あの騒ぎが始まってから、森のこのあたりまでたどり着いた者はいるのだろうかと気になった。

その問いに答えるように、道路わきにとまったオールズモビルのわきを通りすぎた。ガラスはほぼ完全に打ち砕かれ、外側はへこみと引っかき傷に覆いつくされていた。町はずれまで逃げようとしたのだろうが、けっきょくアビーの集団に見つかったようだ。

〝急カーブあり〟の標識のところで道路をそれ、森に入った。

スピードを落とさずに、木々のあいだを走った。

遠くに巨石群が現われた。

ショットガン用の弾はポケットいっぱいにあるが、手もとにショットガンはない。

威力抜群の拳銃には弾が一発もない。

これからやろうとすることを考えれば、理想的な状況とは言いがたい。

基地への入り口を隠している大岩が百ヤード前方に現われた。

イーサンはギアをセカンドに入れ、ハンドルを握る手に力をこめた。

あと五十ヤード。

アクセルペダルを床につくほど踏みこむと、回転数のあがりすぎたエンジンの発する熱が換気口から入りこんだ。

あと二十五ヤードと迫り、イーサンは身がまえた。

速度計はずっと同じところを指している。

車は時速四十マイルで岩の壁に向かっていた。

テレサ・バーク

彼女はシアトルに、クイーン・アン地区にある古い家にいた——まわりの景色がよく見える美しい夏の夕暮れどき、一家は裏庭に出ていた。レーニア山。ピュージェット湾とその向こうにそびえるオリンピック山地。ユニオン湖と摩天楼《まてんろう》。緑が目にあざやかで、沈む夕陽を受けて水がきらめいている。いつやむともしれない霧雨ばかりの、冷え冷えとした灰色の日々にはうんざりだったが、こんな夕景を見るとすべて許せる気がしてくる。街は現実とは思えないほど美しかった。

イーサンはグリルを前にして、ワインに浸けたシーダー材の板に鮭《さけ》の切り身をのせて焼いている。ベンはハンモックでアコースティックギターをつまびいている。彼女もその場にいた。すべてがあまりに鮮明で、夢なのか現実なのか見分けがつかない。夫のそばに行って、その肩に手を置きながら、これは現実なの、と尋ねたが、魚が焼けるにおいはちゃんとするし、夕陽が目に入るのを本当に感じもした。それに上等なバーボンを飲んだせいで、足がいい感じにふらついていた。

「それ、もう焼けたみたいよ」と言ったとたん、世界が揺れはじめ、すでにあいているはずの目をふたたびあけると、ベンに身体を揺すられていた。

なにがなんだかさっぱりわからぬまま、洞窟の冷たい岩の床で起きあがった。一瞬、自分がどこにいるのかわからなかった。人々が頑丈な丸太のドアに向かって、わきを走っていく。ドアは大きくあけ放たれていた。

夢は急速に遠ざかっていき、現実の世界が強烈な二日酔いのように襲いかかった。最後に前世の夢を見たのはいつのことだったか。よりによってこんなタイミングで見るとは残酷にすぎる。

ベンに目をやった。「どうしてドアがあいてるの？」

「ここを出なきゃいけないからだよ、ママ」

「どうして？」

「アビーがまた襲ってくるんだ。見張りの人が、うじゃうじゃ崖をのぼってくるのを見たんだって」

それを聞いて、テレサは完全にわれに返った。

「うじゃうじゃってどのくらい？」

「わかんない」

「どうして洞窟に残らないの？」

「あのドアじゃ、次の襲撃にはもたないって。はやく行こう」彼はテレサの手を握り、引っ張って立たせた。

洞窟内の混乱が刻一刻と激化するなか、ふたりはあけ放したドアに向かった。出口が近くなると混雑はすさまじくなり、何度も肘でわき腹を小突《こづ》かれ、肌と肌が痛いほどこすれ合う。テレサはベンの手を握り、自分の前に引っ張った。

人ごみをかき分けて進み、どっしりしたドアをくぐった。

トンネルのなかはいくつもの声が反響し、誰もが陽が射す出口へわれ先にと急いでいた。

テレサとベンはようやく、作り物のように真っ青な真昼の空の下に出た。テレサは崖のへりまで行き、胃がぞわぞわするような高さから下を見おろした。

「嘘でしょ」

少なくとも二十四のアビーが崖をのぼりはじめていた。

それとはべつに、五十四ほどが三百フィート下のふもとに集まっている。

おまけに、森からもぞくぞくとやってくる。

ベンもへりのほうに来ようとしたが、テレサはそれを押しとどめた。「あなたまでのぞかなくていいの」

洞窟内で始まった混乱状態は外に出ると激しさを増し、集団パニックへと変貌した。全員が迫りくるものを目にしていた。トンネルに逃げ戻る者。崖をのぼろうとする者。一部の者は恐怖で凍りつき、岩によりかかってしゃがんだまま、現実から目をそむけている。

イーサンから武器を託された者たちはいちばん高い岩棚に並び、崖をのぼってくるアビーにねらいをさだめていた。

ひとりの女性がライフルを落とした。

男性が足を踏み外し、悲鳴をあげながら森に落ちていった。

最初の銃声が岩棚からとどろいた。

「ママ、どうするの？」

ベンの目のなかで恐怖が広がっていくのを見て、テレサは顔をしかめた。洞窟につづく岩だらけの道を振り返った。

「なかに残ったほうがよかったんじゃない？」ベンが訊く。

「そして、ドアが持ちこたえるよう祈るの？　冗談じゃないわ」

洞窟の右に、山をぐるっとまわるようにのびる細い岩棚があった。いまいるところからでは、どこかに通じているかどうかもわからないが、可能性を感じる。

「行くわよ」テレサはベンの腕をつかむと、ふたたび炸裂した銃声を背中で聞きながら、トンネルに向かう通路を急いで戻りはじめた。

「なんでこっちに――」

「洞窟に戻るんじゃないわ、ベン」

トンネルの終点まで来ると、テレサはさっき見えた岩棚を、はじめてじっくりながめた。幅は一フィートあるかないか。板も設置していないし、ケーブルもない。ぎりぎり、なんとかなりそうだ。

　息子と向かい合った彼女のわきを、人々が大急ぎで走りすぎ、トンネルのほうに向かっていく。

　下に広がる森のどこかから、アビーの甲高い声が響いた。

「この岩棚を行くわよ」彼女は言った。

　ベンは崖の表面にできた細い自然の通路を見おろした。「こんなところを歩くなんて、ぼく、怖いよ」

「だったら、五十四のアビーがドアを叩き壊したときに、あの洞窟のなかにいるほうを選ぶ？」

「ほかの人たちは？」

「わたしのやるべきことは、あなたを守ることよ。さあ、もう行ける？」

　ベンは自信なさそうに小さくうなずいた。

　テレサは胃がよじれるのを感じた。岩棚に一歩踏み出し、胸を壁にぴたりとつけ、両のてのひらを岩肌に沿わせた。つかまるところがあればそこにつかまり、カニの横歩きの要領で少しずつ進んだ。五フィートほど進んだところでベンを振り返った。

「いまのを見てた？」

「うん」

「同じようにやってごらん」

幅のある通路という安全地帯をあとにするだけでもつらかったが、わが子がこの岩棚に足を踏み出すのを見るのかと思うと胃がきりきりしてくる。息子が真っ先にやったのは、下をのぞきこむことだった。

「だめよ、下を見ちゃ。ママを見なさい」

ベンは顔をあげた。「昼間だと何倍も怖いよ」

「踏みはずさないことだけを考えて、ママがやってるみたいに両手を壁につけるの。ところどころ、つかまれるところがあるわ」

ベンは一歩一歩、進みはじめた。

「とても上手よ、ハニー」

テレサのところまでたどり着いた。

ふたりは先を進んだ。

二十フィートほど行くと足もとが完全にひらけ、四百フィート下の森の地面まで見わたせた。これだけ切り立ったところから落ちれば、どこにもぶつかることなく、真っ逆さまに地面に墜落だ。

「大丈夫？」テレサは訊いた。

「うん」

「下を見てる？」

「ううん」

テレサは振り返った。息子は見ていた。

「だめでしょ、ベン」

「どうしても目が行っちゃうんだ。見るとおなかがむずむずしてきて変な感じがする」

手を差しのべて息子の手を握り、きつく抱きしめてやりたかった。

「先を急ぎましょう」

確信があるわけではないが、通路はしだいに細くなっているらしかった。つま先を山のほうに直角に向けた左足が、へりから一、二インチはみ出していた。

山をまわりこむところまで来たとき、洞窟のほうから銃声が次々にあがった。テレサとベンは顔を見合わせた。命からがらとわかるスピードといきおいで、数十人が道を引き返し、トンネルへと逃げこんでいる。アビーの鋭い鳴き声が次から次へとあがり、例の生白い半透明の化け物が崖の壁面からおりてくる。アビーはたいらな地面に鉤爪で立つと、四つ脚でトンネルへの通路を駆けだした。

「見つかったらどうしよう?」ベンが訊いた。

「動かないで」テレサは小声で言った。「筋肉ひとつ動かしちゃだめ」

最後のアビー——数えたら全部で四十四匹いた——がトンネルに消えると、テレサは言った。「さあ、行くわよ」

湾曲部分をまわりこむ途中、ドスンドスンという低い音がトンネルから漏れてきた。

「なんの音?」ベンが尋ねた。

「アビーよ。洞窟のドアを叩いてるんだわ」

テレサは崖にぴったり身体をつけ、心臓が飛び出しそうになりながら、幅六インチの岩棚に足をのせた。

そのとき、大きな悲鳴がトンネルのなかから一斉にあがった。

VI

ハスラー

ワシントン州シアトル
ガスワークス・パーク
千八百十六年前

ハスラーはシアトル・ガス・ライト社の遺構が落とす影のなかで、グリルにのせたハンバーガーをひっくり返す。遠くにそびえる錆びた円柱のタンクや鉄細工は、スチームパンク小説に登場する高層建築の廃墟のようだ。一面のエメラルドグリーンの芝生はユニオン湖のきわまで広がり、湖面は昼下がりの陽射しを浴びてきらきら光っている。いまは六月。暖かい。シアトル全体が、このめったにない絶好の日和《ひより》を存分に楽しんでいるようだ。

ヨットのマストが湖に色とりどりの三角形を添える。凧《たこ》が空に色をまき散らす。

フリスビーが宙を飛び交い、遊戯施設に改修された、かつてのプラントの排気圧縮装置の建屋から、子どもたちの笑い声が響く。

きょうはシークレットサービスのシアトル支局恒例の野外パーティで、ぱりっとした黒いスーツではなく、脚を出した服にサンダル履きという恰好の同僚を見るのは、妙に思えてしかたない。

アシスタントのマイクが空の皿二枚を手にやってきて、ブラートヴルスト・ソーセージを二本求めた。

ソーセージを刺したとき、テレサ・バークが一緒にいたグループを離れ、ぶらぶらというにはかなりの早足で湖岸へと歩いていくのが目に入る。

ハスラーはフォークを下に置き、アシスタントに目をやる。

「きみを昇進させる話はしたかな？」

マイクはしてやったりとばかりに目を見ひらいた。この若者はハスラーの部下になってわずか八カ月だが、これまでに何度となく、注意力が完全に欠如《けつじょ》しているところを露呈しており、人生の主な目的は電話に出て、コーヒーを注ぎ、支局担当特別捜査官の口述をタイプすることだと考えている。

マイクは言う。「本当ですか？」

ハスラーは白と赤のギンガムチェックのエプロンを頭から脱いで、アシスタントに命じる。

「新しい仕事とは、注文はハンバーガーかブラートヴルストか、それとも両方かと尋ねることだ。それにもうひとつ、焦がさないことだ」

マイクは肩を落とす。「レイシーに言われて食べるものを取りにきたんですよ」

「新しい恋人かい？」

「ええ」

「なら、ここに呼んで、このビッグニュースを伝えてあげるといい」ハスラーはマイクの肩をぴしゃりと叩いてグリルを明け渡し、キンポウゲが点々と咲く芝生を歩いていく。

テレサは湖畔にたたずんでいる。

ハスラーは岸辺に向かって歩いていくと、二十フィート手前で足をとめ、見事な景色に見とれるふりをする。

キャピトルヒルの高いところに建つラジオ塔。

住宅が建ち並ぶクイーン・アンの丘陵地帯。

しばらくして、ちらっと目を向ける。

テレサは顎を引き、真剣な目で湖の向こうをじっと見つめている。

彼は声をかける。「楽しんでますか？」

テレサはびっくりしたように顔を向けると、目もとをぬぐい、痛々しい笑みをどうにかこしらえる。

「あら、ええ。楽しんでます。こういう機会がもっとあればいいですね」

「まったくです。こういうとき、ヨットの操縦ができればと思いますよ」

テレサは、ほかの人たちが歓談している公園のほうに目を向ける。

ハスラーも同じほうを見る。

そよ風にのって、プラスチックのコップに注がれたビールのおいしそうなにおいがただよってくる。

ふと見ると、少し離れたところにイーサン・バークとケイト・ヒューソンがふたりだけで立っている。イーサンが身振り手振りでなにか説明しているかジョークを言っているのだろう、ケイトがおかしそうに笑っている。

ハスラーは自分とテレサとの距離を詰める。

「あなたはあまり楽しんでいないようだ」

彼女はうなずく。

ハスラーは言う。「こういう職場の集まりは、家族にとってはおもしろくないでしょう。捜査官同士は日がな一日、顔を合わせている。おそらく、配偶者よりも多くの時間を過ごしている。だからいまのあなたは、のけ者のように感じているんじゃないかな」

テレサはほほえむ。「図星です」

彼女はさらになにか言おうとするが、途中で口をつぐむ。

「なにか？」ハスラーはうながし、思い切ってもう一歩近づく。彼女がこの日の朝に使ったコンディショナーだか、ボディウォッシュだかの香りが鼻をくすぐる。

テレサの目は澄んだ緑色だ。ハスラーの目に電流が走り、それがみぞおちまで達する。胸苦しさ、高揚感、恐れ、躍動感――それらすべてを同時に感じる。

それも強烈に。

「心配したほうがいいのかと思って」彼女が言う。

「心配するというと？」

彼女は声を落とす。「ほら、あのふたり。イーサンと――」口に苦みでも感じるというのか、その名前を言うことすら厭《いと》わしいようだ。「――ケイト」

「具体的になにが心配なのかな」

彼にはわかっている。彼女の口から聞きたいだけだ。

「ふたりはパートナーなんですよね、たしか。四カ月ほどになるかしら」

「ええ、そのくらいですね」

「とても強固な関係なんでしょう？　パートナーというのは」

「ええ、まあ。一緒に捜査にあたるわけだし。長時間になることも多い。命をあずけられるくらいに信頼し合う必要があるんですよ」

「じゃあ、彼女はいわば、主人の職場妻というわけね」

ハスラーは言う。「わたしの指揮下で緊密な関係にない捜査官ペアをあげろと言われたら、返答に困りますね。仕事の性質上、切っても切り離せない関係にならざるをえないんですよ」

「そういうものなんですか」テレサは言う。

「ひと組も思いつきませんね」

「ではあなたの意見では……」

「わたし自身は、イーサンが愛妻家でないことを示すような場面など、一度も見たことがない。運のいい男ですよ。わかってやってください」

テレサはため息をつき、両手に顔を埋める。

「どうかしましたか？」

「こんなことお願いするのは――」

「かまいませんよ。どうぞ」

「頼みがあります」

「なんなりと」

「いまの話はイーサンに言わないでください。わたしのことはよく知らないでしょうけど、やきもちを焼くような女じゃないんです。ただ……自分でもどうしちゃったのかわからなくて」

「しっかり口を閉じていますよ」ハスラーはほほえむ。「言っておきますが、わたしは秘密全般を守る人間でしてね。なにしろ、仕事の名前に〝秘密《シークレット》〟の文字があるくらいですから」

するとテレサがほほえんでくれ、ハスラーは理性のたががはずれそうになり、もうほかのことなどどうでもよくなる。

「ありがとう」彼女は言うと、彼の腕に軽く手を置く。

この一瞬だけで、一年は生きていけるとハスラーは思う。

「しばらく一緒にいましょうか」と切りだす。「おつき合いしますよ」

「いえ、そんな。みなさんのところに戻ってください。わたしも子どもみたいにめそめそしてるわけにはいきませんから。でも、そう言ってくださってありがとう」

テレサは芝に覆われた斜面をのぼりはじめ、ハスラーはそのうしろ姿を見送る。あの女性のなにがここまで心をかき乱すのか、自分でもよくわからない。実際のところ、ふたりは単なる顔見知りで、話をしたのも右手の指で数えられるほどしかない。

彼女がイーサンになにか届けにオフィスにやってきたとき。

クラシックのコンサートで、たまたま行き合ったとき。

バーク家でひらかれた野外パーティに招かれたとき。

ハスラーは結婚経験がなく、ハイスクール以来、恋をしたことすらないが、ユニオン湖の岸辺に立ち、テレサがイーサンのもとへ行って、彼の腰に腕をまわすのを目の当《ま》たりにすると、嫉妬《しっと》の炎がめらめらと燃えあがるのを感じる。自分の女がよその男に入れあげるのを見るかのように。

イーサン

岩に見せかけた扉をCJ-5で突破した。金属片がフロントガラスにぶつかり、ガラスのど真ん中に蜘蛛《くも》の巣のような長いひび割れができた。

ピルチャーの配下の者が徒党を組んで待ちかまえているものと思ったが、トンネル内はがらんとしていた。

ギアをサードに入れた。

急勾配ゆえ時速三十五マイル出すのが精一杯だ。

頭上を光が流れていく。

岩からしたたる水がひびの入ったフロントガラスに落ちる。

カーブを曲がるたび、バリケードがあるのではないか、発見したらすぐに射殺せよとの命令を受けたピルチャーの部下がアサルトライフルをかまえ、一列に並んでいるのではないかと身がまえた。

とは言え、部下たちはイーサンがなにをしでかしたか知らされていない可能性もある。基地で監視カメラの映像が見られるのは監視室とピルチャーのオフィスだけ。監視チームの職員は移動を制限されたか、幽閉されたか、買収されたか、殺されたかしているはずだ。組織の中核メンバーがピルチャーを盲信しているのはまちがいないが、全員が全員、最後の人類が殺されようとしているのを黙って見ているとは考えにくい。

耳からポンと空気が抜けた。

もうすぐのところまで来ているが、あいかわらず阻止しようとする動きはない。

思うにピルチャーは、ウェイワード・パインズの住民が全滅するのを確認したのち、部下にはとんでもない事態が発生したと伝えるつもりなのだろう。フェンスが故障したと。なんの手も打てなかったと。

長くゆるやかなカーブの先に基地の入り口が見えはじめ、イーサンはアクセルを踏む足をゆるめた。

巨大な洞窟に入ってジープをとめた。

ギアをローに叩きこんだ。

エンジンを切った。

床からデザートイーグルを拾いあげ、スライドを戻して弾が入っているように見せかけた。

もう一度ポケットを探ったが、十二番径のスラッグ弾の箱がふたつとアウトドアナイフしかなかった。

ドアをあけ、石の床に降り立った。〝方舟〟はしんと静まり返り、青く光る機能停止棟のほうからシューシューという小さな音――強制排気の音だ――がする以外、なにも聞こえない。

イーサンはパーカのファスナーをおろしてジープに投げ入れ、無力なデザートイーグルを泥と血で汚れたラングラーのジーンズの前ポケットに突っこんだ。

施設の〈レベル1〉に通じる分厚いガラスの扉に向かって歩く途中、カードキーがないことに気がついた。

ドアの上のカメラが彼のほうに向いた。

わたしを見ているのか？

わたしが来たのは知ってるんだろう？

うしろから声がした。「両手を頭のうえにあげて、指を組め」

イーサンは両手をあげ、ゆっくりと振り向いた。

頭に包帯を巻いた二十代前半の若者が、五十フィート先、〝方舟〟内の巨大な円柱形のタンクのそばに立ち、イーサンにAR‐15を向けていた。

「やあ、マーカス」イーサンは声をかけた。

近づいてきたマーカスは、黄みがかった丸い吊り下げ式照明を浴び、カンカンに怒っていた。それも無理からぬことで、りっぱな理由がある。前回、顔を合わせたとき、イーサンに拳銃で殴られたのだ。

「ミスタ・ピルチャーはあんたが来るとわかってたそうだ」マーカスは言った。

「やつから聞いたのか、ん？」

「あんたがなにをしたか全部聞いた」

「わたしがしたことを全部だって？」

「それに、あんたを撃てとも言われ――」

「ウェイワード・パインズの住民が死んでるんだ、マーカス。女も子どもも」

マーカスがイーサンとの距離を半分にまで詰め、その目に浮かんだ怒りから、いつ引き金を引いてもおかしくないのをイーサンは悟った。

ガラスの扉があいた。振り返ると、ブロンドの髪をした大柄な男が、イーサンの胸に拳銃を向けながら出てきた。あの日、遺体安置室で会った男だった。アリッサの友人のアラン――ここの警備主任だ。

イーサンはマーカスに目を戻した。青年はすでにマシンガンを撃つ体勢に入っていた。

イーサンはアランに言った。「きみもわたしを発見したらその場で撃てと命じられているんだな？」

「そういうことです」

「テッドはどこにいる？」

「知りません」

「まずはわたしの話を聞いてほしい」イーサンは言った。

マーカスがにじり寄ってくる。アランがイーサンの顔に銃を向け、マーカスは手をのばしてジーンズの前からデザートイーグルを抜き、石の床に滑らせた。

「外がどんな様子かを知らないんだな、ふたりとも」イーサンは言った。「昨夜、ピルチャーはフェンスの電源を落としてゲートをあけた。町にアビーの大群をなだれこませたんだ。住民の大半が無残に殺された」

「ばかばかしい」アランが言った。

「嘘つけ」マーカスは言った。「ったく、なんでこんなやつの話を――」

イーサンは言った。「きみたちに見せたいものがある。これからポケットにゆっくりと手を入れるから――」

アランが言った。「そんなことをしたら、それっきり動けないようにしますよ、冗談でなく」

「銃はもう取りあげただろう」

マーカスが言った。「アラン、命令されたとおりにしようぜ。おれが――」

「その口を閉じてろ。これは大人同士の会話だ」イーサンはアランに向き直った。「遺体安置室で会ったときのことを覚えてるか？　わたしに頼んだだろう？『アリッサを殺した犯人を見つけてほしい』と言いました」

「そうだ」

アランはイーサンをにらんだ。

「彼女を殺した犯人がわかったんだよ」イーサンは言った。

アランの顎がこわばった。

「きみのボスだ。それにパム」

「そんな言いがかりをつけに来たんなら、ちゃんとした――」

「証拠を見せろと言うんだろ」イーサンは自分のポケットを指差した。「いいかい？」

「ゆっくりとですよ」

ポケットに手を入れ、指先に触れるまで探した。メモリーカードを出し、その四角く薄っぺらな金属片を高くかかげた。「ピルチャーとパムがアリッサを殺した。しかし、その前にふたりは彼女を拷問しているんだ。これは監視チームのリーダーから渡されたものだ。これを見れば、全部わかる」アランは表情の読めない顔で、あいかわらずイーサンに銃を突きつけている。「きみに質問がある、アラン」イーサンは言った。「わたしの話が本当だったら、きみの忠誠心はどこに向かう？」

「こいつはあんたを惑わせようとしてるだけだ」マーカスが不機嫌に言った。

「それを確認する方法はひとつしかない」イーサンは言った。「こいつの中身を見るくらいどうってことないだろう、アラン。アリッサの仇《かたき》をとるのに興味がないならべつだが」

ガラスの扉の向こうに、またひとり武装した男が廊下を大急ぎでやってくるのが見えた。

男は全身黒ずくめで、テーザー銃、拳銃、マシンガン、男性ホルモンという武器をそなえていた。ガラスのドアのそばまで来たとき、イーサンに気づいて銃をかまえた。アランがすかさずイーサンの首に腕を巻きつけ、こめかみに銃を押しつけた。

ドアがするするとあいた。

アランが言った。「おれが拘束した。武器をおろせ」

「殺しちまえ！」マーカスがわめいた。「命令だろ！」

三人めの男が言った。「アラン、いったいなにをやってる？」

「この男を撃つのはやめておけ、マスティン。いまのところは」

「そんなのはおれが判断することじゃない。それはあんたがいちばんわかってるはずだ」

アランはイーサンの首をさらに強く押さえつけた。

「保安官の話では、町はアビーに侵略され、おれたちのボスがゲートをあけたそうだ。それにミスタ・ピルチャーとパムがアリッサの死に関係してるらしい」

「そうは言っても」とマスティン。「証明できなきゃな」

イーサンはメモリーカードをかかげた。

「そいつにアリッサが死んだときの動画が入ってるそうだ」

「だからなんだってんだよ」マーカスが言った。

アランは若いマーカスがたじたじとなるほど怖い顔でにらんだ。「そっちこそなにを言ってる？　いまの話がいくらかなりとも真実だという乱暴な前提に立てば、ミスタ・ピルチャーは同胞を、自分の娘を殺しておきながら、それを隠蔽《いんぺい》するような人間ということになるんだぞ。それでもかまわないのか？　そんな人についていくつもりか？」

「ミスタ・ピルチャーはボスだ」マーカスは言った。「あの人が本当にそんなことをしたんなら、きっとそれなりのわけが――」

「あの人は神じゃない、そうだろうが」

叫び声がトンネル内を一気に伝わり、〝方舟〟全体に響きわたった。

アランはイーサンから手を放した。「いまのはなんだ?」

「どうやら一部のアビーが基地に侵入する方法を見つけたようだ」イーサンは言った。「わたしがトンネルの入り口に突っこんだものでね」

アランはマスティンの武器に目をやった。「AR-15より強力な銃にはなにがある?」

「回転式台座に固定したM二三〇機関砲があるが」

「マスティン、マーカス、その機関砲を用意しろ。全員に招集をかけるんだ。チーム全員だ」

「そいつはどうする?」マーカスがイーサンに顎をしゃくった。

「監視室に連れていって、証拠とやらを調べる」

「殺せという命令だろ」マーカスは言うと、自分の銃をかまえた。

アランがマーカスに歩み寄ったので、AR-15の銃口が彼の胸に押しつけられる恰好になった。

「銃をおれに向けないでもらえるかな、若造?」マーカスは銃をおろした。

「きみとマスティンとでわれわれが食われるのを阻止するあいだ、おれは保安官が言うところの、友人の身に起こった出来事に関する証拠を検分する。それが触れ込みどおりのものでなければ、おれがその場で処刑する。了解したか？」

テレサ

「あと少しよ!」テレサは声をひそめて言った。

ベンは靴を次の足がかりにおろした。

アジトからあがる悲鳴や絶叫がいまも聞こえてくる。幅の狭い岩棚はなくなり、いまふたりは傾斜が五十度の崖の斜面をくだっているところだった。いまのところ、固くてしっかりした花崗岩には手がかりと足がかりがふんだんにあって助かっているが、ほんのちょっと踏みはずしただけで二百フィート下に転落するという事実を、テレサは頭から追い払えなかった。息子とふたり、この岩壁に張りついていると思うと、やりきれない思いでいっぱいだった。

もしもベンが落ちたら、自分もあとを追って飛びおりよう。

しかしこれまでのところ、息子は彼女の指示に耳を傾けてきちんと従っており、十二歳なりによくがんばっている。

テレサがこの数分ほど腰をおろしていた岩棚にベンが降り立った。どこにも通じてはいないが、とりあえず必死になって手がかりにつかまらなくてもすむだけの広さがある。

まだ先は長いが、着実に進んでいる。それが証拠に、マツの木立のてっぺんが、わずか二十フィート下にまで迫っていた。

はるか上のトンネルから、またも悲鳴があがった。

「考えちゃだめ」テレサは言った。「あの人たちがどんな目に遭っているかなんて想像しちゃだめよ。いま自分がいる場所に神経を集中させるのよ、ベン。機敏に、かつ安全に移動することだけを考えるの」

「洞窟にいる人たちはみんな死んじゃうんでしょ」

「ベン――」

「ぼくたちだって、あの岩棚を見つけてなかったら――」

「でも、わたしたちは見つけた。早く下まで行って、パパを捜さないと」

「ママはびくびくしてる？」

「あたりまえでしょ」

「ぼくもなんだ」

テレサは息子の顔に触れた。汗でてかった肌はひんやりとし、身体を酷使したのと日焼けの初期段階とで赤らんでいた。

「パパは大丈夫かな？」ベンが訊いた。

すでに一度見ているのだ。あの光景をあらためて目に焼きつける必要はない。

アランが声を漏らした。「ひどすぎる」

彼は映像を停止し、椅子をうしろにやって、立ちあがった。

「どこに行くんだ?」イーサンは尋ねた。

「どこだと思います?」彼はドアに向かって歩きだした。

「待て」

「は?」アランはちらりと振り返った。いまどんなものを見たにせよ、表情にはまったく出ていなかった。氷のように冷たく、冬の空のようにうつろだ。

「いまこうしているあいだにも、町の人にはきみが必要なんだ」イーサンは言った。

「悪いが、あの男を殺すほうが先です」

「感情的になるな」

「あの人は自分の娘を殺したんですよ」

「あの男はもう終わりだ」イーサンは言った。「完全に。だが、あの男が持っている情報はまだ必要なんだよ。いいから部下を出動させろ。チームを派遣してゲートを閉め、フェンスの電気を復旧させるんだ。わたしがピルチャーのところに乗りこむ」

「あんたが行くんですか?」

イーサンは立ちあがった。「そうだ」

アランはポケットからカードキーを出し、床に落とした。「これを持っていってください」

カードキーの隣に鍵が落ちた。

「それもです。エレベーターの鍵です。それにもうひとつ……」彼はそう言いながらショルダーホルスターからひとまわり小さいグロックを抜き、銃身を持ってイーサンに差し出した。

イーサンが受け取ると、アランは言った。「次に顔を合わせたとき、こう言われても充分理解しますから。ついかっとなって、あのくそ野郎の土手っ腹に一発撃ちこんでしまい、ゆっくり失血死するのを見ていたとね」

「アリッサのことは残念だった」

アランは部屋を出ていった。

イーサンは腰をかがめ、床から鍵とプラスチックのカードキーを拾いあげた。

廊下は無人だった。

階段へ向かう途中、聞こえてきた。

戦地にいたときにさんざん聞いた音だ。

機関砲を連射する音が、死のドラムが鳴り響いている。

〈レベル1〉に到達するころには、音は現実感を失っていた。いまごろここの者は全員、ワークステーションや宿舎を飛び出しているはずだ。

なんの表示もないドアのところで、カードを読み取り機にとおした。

ドアがひらいた。

小さなエレベーターに乗りこみ、操作盤の鍵穴に鍵を挿しこんでまわした。ひとつだけあるボタンが点滅をはじめた。それを押すとドアが閉まり、機関砲の音が少しずつ小さくなった。大きく息をつき、妻と息子のことに思いを馳せた。ふたりを案ずる気持ちが、砕け散るガラスのように胃のなかで広がりはじめた。

扉があいた。

ピルチャーの部屋に足を踏み入れた。

キッチンを通る際、肉を焼く音が聞こえた。ニンニク、タマネギ、オリーブオイルのにおいが立ちこめるなか、シェフのティムはアビーが侵入するさなかにも一心不乱に調理にいそしみ、ピルチャーの朝食を皿に盛りつけ、絞り袋の真っ赤なソースで磁器の皿に繊細な水玉模様を描いていた。

ピルチャーのオフィスに向かって廊下を歩く途中、イーサンはアランから渡されたグロックの装塡をたしかめ、薬室にもちゃんと一発入っているのを見て満足した。

ノックもせずにオフィスのドアをあけ、大股でなかに入った。

ピルチャーはモニターがある壁と相対する革のソファにすわり、アカシアの木のコーヒーテーブルに両足をのせ、片手にリモコン、もう片方の手にはいかにも古そうな茶色い瓶を持っていた。

壁の左側にはウェイワード・パインズからのライブ映像が映っていた。

右は基地内の監視映像だ。

イーサンはソファに歩み寄り、ピルチャーの隣にすわった。首の骨を折るのは造作もない。殴り殺すか、首を絞めたっていい。それを思いとどまらせているのは、この男を殺す権利はウェイワード・パインズの住民にあるという気持ちだった。それを奪うわけにはいかない。ピルチャーにされたむごい仕打ちを考えればなおさらだ。

イーサンのほうを向いたピルチャーの顔には深い引っかき傷がいくつもつき、まだ血がじくじくとにじみ出ていた。

「誰と取っ組み合ったんだ?」イーサンは訊いた。

「けさ、テッドを始末しなくてはならなかったのでね」

イーサンは気色《けしき》ばんだ。

ピルチャーは酒のにおいをぷんぷんさせていた。黒いサテンのローブを着ていたが、すっかりやつれた様子でイーサンに酒を勧めた。

「けっこうだ」

画面のひとつに、機関砲から放たれる閃光が洞窟内に侵入したアビーをなぎ倒す様子が映っていた。

べつの画面には、メイン・ストリートで腹をふくらませたアビーが前夜の獲物を惰性で食べているところが映っている。

「なんともいい終わり方だとは思わんか」ピルチャーが言った。

「終わるのはあんただけだ」

「きみを責めるつもりはないよ」ピルチャーは言った。

「わたしを責める？　どういうことだ？」

「きみが妬《ねた》むのも無理はないからね」

「わたしがなにを妬んでるというんだ？」

「もちろん、わたしをだ。あのデスクにつく感覚だよ。これらすべてを……創り出す感覚だよ」

「この騒動の発端はそれだと？　わたしがあんたの仕事を欲したからだと言いたいのか」

「人々に真実と自由をあたえることが大事だと、きみが心のなかで信じているのはわかっているが、実際には、イーサン、この世界には力しかないんだ。殺す力。生かす力」彼はそこで画面のほうに手を振った。「生命を制御する力。彼らをよりよくする力。だめにする力。この世に神というものがいるなら、どんな気持ちかわたしにはわかる。人間というものは自分で答えが出せないとすぐ神に頼る。神にあたえられた安全な場所でぬくぬくしていながら、神を憎む。神が破滅する世界に背を向けてなんら手を打たなかった気持ちも、いまになってみればよくわかる」ピルチャーはほほえんだ。「いつかきみにもわかるだろう、イーサン。しばらくあのデスクの前にすわればな。ウェイワード・パインズの住民はきみやわたしとはちがうとわかるはずだ。昨夜、きみに聞かされた話に耐えられるようにはできていないんだよ」

「それはどうかな。とにかく、彼らには真実を知る権利があった」

「わたしとて、ここが完璧だったと言うつもりはない。そこそこだともね。だが、きみが来る前は、イーサン、うまくまわっていたんだ。わたしは彼らを守り、彼らは望むかぎりのまともな人生を送っていた。わたしは彼らに美しい町と、すべてがあるべき姿であると信じるチャンスをあたえた」

ピルチャーは瓶から直接あおった。

「きみの致命的欠陥はだね、イーサン、ほかの連中も同じだと勘違いしていることだ。きみと同じ勇気、きみと同じ大胆さ、きみと同じ意志を持っていると。きみとわたしが例外で、似た者同士なんだよ。わたしたちは真実を知っている。それを正視するのを恐れない。そういう特別な存在であることを、わたしはしっかり自覚しているし、きみもゆっくりと、つらい思いをしながら、そして人間の命という多大な犠牲を払いながら学んでいくことと思う。だが、いつかこの会話を思い出すときが来るだろう、イーサン。なぜわたしがこんなことをしたかを理解するときが」

「あんたがフェンスの電源を落とした理由を理解する日は絶対に来ない。自分の娘を殺した理由もだ」

「支配者の座に長くいれば、理解するとも」

「わたしは支配者になるつもりなどない」

「そのつもりはないだと?」ピルチャーは大笑いした。「いったいあそこをなんだと思っている？　プリマス・ロックか？　憲法でも起草しようというのか？　民主主義を始めるつもりか？　フェンスの向こうの世界は残忍で、悪意に満ちている。あの町には強い指導者がひとりいればいいんだ」

「なぜ、フェンスの電源を落としたんだ、デイヴィッド？」

老人はウィスキーを口に含んだ。

「わたしがいなければ、ここはわれわれ人類の存在しない世界になっていた。われわれがここにいるのは、ひとえにわたしのおかげだ。わたしの金。わたしの才覚。わたしのビジョン。わたしは彼らにすべてをあたえた」

「なぜあんなことをした？」

「わたしが彼らを創り出したと言ってもいい。きみもだ。なのに厚かましくもそんな質問を――」

「なぜだ？」

ピルチャーの目のなかで剝き出しの怒りが燃えあがった。

「わたしが人類のゲノムに異変が生じている事実をつかんだとき、彼らはどこにいた？　人類が何世代かのうちに消滅すると明らかにしたときに。千もの機能停止棟を建設したときに。山の中心にトンネルを掘り、五百万平方フィートの方舟に地球最後の町を建設するに充分な物資を貯蔵したときに。ついでに言うなら、イーサン、きみはいったいどこにいた？」

ピルチャーは怒りで全身を震わせた。

「仮死状態から覚醒し、部下とともに外に出たわたしが、アビーがこの世界を席巻《せっけん》している事実を知ったとき、きみはその場にいたか？　作業員が建物を一戸一戸造る様子をながめながら、メイン・ストリートを歩いたとき、きみはその場にいたか？　道路を一本一本、舗装したときはどうだ？　ある朝、わたしは機能停止棟の責任者をこのオフィスに呼びつけ、きみを覚醒《かくせい》させて妻と息子と一緒にしてやれと指示した。わたしがきみにここでの人生をあたえたんだ。この谷に住む、きみを含めた全員に。本部基地にいる全員にも」

「なぜなんだ？」

ピルチャーはむっつりと答えた。「わたしにその力があるからだ。わたしは彼らの創造主であり、創造物が自分たちを生み出した相手に疑問を投げかけるのは許されないからだ。命を吹きこんだ相手に。いつでも好きなときに、すべてをご破算にできる相手に」

イーサンはモニター群を見あげた。混乱した洞窟内が映っていた。機関砲が弾切れとなり、警備員たちは迫り来る化け物にAR‐15を向けながら退却している。

「きみをここまで来させないようにするべきだったな。エレベーターをロックしておけばよかったよ。わたしをどうするつもりだ？」ピルチャーは穏やかに尋ねた。

「それはあんたが殺そうとした住民が決めることだ」

ピルチャーの目がうるんだ。

ほんのつかの間、自分というものをはっきり悟ったかのように。

彼はデスクを振り返った。

モニターが並ぶ壁を。

感に堪えないのか、声がうわずっていた。

「わたしの手から離れていく」彼は言うと、目をしばたたいた。一面の水が凍りつくように、小さな黒い目に冷徹さが戻った。

ピルチャーは刃の短いファイティングナイフを手にイーサンに歩み寄ると、突然、腹部めがけて突き刺そうとした。

しかし手首を払われ、わき腹をわずかにかすめただけに終わった。

イーサンは立ちあがって、激しい左のフックを見舞った。ピルチャーの頭は横を向き、頬骨が音をたてて折れた。いきおいあまってソファから飛ばされ、コーヒーテーブルの角に頭がぶつかった。

仰向けに倒れたピルチャーの身体がぴくりと震えたかと思うと、握っていたナイフが手から滑り落ち、硬材の床にぶつかって大きな音をたてた。

VII

ハスラー
ワシントン州シアトル
シークレットサービス支局本部
千八百十四年前

コロンビア・センターにある広々とした自分のオフィスに足を踏み入れたハスラーは、すでにイーサン・バークがデスクと向かい合わせの席についているのを見てほくそえむ。腕時計を見ると五分の遅刻だ。おそらくバークは五分前には来ていたはずで、つまり少なくとも十分は待っていたことになる。

いいぞ。

「待たせて申し訳なかったね」ハスラーは部下のわきを通りすぎながら声をかける。

「いえ、べつに」

「エヴェレット事件の捜査からなぜはずされたのか、疑問を抱いていることと思う」

「あと一歩で逮捕というところまで迫ってますから」

「それはけっこう。しかし、より差し迫った件を頼もうと思ってね」

ハスラーは席につき、デスクごしにイーサンをながめる。きょうは黒の上下にワイシャツという恰好ではない。監視任務用の灰色のジャンプスーツに身を包み、昼近くに降った霧雨のせいで肩のところがまだ湿っている。左肩に隠したショルダーホルスターの輪郭《りんかく》が浮き出ている。

ふと思う。いまならまだやめられる、と。口にしないかぎり、犯罪にはならない。

長年にわたって法執行機関で犯罪者を尋問してきた彼は、善悪の境界線が曖昧《あいまい》な例を耳にたこができるほど聞いている。家族を養うために盗んだだけだ。一度だけのつもりだった。なかでも傑作なのは、一線を越えて敵地の奥深くまで入りこみ、引き返す見込みがなくなってはじめて、自分が一線を越えたことに気がついたというやつだ。

しかし、デスクのこちら側、すなわち線のこちら側にすわるハスラーには、善悪の曖昧さがどうのこうのという話はばかばかしいことときわまりない。

自分の選んだ道ははっきりわかっている。

イーサンをこの任務に送り出せば、線の向こう側に行ったきりになる。

あと戻りはできない。

この計画から撤退し、イーサンをエヴェレット事件の捜査に戻せば、あと少しでとんでもないことをしでかすところだった善人でいられる。

まぎらわしいことなどなにもない。ハスラーの目から見れば、グレイゾーンなどまったく存在しないのだ。

「あの？」イーサンが言う。

ハスラーは、二年前に支局の野外パーティで見かけたテレサを思い浮かべる。イーサンがケイトと親しげにふるまう一方、妻はユニオン湖の岸辺でひとり泣いていた。

ケイトとイーサンに対するテレサの危惧《きぐ》が現実になったのは昨年のこと、ケイトが唐突にアイダホ州ボイシ支局に異動願いを出したときのことだ。イーサンは妻の目を盗んでパートナーと浮気をし、それが全員の知るところとなった。彼は妻のプライドを傷つけた。テレサのような女性には、もっとずっとふさわしい相手がいる。

「アダム？」イーサンが言う。

ハスラーは背後の窓を叩く雨の音を聴きながら、息を吐き出す。

「ケイト・ヒューソンが行方不明になった」

イーサンは椅子のなかで身を乗り出す。「いつからです？」

「四日前からだ」

「任務中のことですか？」

「パートナーの行方もわかっていない。エヴァンズという男だ。たしかきみとケイトは以前……特別な関係だったと思うが」

イーサンはそれには乗ってこず、思いつめたような表情でじっと見つめてくるだけだ。

「いや、その、かつてのパートナーの捜索にきみもくわわりたいんじゃないかと思ってね」

イーサンは立ちあがる。

「ボイシ支局からファイルがメールで送られてくることになっている」ハスラーは言う。「すぐにシアトル・タコマ空港から発つフライトを予約する。明日の朝、ボイシ支局のストーリングズ捜査官と落ち合い、その後、最後にケイトから連絡があった場所へふたりで向かってもらいたい」

「その場所とは？」

「ウェイワード・パインズという小さな町だ」

ハスラーは出ていくイーサンの背中をじっと見つめる。

やってしまった。

これですべてが動きだす。

奇妙なことに、自分がどこか変わったようには感じない。後悔もなく、不安もなく、懸念もない。

ただひとつ、強く感じる気持ちがあるとすれば、安堵だ。

椅子をくるりとまわして窓の外に目を向け、灰色に沈む雨のダウンタウンを見やる。雨粒が玉となって、ガラスを滑り落ちていく。

三十一階のこのオフィスから、テレサが弁護士のアシスタントとして働くビルが見える。無機質な小部屋で口述をタイプしている彼女の姿を想像する。

具体的にどうするかまではわからないが、いつの日か、彼女を自分のものにする。自分なら、彼女にふさわしい愛し方ができるはずだ。これは人生最大の謎だが、どうしたわけか、彼女は彼の世界で唯一大切な存在になっていた。

プリペイドの携帯電話をひらいて、番号を押す。

デイヴィッド・ピルチャーが応答する。「もしもし？」

「わたしだ」ハスラーは言う。

「もうきみから連絡がないのではないかと思いはじめていたところだよ」

「明日、彼があんたのところに行く」

「こちらの準備はできている」

ハスラーは携帯電話を閉じ、バッテリーを取りはずして、本体を半分に折る。ごみ箱の底にある、きのうのランチの残りが入っている発泡スチロールの容器に、折ってふたつになった電話機を捨てる。

テレサ

太陽が遠くの山々の向こうに沈むころ、テレサとベンは森の終点にたどり着いた。

彼女は息子に小声で言った。「ここで待ってて」

テレサは低木のオークの茂みを這うように進んだが、膝が落ち葉を踏む音がとても大きく聞こえた。

オークが終わる地点まで来ると、枝のあいだから様子をうかがった。

ふたりがいるのはウェイワード・パインズの町はずれだったが、どうやら森を横断し、町の北側に来たようだ。見える範囲の道路はがらんとしていた。どの家も暗く、ぼそぼそという声も聞こえない。

ベンを振り返って、手招きした。

彼は落ち葉の音をガサガサさせながらやってくると、隣にしゃがんだ。

テレサは息子の耳に口をつけて、ささやいた。「十ブロックほど移動するわ」

「どこに行くの？」

「保安官事務所よ」

「歩き、それとも走るの？」

「走るわ」テレサは小声で言った。「でも、まずは何度か深呼吸して、肺を空気でいっぱいにしないとね」

彼女もベンも酸素をたっぷりと吸いこんだ。

「準備はいい？」と訊く。

「うん」

テレサは茂みからすばやく出ると立ちあがり、それから振り返ってベンが立ちあがるのに手を貸した。ふたりが立っているのはヴィクトリア朝様式の家の裏庭で、テレサはこの家に見覚えがあった——三カ月前、子どもが生まれる若夫婦が品行方正の褒美《ほうび》として、これまでより広くていい家をあたえられることになり、彼女がここを売ったのだ。

この地獄のような二十四時間で、あのふたりはどうなっただろう？

ウェイワード・パインズの家の前庭はたいてい、白い杭垣で囲まれているため、テレサとベンは歩道を小走りで移動した。

谷間の町はしだいに暗くなってきていた。

太陽が山の向こうに沈んでしまうと、いつも夜になるのがいくらか早すぎるように思っていたし、いまは町全体が停電していることを考えれば、じきに真っ暗になるだろう。

通りに転がった最初の死体が見えてきた。

テレサはベンを振り返った。「見ちゃだめよ、ハニー」

しかし自分ではその助言に従わなかった。

幸いと言うべきか、死体はかなり完璧に食いつくされていたため、人間というよりは内臓と骨の山でしかなかった。ノスリが肋骨《ろっこつ》にちょこんととまり、むしゃむしゃと食べていた。

一番アベニューと十一番ストリートの交差点に出た。

保安官事務所の前の芝生から、マツの木が高くそびえている。

「あと少し。一ブロック半よ」

「ぼく、疲れちゃった」

「ママも同じ。でも、がんばって」

一番アベニューと十三番ストリートの交差点で、ベンが小さく叫んだ。「ママ！」

「どうかした？」

「見て！」

うしろを振り返った。

十三番ストリートを三ブロックほど行ったところに、白っぽいものが四つん這いで自分たちのほうに走ってくるのが見えた。

「急ぐわよ！」テレサは大声で言った。

ふたりはアドレナリンで増幅したパワーとスピードに突きあげられ、一気に加速した。縁石を飛び越え、保安官事務所の入り口を目指し、きれいに手入れされた芝生を駆け抜けた。

なかに入るとテレサは足をとめ、ガラスの扉ごしに通りを見やった。

「ここに入るのを見られちゃった？」ベンが訊いた。

猛スピードで交差点に入った最初のアビーは、迷うことなく進路を変更し、保安官事務所めがけてまっしぐらに進んできた。

「こっちよ！」テレサはまわりこむようにして向きを変え、大急ぎでロビーを突っ切った。

入り口から遠ざかるにつれ、周囲が暗くなった。

角を曲がってイーサンのオフィスに入ると、銃保管庫の扉が大きくあいて弾が床一面に散らばり、ライフル数挺がデスクのうしろに置きっぱなしになっていた。

銃保管庫の下段もあけっぱなしだった。

なかから大型の拳銃を出し、壁に向けて引き金をしぼった。うんともすんともいわない。

安全装置がかかっているのか、弾がこめられてないのか、その両方か。

「急いで、ママ！」

今度はリボルバーを出したが、弾がなく、だいいち適切な弾がわかったとしても、それをこめるのにどうやってシリンダーを振り出せばいいのかもわからなかった。いましゃがんでいる保管庫の近くだけでも、大きさの異なる銃弾が十種類以上散らばっている。

「ママ、ねえ、なにしてるの？」

どうしようもない。時間切れだ。シークレットサービスの捜査官と結婚していながら、彼女は銃についてはずぶの素人だった。

「計画変更」

「え？」

テレサは抽斗を乱暴にあけた。ここにあるはずだ。保安官になった最初の週に、イーサンが事務所内を案内してくれたが、そのときに彼女を独房に閉じこめ、カラビナにとおした鍵を指でくるくるまわし、得意そうに笑いながら南部なまりをまねた口調でこう言ったのだ。

「この保安官を買収する方法を思いつかないなら、ブタ箱でひと晩過ごしてもらうしかないな、ミセス・バーク」

あのとき、彼はデスクの真ん中の抽斗に鍵をしまった。テレサは手を奥まで突っこみ、必死に手探りした。

あった。

カラビナが指に触れた。鍵を引っぱり出し、デスクをまわりこんでベンのもとに急いだ。

「ねえ、どうするつもり？」彼は訊いた。

「いいからついてきて！」

ふたりは廊下を大急ぎで戻った。

一匹のアビーが、外で大きな声をあげている。

「やつらがいるよ、ママ！」

ロビーを突っ切る途中、入り口にちらりと目を向けると、小ぶりのマツの木が並ぶ通路をひと組のアビーが駆けてくるのが見えた。あと数秒もすれば入ってくる。

テレサは叫んだ。「急いで、ベン！」

べつの暗い廊下を進んだ。

突きあたりに、ウェイワード・パインズ唯一の監房の黒い柵が見えた。

はじめて見たときは、ドラマの『メイベリー一一〇番』に出てくる牢屋を思い出した。垂直に並んだ棒が妙に古風な感じに思えたのだ。なかにはシングルの寝台とデスク。土曜の夜の酔っ払いが定宿にするような場所だった。

いま、その牢屋は救命いかだのように見えた。

テレサが牢屋の柵に体当たりするのと、アビーがガラスの扉を破って事務所内に侵入するのが同時だった。

鍵をつかみ、錠前に挿しこんだ。

うしろから、暗い廊下を鉤爪の音が近づいてくる。

一匹のアビーが甲高い声をあげた。

デッドボルト錠がまわった。

テレサは扉をあけ、怒鳴った。「なかに入って！」

ベンが牢屋に駆けこむと同時に、一匹めのアビーが飛びかかった。

テレサもなかに入り、ドアをいきおいよく閉め、アビーが柵に激突する寸前に鍵をかけた。

ベンが悲鳴をあげた。

一匹めのアビーが起きあがるかたわら、あらたにもう一匹が廊下に姿を現わした。こんな間近でアビーを見るのははじめてだった。さっき牢屋に激突したほうはばかでかく、全身が血で真っ赤だ。血にまみれた皮膚が死のにおいを放っている。

ベンは背中を壁にぴったりとつけていた。目を大きく見ひらき、足もとには水たまりができている。

「こいつら、なかに入ってくる？」

「大丈夫よ」

「本当に？」

「ええ」

二匹めのアビーが柵にぶつかり、牢屋全体が震動した。

テレサがベンを抱きしめたとき、最初のアビーが立ちあがって、五フィート半の身長をめいっぱいのばした。

そいつは首をかしげ、柵ごしにテレサたちをじっと見つめた。状況を把握し、問題を解決しようとするかのように、乳白色の目をしばたたかせている。

「胸のなかで動いているものはなんなのかしら」テレサは小声でつぶやいた。

「心臓だよ、ママ」

「なんでそんなことを知って――」知ってるのも当然よね。この子は学校で習ってるんだもの。

心臓は激しく鼓動していた。何層もの皮膚の向こうにあるせいで、厚さ数インチの氷をすかして見るように、不鮮明でゆがんでいる。

脚は短く、腕はまっすぐ立っても床につくほど長い。右腕が柵の隙間から入ってきた――細いが、筋肉が波打っている。長さは四フィート以上もあり、その黒い鉤爪が監房の床にのびてくるのを、テレサはぞっとする思いで見つめるしかなかった。

「あっちへ行って!」テレサは叫んだ。

もう一匹のアビーが監房の側面にまわりこんだ。左腕の長さは五フィートあり、鉤爪がベンの靴をかすめたのを見て、テレサは思わずそれを踏みつけた。

アビーが咆哮《ほうこう》をあげた。

テレサは柵からいちばん遠い隅にベンを引っ張っていき、寝台の金属のフレームにふたりしてあがった。

「ぼくたち、死ぬの、ママ?」

「そんなことないわよ」

廊下から新顔のアビーが現われ、鋭い叫び声をあげながら、監房に向かってきた。そのうしろにもまだつづいているらしく、室内に充満する声がどんどん大きくなっていく。

ほどなく十五本の腕が柵の隙間から差し入れられ、あとから来たアビーが次々に監房に激突するまでになった。

テレサは剝き出しのマットレスで縮こまり、ベンをきつく抱きしめた。

窓から射しこむ光は青から紫に変わり、事務所のなかは少しずつ暗くなった。

テレサはベンの耳に唇をつけ、化け物たちの声にかき消されまいとして言った。「楽しかったときのことを考えて」

ベンは腕のなかで震え、アビーはまだ、ぞろぞろと入ってくる。

化け物たちが柵をゆすり、体当たりし、気味が悪いほど長い腕を監房に差し入れてくるなか、テレサは高いところにある窓を見あげた。

光が消える直前に目に入ったのは、柵の向こうにアビーがびっしりと集まり、そのうちの一匹が錠の前に膝をついて、自分の鉤爪を鍵穴に突っこもうとしている姿だった。

突然、なにも見えなくなった。ウェイワード・パインズに夜が訪れた。

そしてふたりは真っ暗闇のなか、化け物たちに取り囲まれていた。

イーサン

イーサンはピルチャーの居室からエレベーターで〈レベル1〉の廊下までおりた。扉がひらくと、まだ銃声が聞こえたが、かなり遠くなっていた。

廊下の突きあたりにあるガラスのドアに向かい、アランから渡された拳銃を抜きながら〝方舟〟に足を踏み入れた。

中核メンバーの大半が、なんの騒ぎかとおりてきたようだ。少なくとも百人が困惑と怯えの表情を浮かべて右往左往していた。

ここのほうが銃声が大きかった。基地がある山を抜けてウェイワード・パインズに通じるトンネルのどこかから、炸裂するような音が聞こえてくる。

アビーの死体が散乱していた。

トンネル内には大量に。

洞窟内には四、五十体。

石の地面を血がいく筋も流れていた。

機能停止棟の入り口の隣に、シーツに覆われた五人の遺体が一列に並べてあった。使用した弾薬のにおいが強烈にただよっていた。

アランがトンネルから走り出てきた。

イーサンも人混みを押し分けて近づいていくと、アランの顔には血が点々とつき、右腕は鉤爪にやられたのだろう、ざっくり切れていた。

AR‐15の発砲音がトンネル内に響いた。

つづいて悲鳴。

「いま撃退中です」アランが言った。「しかしながら、敵は二百匹はいるようです。部下を何人か失いました。M二三〇は弾切れです。機関砲がなかったら、もっと深刻な事態になっていたでしょう。ピルチャーはどこです?」

「オフィスだ。縛られた状態で気を失ってるよ」

「誰かをやって見張らせましょう」アランの無線がガーガーと音をたてた。「アランだ、オーバー」

銃声に負けまいと怒鳴るようなマスティンの声が、雑音とともにスピーカーから聞こえた。

「いま、最後の群れをトンネル内から撃退したが、扉が故障している。オーバー」

「すでに、強化鉄板と作業員三名を乗せたトラックがそっちに向かっている。そいつらに溶接でふさいでもらえ」

「了解。このまま応戦をつづける。通信終了」

イーサンは言った。「あの出入り口をふさぐのはやめてほしい。町に残った住民を救出に向かう必要があるからだ。わたしの妻と息子もあっちに残っている」

「救出には向かいますが、まずはこちらの態勢を立て直し、装備を補充してからです。わかってるだけでも八人の部下が死にました。大挙してウェイワード・パインズに乗りこむつもりなら、武器庫にある武器を残らず持っていったほうがいい。機関砲の弾も探さねばなりません」アランの目がそこで険しくなった。「それに、夜間に出動するのは無理です」

「どういうことだ？」

「すでに日が暮れはじめています。準備が整ったころには真っ暗でしょう。夜が明けたら出動します」

「明日だって？」

「夜間戦闘の装備がないんですよ」

「町に残された丸腰の住民にはそんな装備があると言うつもりか？　わたしの妻や息子に——」

「夜間に行動すれば大勢が殺されるだけですよ。わかっていると思いますが。そうなれば、住民の命を救える唯一のチャンスを失うことになります」

「ちくしょう！」

「おれだっていますぐ銃を乱射しながら、町に乗りこみたいですよ」

イーサンはトンネルのほうに歩きはじめた。

「どこへ行くつもりですか？」アランがその背中に声をかけた。

「家族を捜さないと」

「暗くなってから出たら、連中に食われるのがおちです。外には何百といるんですよ」

トンネル内を二歩進んだところで、イーサンは足をとめた。

「あんたがどんな気持ちでいるかは想像がつきます」アランは言った。「あっちにいるのがおれの家族だったら、あんたも同じようにおれを引きとめるはずです。だが、あんたはおれより頭がいい。ここで自殺行為とも言える愚挙に出て死んだら、家族もほかの連中も助からないってことはわかっているはずです」

ぐうの音《ね》も出なかった。

アランの言うとおりだ。

イーサンは向きを変え、大きく失意のため息を漏らした。

「では、ウェイワード・パインズの住民は、もうひと晩、真っ暗で寒いなか、食べるものも飲み水もない状態で、アビーが群がる場所で過ごさなくてはならないんだな」

アランが近づいた。

トンネルの先のほうで銃声がしている。

アランは言った。「第一波の侵入で生きのびた人たちが安全な隠れ場所を見つけているといいんですがね。家族の人はどこに？」

「山を半分ほどのぼったところにある洞窟に、ドアに鍵をかけて閉じこもっている」

「だったら無事でいますよ」

「それはわかりようがない。学校に隠れてるグループもいる」イーサンは言った。「八、九十人ほどが地下室に閉じこもっている。その人たちだけでも――」

「危険すぎると言ったでしょう」

イーサンはうなずいた。「フェンスのゲートはどうなっているんだ？ まだあけっぱなしなのか？ 千だか三万だかのアビーが好き勝手に町に入れる状態がつづいているのか？」

「主任技術者に調べさせたところ、基地のなかからフェンスを動かすことはできないそうです」

「どうして？」

「どうも、ピルチャーは内部システムについては手を抜いたようでして。フェンスの電源を入れてゲートを閉じるには手動操作盤でないとできないんですよ」

「その手動操作盤のある場所というのが……」

「フェンスのところなんです。簡単だとおもしろくもなんともないじゃないですか」

「誰かをやるしかないな」イーサンは言った。「早急に」

「基地の南側に秘密の出口があります。そこからならフェンスまで、わずか四分の一マイルです」

「さっき言った技術者に護衛をふたりつけてやれ」

「了解です。ですが、そのあいだに……」アランは〝方舟〟にぞろぞろと集まってきた人々を肩ごしに見やった。「あの連中はなにも知らされてません。銃声が聞こえたので、なにがあったのかと見に来ただけなんです」

「彼らにはわたしから説明しよう」

イーサンは人だかりに向かって歩きかけた。

アランが呼びとめた。「やんわりと頼みますよ！」

「なんでだ？」

「ここでの生活は彼らにとってすべてですから。あんたがやろうとしてるのは、それを粉々に吹き飛ばすことなんですよ」

テレサ

はっとして目を覚ましたが、あたりは完全な闇に包まれていた。

ベンがもぞもぞと身体を動かし、「やめて、やめて」と寝言を言っている。

息子を揺り起こし、小さな声で励ました。「大丈夫よ。ママがついてる」

息子にそんな言葉をかけるのは何年ぶりだろう。かつて若い母親だったころ、赤ん坊だった息子をあやすときにはよくそうしていたけれど。

「どうなってるの?」ベンが訊いた。

「まだ牢屋のなかにいるけど、無事よ」

「化け物はどこ?」

気味が悪いほど静かで、柵の向こう側は動く気配がまったくない。

「とりあえず、いなくなったみたい」

「ぼく、喉がからから」

「受付のデスクのうしろにウォーターサーバーがあったよね」

「ええ、そうね」

「こっそり行って、水を――」

「そうね。ママもよ」

「うーん、それはあまりすばらしいアイデアじゃないわよ、ベンジャミン」柵の外の暗闇から、女の声がした。

テレサはぎくりとしてあとずさった。「そこにいるのは誰?」

「わたしの声がわからないの、ハニー? わからないはずないでしょう。毎月第四木曜日、あんなことやこんなことをわたしに話してたんだから」

「パムなの? びっくりした、いったいここでなにを――」

「数時間前、あなたたちふたりがぎゃーぎゃーわめいてるのが聞こえたと思ったら、そのあとをアビーが追いかけて保安官事務所に入っていくのが見えたのよ。やつらがいなくなるのを待ってたの。ふたりとも無傷でほっとしたわ。まあ、あなたたちにはわかってもらえないでしょうけど。それにしてもよく思いついたものね、テレサ。ここに閉じこもるなんて」

少しは目が慣れてきたかと思ったが、あいかわらず顔の前に手をやっても見えない。

パムが言った。「昨夜、町でなにがあったか、わたしはよく知らないのよ。ご主人は町の人にアビーを見せたの?」

「なにからなにまで話したわ。アビーのこと。監視のこと。いまが二千年後の世界であること。人類はわたしたちしかいないこと」

「ふうん、あいつ、本当にやったのね。とんでもない野郎だわ。ちょっと、そんな目で見ないでちょうだいよ」

テレサは腰のくぼみを冷たいものが伝い落ちていくのを感じた。

「ここは真っ暗なはずでしょ」

「ええ、そうね。でも、あなたがベンジャミンを抱きしめて、わたしがいるあたりの闇をにらみつけてるのは見えるわよ。まったく気にくわない――」

「どうして?」

「暗視ゴーグルっていうものがあるのよ、テレサ。これをかけてあなたを見るのは、なにもはじめてじゃないけどね」

「あの人、なんの話をしてるの、ママ?」

「ベン、黙って――」

「ベンジャミン、あなたのお母さんとお父さんが、暗くなってから六番ストリートのおうちをこっそり抜け出す現場を押さえたときの話をしてるのよ。あなたも知ってるとおり、それは絶対にやっちゃいけないことなの」

「わたしの息子にそういう口をきくのは――」

「あなたに十二番径を向けてる女に、そういう口をきくのはやめることね」

一瞬、完全な静寂がおり、テレサは必死に思い浮かべようとした――暗視ゴーグルを装着したパムが監房の前にすわり、自分たち親子にショットガンを向けている姿を。

「あなた、わたしの息子に銃を向けてるの？」テレサは冷静に尋ねようとしたものの、声が震えてしまい、胸のうちに広がる怒りと不安があらわになった。

「その子も撃つつもりよ」

全身から力が抜けた。

テレサは膝立ちになり、自分を盾にしてベンを守ろうとした。

「まったく、しょうがない人ね。だったらわたしは……」パムが動き、声がする位置が変わった。「立ちあがって、監房のこっち側にまわりこむだけのことよ。そうすれば、ちゃんと仕留められる」

「なぜそんなことをするの？　わたしの精神科医なのに」

「あなたの精神科医だったことなんかないわ」

「なにを言いだすの？」

「本当に残念だわ、テレサ。あなたのことは好きよ。あなたとの面接は楽しかった。いちおう言っておくけど、これからあなたと息子さんの身に起こることは、恨《うら》みとかそんなんじゃない。あなたが結婚した相手が、この町を破壊した男だったというだけのこと」

「イーサンはなにも破壊なんかしてないわ。みんなに真実を告げただけよ」

「この町はあいつのものじゃないの。真実は愚民にとって危険よ」

「あなた、知ってたのね。ずっと前から知ってたんだわ」

「なんのこと？　ウェイワード・パインズの真実？　もちろん、知ってたわよ。この町の建設に手を貸したひとりだもの、テレサ。わたしは最初からいたの。初日から。この町はわたしにとって唯一の故郷なのに、あなたの亭主がそれをぶちこわしにした。なにもかもぶちこわしにしたのよ」

「ゲートをあけたのはイーサンじゃないわ。フェンスの電源を落としたのも、化け物をなかに入れたのも彼じゃない。あなたのボスがやったことじゃない」

「わたしのボスのデイヴィッド・ピルチャーがこの町を創りあげたの。すべての家。すべての道路。住民も彼がみずから選んだ。組織の人間もね。あの人がいなければ、あなたは何世紀も前に死んでたのよ。この人生をあたえてくれた相手のやることに文句をつけるなんて、いったい何様のつもりかしらね」

「お願いよ、パム。今度のことに息子はなんの関係もないわ。わかってるでしょ」

「あなたもわからない人ね、ハニー。べつにイーサンがやったことの責任を、あなたとベンに押しつけようってわけじゃないって言ってるでしょう。そんな段階はとうに通りこしてるんだから」

「じゃあ、なにが望み？」テレサは涙がこみあげ、パニックが襲ってくるのを感じた。

ベンはすでに泣きだしていて、彼女の腕のなかで震えている。

「いまはとにかく、あなたの亭主を傷つけてやりたい。それだけよ」パムは言った。「まだ生きてるなら、あいつはきっとあなたを捜しにやってくる。そしてなにを見つけると思う？」

「やめて、パム」

「あなたたちふたりの死体とわたし。ここでこうして待ってるわ。わたしがやったことを見せつけてから殺してやる」

「ねえ、聞いて――」

「ええ、いくらでも聞いてあげる。でも、その口をひらく前に、わたしの気持ちを変えられると本気で思ってるのか、自分の胸に訊いてみることね」

廊下の先、ロビーのあたりから、かすかな音が聞こえた気がした。

ガラスの破片を踏みつぶすような音。

アビーでありますように。どうかお願い。

「昨夜、住民の大半が殺されたわ」テレサは言った。「いま何人が残っているかわからない」

またガラスを踏みつぶす音がした。

テレサは声のボリュームを少しあげた。

「でも、いくら主人が憎いからって、たまたま死なずにすんだわたしたちふたりを殺すことが人類にとっていいことかしら。だって、いま人類は滅亡の危機に瀕《ひん》してるのよ！」

「あらまあ、ずいぶんりっぱなご指摘だこと、テレサ。そんなこと、考えもしなかったわ」

「そうなの？」

「まさか、からかっただけよ。そんなことはどうだっていいの」パムは薬室に弾を送りこんだ。「苦しませないと約束する。それにね、悪いことばかりじゃないのよ。少なくともあなたたちふたりは、アビーの手にかかって死なずにすむんだから。この方法なら、なんにも感じないわ。まあ、少しは感じるでしょうけど、あっと言う間のことだから」

「この子はまだ子どもなのよ！」テレサは叫んだ。

「そうそう、悪いけど、その前に監房の鍵をこっちに――」

銃口が閃光を放ち、あたりはまぶしいくらいに明るくなった。

耳が割れそうな音が響く。

わたしたち死ぬのね。撃たれたんだわ。

しかし、まだ頭ははたらいている。

抱きしめた息子の感触がある。

痛みにそなえて身がまえたが、いっこうに訪れてこない。

誰かが彼女の名を呼んでいた。耳鳴りがするせいで、深い穴の底から叫ばれているように聞こえる。

ぱっと火花が散り、視界に光の点が現われた。**あれがトンネルの向こうに見えるという光？　わたしは死んで、いまそこに向かってぐんぐん進んでいるところ？　息子と一緒に？**

また火花が散ったが、今度は消えなかった。

光はしだいに明るくなり、やがてひと筋の炎となって乾燥した苔植物を束ねたものが燃えはじめた。

煙が立ちのぼった。そのにおいを吸いこみながら見ていると、火のついた火口《ほくち》が床から持ちあがった。炎に照らし出されたのは、これまで見たことがないほど汚れた顔で、長年かかって生やしたと思われるぼさぼさのひげに覆いつくされていた。

でもその目は……

消えかかった火明かりのなかでも、汚れにまみれてひげがのび放題でも、誰の目かはわかった。そして、死にかけたショックですら、その目とふたたび相まみえた驚きとはくらべようもなかった。

男がかすれた声を出した。「テレサ！　いとしのテレサ！」

テレサはベンから手を放して駆け寄った。

光が消えていくなか、柵まで行って隙間から両手を差し出した。男を捕まえ、柵のほうへと引き寄せる。

アダム・ハスラーは何年も荒野をさすらった男のにおいを発していたうえ、ダスターコートの下に手を差し入れて腰にまわすと、骨と皮だけになっていた。

「アダムなの？」

「そうだよ、テレサ」

「信じられない！」

「こうしてきみに触れられるとは、わたしだって信じられないよ」

彼は柵ごしに彼女にキスをした。

ベンが寝台からおりて近づいた。「おじさんは死んだと思ってた」

「死んでいてもおかしくなかったよ、坊主。千回以上も死にそうな目に遭ったんだから」

イーサン

マギーのジープのボンネットに立って、〝方舟〟に集まった百五十の顔を見つめた。こうやって勢ぞろいした面々を見ていると、不思議な気持ちになってくる。この連中が十四年にわたり、一致団結して同じ人類であるウェイワード・パインズの住民から真実を隠してきたとは。

イーサンは言った。「昨夜、わたしはむずかしい決断をした。ウェイワード・パインズの住民に真実を告げた。いまが何年かを教え、アビーを見せた」

集団の中央付近から声があがった。「あんたにそんな権利はない！」

イーサンは聞き流した。

「きみたちのなかにこの決断に同意できる者はいないと思うが、それ自体はべつに驚くことではない。だがそのかわり、デイヴィッド・ピルチャーのくだした決断に同意できるかどうか教えてほしい。彼はフェンスの電源を落とし、ゲートをあけた。少なくとも五百匹のアビーが真夜中にこの谷に侵入した。住民の半数以上が無残に殺された。命からがら逃げた者は食料も水もない状態に置かれ、しかもピルチャーが電気の供給をとめたため、暖を取ることもかなわない」

全員の顔にあっけにとられた表情が広がった。

誰かが怒鳴った。「嘘を言うな！」

「きみたちはそれぞれ、前世のある時点でデイヴィッド・ピルチャーの口上に感服したのだと思う。たしかに、彼はそうとうの切れ者だ。それは否定できない。彼に先見の明がないなどとは誰も思わないし、おそらくは人類史上もっとも気概のある人物と言えるだろう。きみたちが彼に惹きつけられたのも理解できる。あれほどの力を行使できる者の仲間でいるのはいい気分だろう。優越感に浸れるのだから。

聞いた話では、デイヴィッド・ピルチャーがきみたちの人生に登場したとき、多くの者はどん底状態にあったそうだね。彼はきみたちに目的と意義をあたえたそうだが、それはよくわかる。だが、あの男はフェンスの外に棲《す》むアビーと同レベルの怪物でもあるんだ。同レベルではすまないかもしれない。彼にとってウェイワード・パインズの概念は、ここを故郷と呼ぶ住民よりも大事なものだったし、残念なことに、きみたちひとりひとりよりも大事なものだった。

みんなが知っているアリッサの話をしよう。いろいろ話を聞くと、彼女はこの基地にいる全員から愛されていたようだ。彼女は父親とはちがう考えの持ち主だった。ウェイワード・

パインズの住民に二十四時間体制の監視など不要であり、たがいに殺し合うようなことはさせるべきでなく、真実を告げないのはまちがっていると考えていたんだ。これからきみたちに見せる映像は気持ちのいいものではなく、それについてはあらかじめ謝っておくが、先に進むためには、自分たちが仕えている男がどんな人間かを知っておく必要があると考える」

イーサンは人垣のうしろ、ガラスのドアのわきに設置されている百インチのモニターを示した。

ふだんはそこに当日の仕事のスケジュールが表示される。監視、警備、および機能停止棟の当番者。ウェイワード・パインズを往復する輸送機関の発着時刻。中枢部用の本部内メッセージシステム。

今夜はそこに、ウェイワード・パインズの創設者であるデイヴィッド・ピルチャーがひとり娘を殺す場面が映し出される。

イーサンはスクリーンの下に立つテッドの部下のひとりに大声で指示した。「再生してくれ！」

テレサ

ゆらゆらと立ちのぼった煙が天井近くの鉄格子の窓から流れ出ていく。ベリンダのオフィス用椅子の脚は炎にのみこまれ、そこにプリンターの連続用紙もくべられた。ベンが大の字になって寝ているシングル用のマットレスは、テレサが金属のフレームから引きずりおろし、火のそばに置いたものだ。彼女はハスラーと向かい合ってすわり、両手を火にかざして暖を取っていた。

柵の反対側では、パムがコンクリートの床にうつぶせに倒れ、頭のまわりの血だまりはまだじわじわと広がっていた。

「フェンスの電源が落ちてるのに気づいて、町へと急いだんだよ」ハスラーは言った。「まずわたしたちの家に行ったが、きみはいなかった。そこらじゅうを捜したよ。きみもベンも死んだと思った。弾を求めて保安官事務所に入ったところ、きみがパムに命乞いをする声が聞こえたんだ。こんな帰郷になるとは思ってもいなかった」

「わたしもよ」テレサは言った。「あなたは戻らないと言われていたから」

「ここでいったいなにがあったんだ？」

「町の人がついに真実を知ったの」

「すべてを？」

「すべてよ。たくさんの命が失われたわ。この町を創りあげた人物は、おもちゃを全部壊して家に帰ろうとしたみたい」

「誰が真実を告げたんだい？」

「ケイトとハロルド・バリンジャーに〝祭り〟が執行されることになったんだけど、保安官はふたりを処刑せず、その機会を利用して秘密を明かしたの」

「ポープが？」

「ポープは死んだわ、アダム」テレサは少し言いよどんだ。「あなたがいなくなってから、いろんなことがあってね。いまはイーサンが保安官よ」

「イーサンがここにいるのか？」

「一カ月ほど前に住民になったの。もう、しっちゃかめっちゃかにしてくれたわ。以来、町は様変わりしたというわけ」

ハスラーは炎に見入った。「あいつがここにいるとは知らなかった」

「知らなくて当然でしょう？」

「いや、ただちょっと……イーサンは知っているのか？」

「わたしたちのことを？」

「ああ」

「いいえ。話してないもの。まあ、いずれは話すつもりだったけど、ベンとふたりで話し合って、急ぐことはないと決めたの。わたしたち、またあなたに会えるとは思ってなかったし」

ハスラーの目頭《めがしら》から涙がこぼれ、垢にまみれた顔にきれいな筋を刻んだ。

ベンがその様子をマットレスから見ていた。

「まるで悪夢だな」ハスラーは言った。

「なにが？」

「帰ってきたらこんなことになっているとはね。フェンスの外では死と飢えと渇きに苦しむ毎日だったが、きみのおかげで先に進むことができた。帰ったら、どんな生活が待っているかを考えていたんだよ」

「アダム」

「一緒に暮らしたあの年は――」

「お願い」

「生まれて以来、もっとも幸せな一年だった。愛している。いまもその気持ちは変わらない」ハスラーは燃えさしをまわりこむように這って、テレサに腕をまわした。それからベンに目をやった。「わたしはきみにとって父親代わりだった、そうだろう？」それからテレサに目を向ける。「そしてきみの夫も同然だった。きみを守ってやった」

「あなたがいなければ、わたしはウェイワード・パインズでの暮らしに耐えられなかったわ、アダム。でも、帰ってくるなんて思ってもいなかった。しかも、ある日突然、どこからともなく夫が現われた」

外でアビーのうなり声がした。

ハスラーはバックパックを引き寄せてあけ、なかを手探りして、革の日記帳を出した。ビニール袋を破り、年季の入った日記の最初のページをひらいた。火明かりのなか、そこに書かれた文字を示した。〝**戻ってきたら——絶対に戻ってこなきゃだめよ——戦争から帰還したばかりみたいに、あなたをファックしてやるわ、兵隊さん**〟

その文字を見たとたん、テレサは心が引き裂かれる思いがした。

完全に打ちのめされた。

それはハスラーが出立する直前に、彼女が書いたものだった。

「これを毎日読んでいた」彼は言った。「きみには想像もつかないようなつらいときも、これのおかげで乗り越えられたんだ」

もうテレサはなにも見えなくなっていた。涙がとめどなく流れ、まるで大量出血するように——止血が間に合わないほどいきおいよく——感情がほとばしった。

「将来どうなるかを予測してほしいとは言わない。知りたいのはいまのことだ。いまこのときのことだ。いまでもわたしを愛しているかい、テレサ？」

彼女は顔をあげ、もつれたひげ、傷だらけの顔、落ちくぼんだ目を見つめた。

ああ、やっぱり愛している。

「思いが消えたことはないわ」と小声で答えた。

彼の目に浮かんだ安堵の色は、刑の執行停止を言い渡された人のようだった。

「ひとつ教えて」テレサは言った。「一緒に暮らしていたとき、あなたは知っていたの？」

「わたしがなにを知っていたって？」

「この町のことよ。ここがどんな町なのか。ずっと守られてきた秘密も」

彼は彼女の目をのぞきこんだ。「デイヴィッド・ピルチャーがやってきて、フェンスの外を探索する任務に選ばれたと告げるまで、きみと同じことしか知らなかったよ」

「どうしてフェンスの外に行かされたの？」

「調査のためだ。この谷以外に人類が存在していないか、たしかめるためだ」

「で、見つかった？」

「ここの最後にわたしはこう書いている……」ハスラーは日記の最後のページをめくった。「〝わたしだけが、われわれ全員を救うための鍵を握っている。わたしは文字どおり、世の中を救える唯一の人間だ〟と」

「それはなんのこと？」テレサは訊いた。「その鍵とはなんなの？」

「折り合うことだよ」

「折り合うって、なにと？」

「完全に終わりだという事実とだ。この世界はいまやアビーのものになっている」

悲しみとショックの合間を縫うようにして、その言葉が胸に染みこんだ。

突然、テレサはどうしようもない孤独感に襲われた。

「人類を救うような発見は今後もなされないだろう」ハスラーは言った。「人間は二度と食物連鎖の頂上には戻れない。われわれが生きられるのは、この谷しかないんだ。人類はいずれ滅びる。それは純然たる事実だ。いさぎよく認めるしかない。一日一日を、一瞬一瞬をいつくしんで暮らすんだ」

マスティン

マスティンは岩に積もった雪を払い、いつもの見張り場所に落ち着いた。今回は相当量の弾を持ってきたので、頂上まで来るのに一時間よけいにかかった。

以前にもスコープごしに町をのぞいたことはあるが、もちろん、そのときは標的がいたわけではない。

バーク保安官のブロンコを使ってスコープを調整した。

一発撃っては視差を微妙に調節するのを三回繰り返すと、ようやく思ったところ――運転席側の前輪――に正確にあてることができた。

町は各辺が三百フィートの格子状に区画されているため、基準さえできてしまえば、それ以上の調整は簡単だ。

首をポキポキ鳴らした。

遊底に手をかけ、ブリーチをひらき、五発入るマガジンから最初の一発を送りこんだ。

スコープを前にしてすわり、メイン・ストリートの様子をうかがいながらヘッドセットを起動した。

「マスティンです。位置につきました。オーバー」

イーサン・バークが応答した。「こちらはトンネルの扉のところで待機している。オーバー」

「了解した。さっそく取りかかる。待機せよ。オーバー」

メイン・ストリートには死体が散乱していた。

五匹のアビーが〈スティーミング・ビーン〉の前の通りの真ん中で食事中だ。

とりあえず、町を取り囲んでいる森と崖はあとまわしにし、東西に走るアベニューと南北に走るストリートをじっくり観察した。

観察を終えるたび、メモになにやら走り書きした。

十一分後、ヘッドセットの通信ボタンを軽く叩いた。

「ふたたびマスティンです。オーバー」

「報告を頼む」イーサンは言った。

「百五匹のアビーを視認しました。その半分は十五から二十四の集団で移動、それ以外は単独で移動しています。生存者がいる様子はいまのところありません」

イーサンは言った。「二十分やる。その後、われわれが突入する。オーバー」

マスティンはにやりとした。時間制限付きか。そのほうがおもしろい。

「賭《か》けませんか？　オーバー」

「なんの話だ？」

「殺す数ですよ、オーバー」

「いいからさっさとかかれ」

マスティンはまずメイン・ストリートの南端から取りかかり、ゆっくりと北に移動した。

あたり十五発。

はずれ五発。

十二匹殺害。

三匹は死んだほうがましな姿で、身体を引きずるようにしてアスファルトを歩いている。

次は七番ストリートに移り、スコープを調整してから、仕事にかかった。学校近くで、十八匹のアビーが寝ているのを見つけた。ほかが目を覚まして襲撃に気づく前に四匹を射殺した。さらに、逃げようとする五匹を倒した。

こんな調子で片づけていったが、白状すると、スナイパーライフルAWMでこんなに楽しい思いをしたのははじめてだった。

残り五分で、町の南の道路の三匹を撃ち、公園にいた二匹を殺した。ふたたび保安官の声がヘッドセットから聞こえてきたときには、病院のわきを猛スピードで走っていくアビーの頭を撃ち抜いたところだった。

「時間だ」イーサンが言った。「オーバー」

「四十四匹」マスティンは言った。「オーバー」

「なんだって?」

「戦う相手が四十四匹減りました。 オーバー」

「すばらしい。フェンスは持ちこたえているか?」

マスティンはライフルを南に振り向け、フェンス近くの森をうかがった。

「ゲートはちゃんと閉まってます。そっちが町に入ったあとは掩護《えんご》できますが、森に向かって撃つのは危険が大きすぎます、オーバー」

「了解した。われわれの目となってくれ。殺せる場合は殺せ。近づいてくるものがあれば、連絡を頼む。オーバー」

マスティンはマガジンを再装塡し、次弾を薬室に送りこんだ。

基地の入り口周辺を囲む木立と巨石群の様子をうかがった。

「出発してよし」

イーサン

アランが運転する装甲付きハンヴィーの助手席に乗った。

サイドミラーのなかに、溶接工が基地の入り口をふさいでいるのが映っていた。

ハンヴィーの屋根では、警備員のひとりが五〇口径のマシンガンを操作している。

うしろにはダッジ・ラムのピックアップ・トラックが二台ひかえ、一台の後部座席にはポンプアクション式ショットガンをかまえた男がふたり乗っていた。

もう一台は機関砲を搭載している。

ラムのあとを走るのは運搬用トラック二台、しんがりをつとめるのは三台めのピックアップ・トラックで、荷台には完全武装した警備員六人が乗っていた。

イーサンのヘッドセットにマスティンの声が入った。「メイン・ストリートは避けたほうが無難です。どのルートで行きますか。オーバー」

車は森を抜け、町に向かう道路に入ったところだった。

「十三番から五番に行く」イーサンは言った。「そこで三ブロック進んで、学校に向かう。連れがいる様子はあるかい？」

「遠くに一匹いるのが見えますか？」

イーサンはフロントガラスの向こうに目をこらした。

百ヤード前方に、アビーが黄色のセンターラインをまたぐようにしゃがんでいた。接近するエンジン音に気づいたのだろう、そいつは立ちあがったものの、側頭部から赤いしぶきが噴きあがった。

「その先にも、単独行動をしてるのが何匹かいます」マスティンが言った。「片づけておきます。オーバー」

太陽は崖の上までは昇っておらず、前方の谷はまだ早朝の光に覆われたままだった。

「いくらかでも眠りましたか？」アランが訊いた。

「どう思う？」

ケイト

自動小銃のタタタタという音が聞こえた。

教室にいる全員がその音を聞いた。

ケイトとスピッツはドアから家具をどかし、打ちつけた釘を抜きはじめた。

ドアがあくと、ほかのみんなには待っているよう告げた。

すばやく廊下に出た。

階段をのぼる。

発砲音はますます大きくなり、銃声と銃声の合間にべつの音も聞こえはじめた——エンジンの轟音だ。

出口まで来ると、ケイトは持っていたAR-15をかまえ、スピッツにドアをあけるよう指示した。

彼は引きあけた。

ケイトは二歩進んだ。

校庭にいたアビーたちが、十番と五番の交差点にいる車列――ハンヴィー一台、ピックアップ・トラック三台、それに十八輪トラックが二台――に向かって走っていた。

一匹のアビーが群れを離れ、ケイトめがけて突進しはじめた。

スピッツが声をかける。「撃てるか？」

二十フィート以内に接近するまで待った。

「ケイト？」

引き金をしぼった――三点バーストで発射された弾がきれいな軌跡を描いて胸に命中し、アビーはドアの五フィート手前で倒れた。

すると今度は雷のような音が響き、二台めのピックアップ・トラックに搭載した銃からあざやかなオレンジ色の発射炎がひらめいた。攻撃用ヘリコプターに積んでいてもおかしくないほど大きな銃だ。

弾はアビーの一団をまっぷたつに引き裂いた。

ハンヴィーの助手席のドアがいきおいよくあいた。

イーサンが降りてきたのを見て、ケイトの胸はいっぱいになった。

見ると彼は車の前をまわりこみ、フェンスに向かって走りだした。

フェンスを乗り越えようとする彼に、校庭側から四匹が飛びかかった。

ケイトはねらいをさだめ、ありったけの弾を撃ちこんで四匹とも倒した。

イーサンが驚いたように眉をあげ、あたりを見まわした。

一瞬、銃撃がやんだ。

アビーの死体が散乱しているのを尻目に、トラックの荷台から降りた男たちが防衛線の設置に取りかかった。

ケイトはイーサンに向かって走りだした。ショットガンを手に、足を引きずりながら歩いてくるイーサンは、ジーンズはずたずたに破れ、シャツはぼろぼろ、顔は血で汚れていた。

涙で視界がぼやけ、ケイトは目をぬぐった。

そばまでくると、彼に抱きついた。

「負傷者の具合はどうだい?」彼が訊いた。

「ひとりは亡くなったわ。もうひとりはもちこたえてる。かろうじてだけど」

「トラックも一緒に来ている。全員をここから基地に連れて行くよ」

「ハロルドは見つかった?」

「まだだ」

「テレサとベンは?」

彼は首を横に振った。

涙がこぼれてきて、ケイトは目をきつく閉じた。イーサンが何度も何度も彼女の名を呼び、大丈夫だからと言ってくれたが、それでも泣くのをとめられず、いつまでも彼にしがみついていた。

イーサン

ケイトを抱きしめていると、男が歩いてくるのが目に入った。丈がかかとまである黒いダスターコートをはおり、顔は黒いカウボーイハットと長くのばしたぼさぼさのひげに隠れている。

イーサンは言った。「あの男はいったい何者だろう」

ケイトが首をめぐらした。「見たことない人だわ」

イーサンは校庭を突っ切り、フェンスをよじのぼって、通りの真ん中まで歩いていった。

黒ずくめの男はウィンチェスターのライフルを肩にかつぎ、足を引きずりながら歩くせいで、ブーツがアスファルトにこすれる音がする。彼はイーサンから数フィート離れたところでとまった――げっそりと痩せ、不快きわまるにおいを発している。見るからに頭のおかしなホームレスという感じだが、目だけはちがった。狂気をうかがわせるものはまったくない。どこまでも深く澄んだ目だった。

男が口をひらいた。「ここで会うとはな、イーサン」

「申し訳ないが、前に会ったことが?」

むさ苦しいひげの奥で、男がほほえんだのがうっすらと見えた。

「前に会ったことがあるかって?」男の笑い声は、声帯を紙やすりでくるまれたかのようにかすれていた。「ヒントをひとつやろう。わたしたちが最後に話をしたのち、きみはここに派遣された」

イーサンの記憶に火がついた。

シナプスが点と点をつなげる。

首をかしげて尋ねた。「アダムなのか?」

「聞いたぞ、きみがこの騒ぎを引き起こした張本人だと」

「ずっとこの町にいたのか?」

「いや、ちがう。戻ったばかりだ」

「どこから戻ったんだ?」

「外だよ。フェンスの向こう」

「あなたが探索者?」

「三年半、外にいてね。きのうの明け方にフェンスのこっちに戻ってきた」

「アダム――」

「訊きたいことが山ほどあるのはわかるが、家族を捜しているのなら、昨夜わたしが見つけておいた」

「どこで？」

「テレサはベンと一緒に保安官事務所の監房にこもっていた」

「いまもそこに？」

「ああ、それから――」

イーサンは駆けだした。全速力で六ブロック進み、息を切らしながら保安官事務所に飛びこんだ。

「テレサ！」大声で呼んだ。

「イーサンなの？」

建物の北端にある監房に向かって廊下を突っ切った。柵の向こうに妻と息子が無事でいるのが見えると、目に涙がこみあげた。

テレサが手間取りながら鍵を挿し、錠をあけた。

イーサンはドアをあけるなり彼女を抱きしめ、まるではじめてのときのように、顔に、両手にキスをした。

「きみを失ったかと思ったよ」

「そうなってもおかしくなかったわ」

ベンがむしゃぶりついた。

「大丈夫だったか、坊主？」

「うん。パパ。でも、ぼくたち、あとちょっとで死ぬところだったんだよ」

数ブロック離れたところで、ふたたび銃撃がはじまった。

「援軍を連れてきてくれたのね」テレサが言った。

「そうだ」

「たくさんの人を救えた？」

「学校の地下に隠れていた人たちは無事だ。現在、保安チームが町全体に散開し、人間でないものを片っ端から殺し、助けられるかぎりの人たちを助けている。どうしてきみとベンは洞窟に隠れていなかったんだ？」

「アビーがまた襲ってきたんだよ」ベンが答えた。「みんなはそのまま残ったけど、ママとぼくはべつの道で崖をおりたんだ」

「残った人たちは、助からなかったと思う」テレサは言った。

柵の外に目をやると、パムが床で死んでいた。

「ゆうべ、ここにいるのを見つかったの」テレサは言った。「わたしたちはこの牢屋にいて、武器はなにもなかった。彼女はわたしたちを殺そうとしたのよ」

「どうして？」

「あなたを苦しめるために」そのときのことを思い出したのだろう、テレサは身体をぶるりと震わせた。「そこをアダム・ハスラーに助けられたの」

「彼がここにいるのをきみは知っていたのかい？」

「いいえ」

またも機関砲が炸裂する。

イーサンは無線機を出した。「こちらバークだ。オーバー」

アランの声が応答した。「聞こえます。オーバー」

「保安官事務所までトラックを寄こしてくれないか。家族が見つかった。ふたりを安全なところに移動させたい」

VIII

テレサ

ウェイワード・パインズ

五年前

彼女は雨のなか、足にはなにも履かず、ぐっしょり濡れて身体に貼りついた診察着姿で、高さ二十五フィートのフェンスを見あげている。張りめぐらされた有刺鉄線は高圧電流が流れているせいでパチパチいっている。すぐそばの注意書きにはこうある。

高電圧
死亡の危険あり

さらに――

ウェイワード・パインズに戻れ
これより先に進めば死が待っている

彼女は泥のなかに膝をつく。

寒い。

身体ががたがた震える。

夕暮れ時で、森のなかはあと少しで、なにも見えないくらい真っ暗になる。

いまいるのは終点だ。彼女にとっての終点だ。

頼れる人はいない。

逃げる先もない。

倒れこむ。

ばったりと。

氷のような雨に激しく叩かれながら、こらえきれずに泣きじゃくる。

肩をつかまれる。

彼女は手負いの動物のように反応し、あわてて身を振りほどいて四つん這いで逃げるが、うしろから呼びとめられる。「テレサ！」

しかし彼女はとまらない。

どうにか立ちあがると、湿ったマツの葉に足を滑らせながら一目散に走る。

彼女は地面に組み伏せられる。顔が泥に埋まり、背中になにか押しつけられ、身体の向きを変えようともがく。ありったけの力でやり返し、相手の両腕をわきの下にはさみこむ。この手がわたしの口のそばまで来ようものなら、こいつの指を食いちぎってやる。

しかし、相手はうまく彼女を仰向けにすると、両腕をつかみ、両脚を自分の膝で押さえこむ。

「離して！」彼女は大声でわめく。

「抵抗しなくていいんだ」

あの声だ。

彼女は襲ってきた相手を見あげる。もう真っ暗でなにも見えないが、顔には見覚えがある。

べつの人生で。

いまよりよかった時代。

彼女は抵抗をやめる。

「アダムなの？」

「そう、わたしだ」

彼は彼女の両腕を解放し、起きあがるのに手を貸してやる。

「ここでなにを……？　どうして……？」山ほどの質問が頭に流れこみ、どれを訊けばいいのかまとまらない。ようやく声を出す。「わたしの身になにが起こってるの？」

「きみはアイダホ州ウェイワード・パインズにいるんだよ」

「それはわかってる。どうしてここから出ていく道がないの？　なぜフェンスなんかあるの？　なぜ、みんな、なにがどうなっているのか教えてくれないの？」

「いろいろ訊きたいことがあるのはわかって――」

「息子はどこ？」

「ベンを見つける手伝いならできると思う」

「あの子がどこにいるか知っているのね？」

「そういうわけじゃなくて――」

「あの子はどこ？」ヒステリックにわめく。「どうしてもあの子を――」

「テレサ、このままじゃきみの身があぶない。きみはわたしたちふたりの命を危険にさらしているんだよ。とにかく、わたしと一緒に来てほしい」

「どこへ行くの？」

「わたしの家だ」

「あなたの家？」

　彼はレインジャケットを脱いで、彼女の肩にかけてやると、手を引っ張って立ちあがらせる。

「どうしてここに家があるの、アダム？」

「住んでいるからだよ」

「いつから？」

「一年半前から」

「そんなのありえない」

「いまの時点ではそう感じるのも無理はない。まだ、すべてが奇異に見えていることだろうね。靴はどうしたんだい？」

「覚えてない」

「わたしが運んでやろう」

ハスラーは重さなどまったくないかのように彼女を抱きあげる。

テレサは彼の目を見つめる。ここに来てからの五日間は恐ろしい思いばかりだったが、こうしてなつかしい目を見つめていると、ほっと安堵する気持ちが湧いてくるのは否定できない。

「あなたはなぜここにいるの、アダム？」

「いろいろ訊きたいことがあるのはわかるが、まずは家に連れていくのが先だ、いいね？低体温症になりかけている」

「わたしは頭がおかしくなったの？　もうなにがなんだかわからない。この町の病院で目が覚めたと思ったら、そのあとの数日間は――」

「わたしを見るんだ。きみは頭がおかしくなったわけじゃないよ、テレサ」

「だったら、なにがあったの？」

「いまはちがう場所にいるだけだ」

「なにを言ってるのかわからないわ」

「そうだね。でも信じてほしい。わたしが必ずきみの面倒を見る。変なことをされないよう手配する。そして、一緒にベンを捜そう」

ハスラーのジャケットをはおっていても、テレサは彼の腕のなかで激しく身を震わせている。

叩きつける雨のなか、彼はテレサを抱きかかえ、暗い森を歩いていく。

この町で目覚める前の最後の記憶は、クイーン・アンにある自宅でデイヴィッド・ピルチャーと名乗る男と向かい合ってすわっていたことだ。あれは行方不明の夫を偲《しの》ぶ会をひらいた夜のことで、客が全員帰ったあと、ピルチャーが早朝に謎めいた話をしに、玄関に現われたのだった。自分と一緒に来れば、彼女とベンはイーサンに再会できると。

あの約束が守られることはないのだろう。

テレサは扉のあいた薪ストーブの近くに寄せたソファに横になり、アダム・ハスラーがマッを火にくべるのをぼんやり見ている。芯《しん》まで凍えた寒さもゆるみはじめている。この四十八時間は眠れなかった——あの気味の悪い笑みを浮かべた看護師がいる病院のベッドで二度めに目を覚ましてからずっと――が、いまは眠りのほうからじわじわ忍び寄ってくるのがわかる。そういつまでも目をあけていられそうにない。

ハスラーが火をかきたてて炎を大きくすると、薪のなかで樹液が沸騰《ふっとう》し、はぜるような音をたてる。

居間の明かりはすべて消えている。

火明かりが壁を染める。

小止《こや》みなく降る雨がブリキの屋根を叩き、その音が彼女を眠りに誘う。

ハスラーがストーブから急いで戻り、ソファのへりに腰をおろす。

テレサを見おろす彼の目には、何日ぶりかで見る思いやりがこもっている。

「なにか取ってきてほしいものはあるかい？」彼は尋ねる。「水は？　毛布は足りているかな？」

「大丈夫。あ、大丈夫というのは、そういう意味じゃなくて……」

彼はにっこりとほほえむ。「言いたいことはわかるよ」

テレサは彼を見あげる。「この数日間は、人生でもっとも異様で最悪の日々だった」

「だろうね」

「いったいなにが起こってるの？」

「話すわけにはいかないんだ」

「話せないの、それとも話すつもりがないの？」

「きみはイーサンを偲ぶ会の夜、シアトルから姿を消した。きみとベンとで」

「ええ」

「イーサンを捜しにウェイワード・パインズに行ったものと考え、わたしはあとを追った」

「そんな。わたしのせいであなたもここにいるのね」

「クリスマスの二日前に車でこの町に入った。覚えているのは、どこからともなくマックのトラックが飛び出してきて、わたしの車に横からぶつかったことだけだ。きみと同じで、わたしも病院で目が覚めた。電話も財布もなくなっていた。シアトルに電話しようとしたことは？」

「姉のダーラに電話したわ。銀行の隣にある公衆電話から何度かけたことか。でも、いつも番号がちがうと言われるか、発信音が聞こえないの」

「わたしの場合も同じだ」

「それで、いまはどうしてここに家があるの？」

「仕事もしているんだよ」

「え？」

「きみの目の前にいるのは、〈アスペン・ハウス〉というウェイワード・パインズでいちばんのレストランで修行中のスーシェフだ」

テレサは冗談めかしたところはないかと彼の顔をじっくりながめたが、まじめそのものだ。

「あなたはシークレットサービスのシアトル支局を統括する特別捜査官のはず。なのに――

「――」

「事情が変わってね」

「アダム――」

「いいから、わたしの話を聞いてほしい」そう言ってテレサの肩に手を置く。ブランケットごしにその重さが伝わってくる。「きみはいくつもの疑問と不安を抱えていると思うが、わたしもそうだった。いまもそうだ。それは変わっていない。だが、ここではそれに対する答えは得られない。生きる道はたったひとつしかなく、それ以外の道を行けば死が待っている。友だちとしてこれだけは聞いてほしい。いつまでも逃げてばかりいたら、きみはいずれ殺されることになる」

テレサはハスラーから目をそむけ、炎を見つめる。

涙で目がくもり、火明かりがぼやけて見える。

恐るべきことに、本当に恐るべきことに、ハスラーの言葉は本当だと思える。

それも百パーセント。この町はどこかおかしく、邪悪な感じがする。

「どうしていいかわからない」彼女は言う。

「そうだろうね」彼はテレサの肩に置いた手に力をこめる。「その気持ちはわたしも経験がある。きみのためにできるかぎりのことをするよ」

イーサン

夕方、イーサンはケイトが自宅の居間で、冷えきった暗い暖炉を凝視しているところを見つけた。

彼女のとなりに腰をおろし、ショットガンを硬材の床に置いた。

いつの時点か、アビーが侵入したのだろう。正面側の窓が割れ、なかは荒らされ、連中の体臭が強く残っていた――なじみのない不快なにおいだった。

「こんなところでなにをしているんだい？」イーサンは訊いた。

ケイトは肩をすくめた。「ここでずっと待っていれば、あの人がドアから入ってくるような気がして」

イーサンは彼女の肩を抱き寄せた。

「でも、あの人はもう二度と、あのドアから入ってこない。そうなんでしょう？」

意志の力だけで、なんとか涙をこらえているようだった。

イーサンはうなずいた。

「見つかったのね」

破れた窓から射していた光がしだいに弱くなっていた。もうじき、谷は真っ暗になる。

「彼のグループはトンネルのひとつに追いつめられていた」イーサンは言った。

まだ涙は流れてこない。

彼女はただ静かに息を吸って、吐いた。

「あの人を見たいわ」

「もちろんだとも。きょう一日かかって死体を回収したから、少しでも見られるような形にして――」

「ずたずたになった状態でも平気よ、イーサン。とにかくあの人を見たいの」

「わかった」

「何人くらい亡くなったの？」

「まだ死体を回収中なので、生存者を数えただけだ。四百六十一人いた住民は百八人にまで減った。七十五人がまだ行方不明だ」

「知らせに来てくれたのがあなたでよかった」彼女は言った。

「生存者は全員、数日ほど本部基地にいてもらうことになった」

「わたしはここに残る」

「ここは安全じゃないよ、ケイト。まだアビーの残党がいる。全部は始末できていないんだ。

電気もきていないし、暖房もとまっている。陽が落ちれば真っ暗になるし、そうとう冷えこむ。フェンス内に入りこんでいるアビーが、いつ町に戻ってくるかわからない」

彼女は彼に目を向けた。「かまわないわ」

「しばらく一緒にいようか？」

「ひとりになりたいの」

イーサンは立ちあがった。全身が痛み、うずき、疲れきっていた。「ショットガンを置いていくよ。万が一のために」

その言葉が届いたかどうかはわからない。

彼女の心は完全にちがうところに行っていた。

「あなたのご家族は無事だったの？」ケイトは訊いた。

「無事だ」

彼女はうなずいた。

「朝になったらまた来るよ。ハロルドのところに連れていく」イーサンは玄関に向かいかけた。

ケイトが呼びとめた。「ねえ」

彼は振り返った。

「あなたのせいじゃないわ」

その晩、イーサンは基地の奥深くにある暖かくて暗い部屋でテレサと横になっていた。ベンはふたりのベッドの足側に置かれた折りたたみベッドで、軽い寝息をたてて眠っている。

部屋の反対側に淡青色の光を放つ常夜灯があり、イーサンはその光をじっと見つめていた。寒さも身の危険も感じず、カメラに行動を見張られることもなく眠れるのは本当にひさしぶりだ。眠りはすぐそこまで来ていたが、どうしてもたどり着けなかった。

テレサの手がわきからのびてきて、腹のうえを這っている。

彼女は声を殺して尋ねた。「起きてる？」

寝返りを打って彼女のほうを向くと、常夜灯の光のなか、その目に涙が光って、顔がぐっしょり濡れているのが見えた。

「話しておかなきゃいけないことがあるの」彼女は言った。

「なんだい？」

「あなたがわたしたちの人生に戻ったのは、ほんの一カ月前だったわ」

「そうだな」

「わたしとベンはすでに五年間、ここで暮らしてた。ここがどこかも知らなかった。自分たちが生きているのかも」

「それはいまさら言うまでもなく知っているよ」

「話しておきたいのはね……あなたが来る前にべつの人がいたことなの」

「べつの人」そうつぶやいたとたん、胸が圧迫され、肺がずんと重くなり、息が充分に吸えなくなった。

「あなたは死んだとばかり思ってた。と言うより、わたしのほうが死んでいたのかもしれないけど」

「誰なんだ?」

「はじめて町に来たときは、知ってる人がひとりもいなかった。あなたと同じで、目が覚めたらここにいて、しかもベンは一緒じゃなくて、それに——」

「誰なんだ?」

「アダム・ハスラーがここにいるのを見たでしょ」

「ハスラーなのか?」

「彼は命の恩人なのよ、イーサン。一緒にベンを捜してくれたし」

「その話は本当なのか?」

テレサは泣きじゃくっていた。「六番ストリートのあの家で、一年以上一緒に暮らしたわ。あの人が派遣される日まで」

「きみはハスラーと暮らしていたのか」

嗚咽《おえつ》を漏らそうにも喉につかえて出てこなかった。「あなたは死んだと思ってたのよ。この町がどれだけひどいことをするかわかるでしょ」

「あいつと同じベッドで寝ていたのか?」

「イーサン――」

「どうなんだ？」

テレサはうなずいた。

彼は妻から離れるように寝返りを打ち、天井をにらんだ。この告白をどう受けとめればいいのかもわからなかった。頭に浮かぶのは、いくつもの疑問やハスラーと妻の顔ばかり。そして、熱く燃えたぎる混乱、怒り、恐怖が身体の奥深くでひとつになり、最後の大爆発に向かって突き進んでいる。

「なにか言ってちょうだい。黙りこむのはやめて」

「あいつを愛してたのか？」

「ええ」

「いまもその気持ちは変わらないのか？」

「自分でもよくわからないの」

「否定はしないわけだ」

「あなたの気持ちを傷つけるようなことは言わないでほしいのか、それとも正直に話してほしいのか、どっちなの？」

「なぜ話してくれなかったんだ」

「こういう会話をする心の準備ができていなかったからよ。あなたはここへ来てまだ一ヵ月だった。ようやく気持ちが通じ合いはじめたところだったからよ」

「きみのほうはそうじゃなかった。どこからともなく不倫相手が現われたせいで、しかたなく打ち明けるはめになったわけだ」

「それはちがうわ、イーサン。本当にいずれは話すつもりだったのよ。アダムはもう戻らないと思いこんでいたし。それに言っておくけど、わたしが彼と暮らしていたのは、あなたが死んだと思っていたからよ。あなたはわたしが元気でぴんぴんしているときに、ケイト・ヒューソンと浮気したじゃない。わたしという妻がありながら。だからこの件で感情的になるのはやめてちょうだい、いいわね？」

「あいつと一緒になりたいのか？」

「あの人が見つけてくれなかったら、わたしは何度も逃亡をこころみて、いずれは殺されていた。それだけは絶対にたしかよ。あの人は誰ひとりなにもしてくれなかったときに、わたしを支え、面倒を見てくれた。あなたがそばにいなかったときにね」

イーサンはふたたび寝返りを打って妻と向かい合った。鼻と鼻が触れ合い、彼女の息が顔にかかる。

「あいつと一緒になりたいのか？」さっきと同じ質問をした。

「わからない」

「わからない？　つまり、なりたい気持ちもあるということなんだな」

「あの人のように愛してくれる人は生まれてはじめてだったわ」イーサンは息をのんだ。

「こんな話は聞きたくないかもしれないから、先に謝っておくけど、彼にとってわたしはこの世でもっとも大切な存在だったのよ、イーサン。まるで……」テレサはそこで口ごもり、そのまま語尾をのみこんだ。

「まるで？」

「これ以上言うのは――」

「いや、最後まで言ってほしい」

「それまで経験したものとはまるでちがってた。あなたとはじめて出会ったときから、わたしは全力であなたを愛したわ。正直に言っていい？　あなたの愛より、わたしの愛のほうが大きかったの」

「それはちがう」

「ちがわないわ。わたしはあなたに誠心誠意、愛情を注いできた。わたしたちの結婚がロープで、あなたが片側、わたしが反対側を持っているとしたら、いつもわたしのほうが少しだけ力をこめていたわ。ときにはうんと」

「報復のつもりだったんだな？　ケイトとのことへの」

「あなたがどうこうじゃないのよ。これはわたしと、あなたがいないあいだにわたしが好きになった人とのことなの。その人がいまになって戻ってきたんだもの、どうしていいかわからなくても当然でしょう。二秒でいいから、わたしの立場になって考えたらどう？」

イーサンは起きあがり、上掛けを撥《は》ねのけた。

「出ていかないで」彼女は言った。

「ちょっと新鮮な空気を吸ってくるだけだ」

「話すべきじゃなかったわね」

「いや、再会したあの日に話してほしかったよ」

彼はベッドを出ると、靴下とパジャマのズボン、それにタンクトップという恰好で部屋をあとにした。

時刻は午前二時か三時で、〈レベル4〉に人影はなく、頭上では蛍光灯がぶうんというかすかな音を発している。

イーサンは廊下を歩いていった。通りすぎる各扉の向こうでは、ウェイワード・パインズの住民たちが心穏やかに眠っている。いくらかの命が救えたのはせめてもの慰めだ。

カフェテリアは閉まっていて、暗かった。

体育館のドアの前で足をとめ、ガラスごしになかをのぞいた。薄明かりのなかに、バスケットボールのゴールが上にあげてあり、コート一面に簡易寝台が並んでいるのが浮かぶ。基地の人間はこぞって〈レベル4〉の自室を避難者に提供していた。これから過酷な変化があることを考えれば、いい兆候と言える。

〈レベル2〉におり、カードを読み取り機にとおして監視室に入った。

制御盤にはアランがついていて、モニターを見つめていた。

イーサンが入っていくとアランは振り返った。「遅くまで起きてるんですね」

イーサンは隣の席に腰をおろした。

「なにか変わったことは？」

「カメラを起動させるのに使っていた動作検知器を停止させ、常時、カメラが作動するようにしました。バッテリーはそう長くは持たないでしょうけどね。数十匹のアビーが町に戻ってきています。明日の朝一番にチームを派遣して、始末します」

「フェンスのほうはどんな様子だ？」

「完全に復旧しました。すべて安全な状態です。少し休んだほうがいいですよ」

「こんなのはいましか見られないから」

アランはおかしそうに笑った。「それもそうですね」

「それはそうと、礼を言わないといけないな」イーサンは言った。「きのうきみが後押ししてくれなかったら――」

「友人のことで約束を守ってくれましたから」

「町の住民のことだが――」

「ここだけの話ですが、われわれは〝町のやつら《タウニー》〟と呼んでるんです」

「彼らはわたしを頼りにすることになる。基地の連中はきみを頼りにするんじゃないかと思ってるんだが」

「そうなるでしょうね。今後、いろいろ微妙な選択をしなくてはならず、それらを扱うにはいいやり方とそうでないやり方がありますし」

「どういう意味だ？」

「ピルチャーは特定の方法で町を運営してました」

「ああ、ワンマンだった」

「あの人を擁護《ようご》するわけじゃないですが、きわめて重要な、生死に関わるような状況になった場合、一、二名の強い力を持った人間が采配をふる必要があるんです」

「基地内にはピルチャーに心酔している者がいるんだろうか？」イーサンは尋ねた。

「どういう意味です？　信者ということですか？」

「そうだ」

「ここにいる者は全員が信者ですよ。おれたちがどれだけのものを犠牲にしてここにいるか、知らないんですか？」

「ああ」

「なにもかもです。古い世界は死に近づきつつあり、来るべき新しい世界の一員になれるチャンスをやるとあの人に言われ、おれたちはそれを信じた。おれは自宅と愛車を売り払い、確定拠出年金を現金化し、家族を捨てました。それをすべてあの人に渡したんです」

「ちょっと訊いてもいいかな？」

「ええ」

「ごたごたしていたせいで気がつかなかったかもしれないが、きょう、探索に出ていた者が帰ってきた」

「ええ、アダム・ハスラーですね」

「では、きみは彼を知っているわけだ」

「そんなでもないです。帰還したと知って驚きました」

「彼についてもう少し知りたくてね。任務に出る前は彼もタウニーだったのかい？」

「おれじゃわかりません。フランシス・リーヴェンに訊くといいですよ」

「そいつは何者なんだ？」

「基地の管理人みたいなものですね」

「具体的に言うと……」

「物資、システム保全、機能停止状態にある者とそうでない者、それらすべての状態を把握している人物です。組織レベルの記憶の宝庫のような存在でしてね。どのグループの責任者も彼に報告し、そこからピルチャーに報告があがる、というか、あがってたわけです」

「会ったことはないな」

「あまり他人と接触しない人なので。ほとんどひとりで閉じこもってますよ」

「どこに行けば会える？」

「〝方舟〟の奥の人目につかないところにオフィスがあります」

イーサンは立ちあがった。

痛み止めが切れてきていた。

この四十八時間にいろいろ無理をしたのが、急に効いてきたらしい。

ドアに向かいかけると、アランが呼びとめた。「あとひとつ」

「うん？」

「ようやくテッドが見つかりました。刺し殺されたのち、自室のクローゼットに押しこまれてました。ピルチャーは彼のマイクロチップを取り出して破壊したんです」

こんな一日のあととなれば、あらたに飛びこんでくるひどいニュースは、波が防潮壁にぶつかるように彼の魂に突っこんでくると思っていたが、実際にはするりともぐりこんでしまった。それも奥深くまで。

アランのもとを去って、ふたたび廊下に出ると、〈レベル4〉の宿舎に向かう階段をのぼりかけたが、すぐに足をとめた。

まわれ右をすると、最後の階段をおりて〈レベル1〉に向かった。

この数カ月間、ピルチャーが知能検査をおこなっていたマーガレットというアビーは起きていて、蛍光灯のぎらぎらした明かりのもと、ケージのなかを行ったり来たりしていた。

イーサンは小さな窓に顔をくっつけ、なかをのぞきこんだ。息でガラスが白く曇った。

前回、このアビーを見たときは、隅のほうで静かにすわっていた。

おとなしく。人間のように。

いまはひどく興奮しているように見える。怒っているわけでも、凶暴なわけでもない。ただ落ち着きがないのだ。

多数の仲間がわれわれが住む谷間に侵入したせいなのか、とイーサンは自問した。この基地でも大勢が殺されたからか？　アビーはフェロモンを介して意思疎通をはかっているとピルチャーは言っていた。言葉のように使っているのだと。

マーガレットがイーサンに目をとめた。

彼女は四つ脚でドアまでやって来ると、うしろ脚で立ちあがった。

イーサンの目とアビーの目は、ガラスを隔ててわずか数インチしか離れていない。

間近で見ると、彼女の目はきれいとさえ言えた。

イーサンはさらに廊下を奥へと進んだ。

六つ先のドアのところで、窓からなかをのぞき、べつのケージの様子をうかがった。

ベッドも椅子もなかった。

床と壁しかなく、隅にデイヴィッド・ピルチャーがいるだけだった。すわったまま眠っているのか、頭を前に倒している。窓から射しこむまぶしい光が、顔の左側を照らしていた。

剃刀《かみそり》を含めた私物はいっさい持ち込みが許されず、顎に白い無精ひげが広がりはじめていた。

あんたのせいだ、とイーサンは心のなかでつぶやいた。あんたがあんなにもたくさんの命を奪ったんだ。わたしの結婚生活も。

この部屋に入るカードキーが手もとにあれば、なかに駆けこんで、殴り殺していたところだ。

全員が——町の者も基地の者も——埋葬のために集まった。

すでにある墓地は満杯ですべての遺体を受け入れる余裕がなく、敷地の南端にあるひらけた場所を使った。

イーサンはケイトと手分けしてハロルドの墓を掘った。

空は灰色だった。

みな一様に押し黙っていた。

細かな雪が人々のあいだをくるくると舞っている。

冷たく固い地面にシャベルを突き刺す規則的な音だけが響いていた。

墓掘りが終わった者は、雪をかぶった芝生に置かれた愛する人の亡骸《なきがら》、あるいはその一部のそばにすわりこんでいる。遺体はどれも、もとは白かったシーツできっちりとくるまれていた。掘っているあいだはやることがあったが、父、母、兄弟、姉妹、夫、妻、友人、わが子のそばに身じろぎもせずにすわっているうち、押し殺した嗚咽がそこかしこから漏れはじめた。

イーサンは土地の中央まで歩いていった。

そこに立つと、いろいろな光景といろいろな音がすべて把握できた。いくつもの小さな塚、永眠の地におろされるのを待つ死者、なにもかもなくした者の嘆き、町の住民のうしろに神妙な顔つきで立つ基地の職員。町の北のはずれで煙がまっすぐに立ちのぼり、そこから甘いにおいのする渦巻き状の黒煙が空に向かって吐き出されているのは、六百体ものアビーの遺骸がゆっくりと燃えて灰になりつつあるからだ。

この悲しみを引き起こした張本人であるデイヴィッド・ピルチャーをのぞき、地球に残った最後の人類全員がこの場に立ち会っていた。

アダム・ハスラーも、隅のほうでテレサとベンとともに立っていた。

イーサンはぞっとするような思いに襲われた――妻はわたしのもとを離れるつもりだ。

彼はゆっくりと向きを変え、全員の顔をながめわたした。痛切な悲しみが伝わってくる。生々しいほどに。

「なんと言えばいいのかわからない。どれだけ言葉をつくしても、なんの慰めにもならない。四分の三の命が失われ、これから先ずっとつらいことが待ち受けている。できるかぎり助け合おう。なんと言っても、この世界に人類はわれわれしかいないのだから」

全員が遺体をそろそろと墓穴におろしはじめると、イーサンは舞い落ちる雪のなか、もといた場所へと、ケイトがいるほうへと引き返した。

彼女と協力してハロルドを墓穴におろした。

それからシャベルを手にすると、ほかの人と同じように、土をかけはじめた。

テレサ

彼女はハスラーと連れだって町の南にある森を歩いていた。雪がマツの木の合間をはらはらと落ちていた。ハスラーはひげを剃り落とし、髪を短くしていたが、すべすべの肌はかえって頬がこけてやつれた顔を強調する結果となった。憔悴《しょうすい》しきって見えた。飢えた国の難民かと思うほどに。ふたたびこうして肩を並べていても、現実ばなれしているような気がしてしょうがない。彼はもう死んだものとあきらめる前は、再会のときをあれこれ想像するのが癖になっていた。その空想はどれも、現実とはまったくちがっていた。

「ちゃんと眠れてるの?」テレサは訊いた。

「それがおかしなものでね。荒野をさすらっていたときは、ふたたびベッドで眠る日のことを何度となく夢に見たんだよ。枕があって、上掛けがあって、ぬくぬくと暖かく、安全な寝床の夢を。暗いなかで手をのばせばナイトテーブルがあって、ひんやりした水のコップがつかめるんだ。だが、戻ってきてからというもの、あまり眠れなくなった。地上三十フィートの枝にくくりつけた寝筒で休むのに慣れてしまったようだ。きみのほうはどうなんだい？」

「よく眠れなくて」

「悪い夢でも？」

「現実には起こらなかったことを夢で見るの。アビーが牢屋に入ってくる夢」

「ベンは？」

「あの子は大丈夫。起こったことを理解しようとがんばってるのはたしか。同級生の多くが助からなかったし」

「子どもが見てはいけないものを見たんだものな」

「まだ十二歳なのよ。信じられる？」

「あの子はきみにそっくりだよ、テレサ。ずっとあの子にまた会いたい、話だけでもしたいと思っていたのに、そういう気になれないんだ。いまはまだ」

「たぶん、それでいいんだと思う」

「イーサンはどこにいるんだ？」

「埋葬のあと、しばらくケイトのそばについていると言ってた」

「変わらないやつだな」

「彼女はご主人を亡くしたんだもの。ほかに頼れる人がいないみたいだし」テレサはため息をついた。「イーサンに話したわ」

「話したというのは……」

「わたしたちのことを」

「そうか」

「そうするしかなかったの。いつまでも隠しておけなくて」

「彼はどう受けとめたんだい？」

「イーサンのことはよく知ってるはずよ。どうだと思う？」

「彼も、どんな状況だったかはわかってるんだろう？　きみもわたしもこの町に閉じこめられていたんだ。しかも、イーサンは死んだとばかり思っていた」

「すべて説明したわ」

「それで、信じてもらえなかったのかい？」

「信じたからと言って、あれを納得できるかどうかは話がべつじゃないかしら。ほら、つまり――」

「わたしに妻を寝取られたからか」

テレサは立ちどまった。

森のなかは怖いくらいに静かだった。

「でも、楽しかっただろう？」ハスラーは訊いた。「きみと、わたしと、ベンの三人で暮らしていたときは。わたしといて幸せだっただろう？」

「ええ、とても」

「わたしはきみのためならどんなことでもするよ、テレサ」

彼女は彼の目をのぞきこんだ。

彼は愛情のこもった目で見つめ返した。

空気がぴりぴりしはじめ、この瞬間はテレサが思っていた以上にずっしりと重いものだった。一度は心の扉を大きくひらいた相手であり、いつまでもこうして、この人の世界には彼女しかいないとばかりに見つめられたら――。

ハスラーが近づいた。

唇を重ねてきた。

最初、彼女はしりごみした。

すぐに身をまかせた。

さらには自分もキスを返した。

ハスラーが彼女をゆっくりマツの木まで戻して身体を押しつけると、彼女は彼の髪に指を差し入れた。

彼が喉に唇を這わせはじめると、テレサは顔を少し仰向け、自分の顔に落ちては解ける雪を見あげていた。突然、ジャケットのファスナーがおりたかと思うと、その下のシャツのボタンが手早くはずされ、気がつくと自分も彼のほうに手をのばしていた。

その手を途中でとめた。

「どうした？」ハスラーは息をはずませながら訊いた。「なにかあったの？」

「わたしはまだ結婚してるわ」

「でも、あいつはそのことでためらったりはしなかった」彼に説得されたい気持ちもいくらかあった。強引につづけてほしい気持ちも。「あいつのせいでどんな思いをしたか忘れたのかい？　しょっちゅう言っていたじゃないか。自分の愛の炎のほうがいつも高温で燃えていると」

「この一カ月であの人はたしかに変わった。ちらちらとした光が見えはじめて——」

「ちらちらした光だって？　わたしのことをそんなふうに思っていたのか、きみは。ちらちらした光だと？」

テレサは首を横に振った。

「わたしは心からきみを愛している。全身全霊を傾けて。ひたむきに。命がけで。いつもいつも、きみのことだけを考えているんだ」

遠くのほうで叫び声があがり、森全体に響きわたった。

アビーだ。

甲高く、繊細で、ぞっとする声。

あわてて彼女から身体を離すハスラーの額に緊張感がみなぎるのが、はっきりとわかった。

「いまのは——」

「フェンスの内側からではないようだ」彼は言った。

「とにかく、帰りましょう」

ボタンをとめ、ファスナーをあげる。

ふたりは町に戻りはじめた。

身体がぞわぞわし、頭はくらくらする。

道路まで戻ると、黄色い中央線沿いに歩いた。

遠くに建物が見えはじめた。

ふたりは無言でウェイワード・パインズに向かった。

無鉄砲なのを承知で、並んで歩いた。

六番とメイン・ストリートの交差点まで来ると、ハスラーが言った。「一緒に見にいかないか？」

「ええ」

ふたりで住んでいた界隈の歩道を歩いた。

外には誰もいなかった。

どの家も無人で暗かった。

なにもかも冷たく、灰色で、生命のかけらもないように見える。

「わたしたちが住んでいたときとはにおいがちがうな」ハスラーは言いながら、かつて一緒に住んだ黄色いヴィクトリア朝様式の家の階段のたもとに立った。

キッチンに入り、ダイニングルームを抜け、また廊下に戻った。

「きみにとってそんなにつらい選択だとは、わたしには思えないんだが」

「わからないのも無理ないわ」

ハスラーは廊下の暗がりから出てくると、テレサに近づいて、片膝をついた。

「こういうふうにするものなんだろう?」

「なにをするの、アダム」

彼が手を取った。

ざらざらしていて、テレサの記憶にある手とはちがっていた。鋼《はがね》のように引き締まって固く、フェンスの外で暮らしたせいで、爪にはとても洗い流せそうにないほどの汚れがたまっている。

「わたしと一緒になってほしい、テレサ。それが、いまわれわれが住む新しい世界でどういう意味を持つにしても」

涙がテレサの顎を伝って床に落ちた。

声が震えた。

「わたしはもう——」

「きみが結婚しているのはわかっている。イーサンがこの世界に来ているのもわかっているが、そんなことはどうでもいいし、きみにもそう思ってもらいたいんだ。人生はあまりに過酷で短いのだから、愛する人といるべきだ。だから、わたしを選んでほしい」

IX

イーサン

フランシス・リーヴェンは〝方舟〟の最奥、岩の壁に張り出すように造られた個室に住んでいた。持ってきたカードキーでは読み取り機が作動せず、しょうがないので鋼鉄のドアをこぶしで叩いた。

「ミスタ・リーヴェン！」

ややあって、錠がはずれた。

ドアがほんのわずかあいた。

出てきた男は身長が五フィートあるかないか、着ているバスローブは汚れと歳月とで、白ではないなにものかに変色していた。歳は四十五か五十と思われるが、あまりに身なりに無《む》頓着《とんちゃく》なため、その推測もあてになりそうになかった。肩まである薄茶色の髪をグリースでてかてかに光らせ、大きな青い目に敵意ともとれるあからさまな不審の色を浮かべて、イーサンをうかがった。

「なんの用だ？」リーヴェンは訊いた。

「話がある」

「わたしは忙しい。出直してくれ」

リーヴェンはドアを閉めようとしたが、イーサンは無理にあけてなかに入った。

キャンディーバーの包み紙が床に散乱し、十六歳の少年が暮らす部屋のような湿ったかびくさいにおいがただよっていたが、饐《す》えたコーヒーのつんとするにおいも混じっていた。

部屋を照らしているのは天井の埋め込み照明と、壁のほぼ一面を埋めつくす巨大なLEDモニターが発する光だけだった。いちばん手前のモニターに目をやると、円グラフが表示されていた。ぱっと見たところ、基地内の空気組成の悪化を表わしているようだ。

これらのモニターがなんのためにあるのか、さっぱりわからなかった。

意味不明なデータがずらずら映し出されているようにしか見えない。

——絶対温度で表示された温度勾配。

——千基の機能停止ユニットとおぼしきものに関するデジタル表示。

——地球上でいまも生きて呼吸をしている二百五十人のバイタルサイン。

——無人機からの映像。

——拘禁しているメスのアビーに関する生体計測の全数値。

まるでステロイド情報センターのようだった。

「出ていってもらえないか」リーヴェンは言った。「誰にもじゃまされたくないのでね」

「ピルチャーはもう終わりだ。回覧がまわってきてないかもしれないから言っておくが、これからはわたしのもとで働いてもらう」

「それは承服しかねるな」

「この部屋はいったいなんのためのものなんだ？」

リーヴェンは分厚い眼鏡ごしにイーサンをにらんだ。

頑固。しぶとい。

イーサンは言った。「出ていくつもりはない」

「この基地とウェイワード・パインズを機能させているシステムを観察している。コントロール任務と呼ばれている」

「どのシステムを観察しているんだ？」

「すべてだよ。電気系統。建物全体。浄水。監視。機能停止。換気。すべての電源を供給している地下の原子炉」

イーサンはさらに中枢部の奥へと足を進めた。

「では、ひとりでこれらすべてを？」

リーヴェンは得意げな笑みを漏らした。「部下はいるとも。わたしが、いわばバスに撥ねられた場合の用心として」

めた。

イーサンはひねくれたユーモアのセンスがはじめて顔を出したのを感じ、思わず頬をゆるめた。

「あんたは人づきあいをしないと聞いた」イーサンは言った。

「人類を存在させるためのエンジンを世話しているのでね。一日十八時間働いている。それも毎日。けさの埋葬で、三年ぶりに空を見た」

「おもしろい人生じゃなさそうだ」

「まあ、しょうがない。だが、たまたまそれが性に合っていてね」

奥まった場所にあるモニター群に近づいてみると、プログラムのような記号が証券取引所のティッカー表示並みのスピードで画面上を流れていた。

「これはなんだ？」イーサンは訊いた。

「美しいだろう？　予測計算をさせている」

「予測というのは……？」

リーヴェンは近づき、イーサンの隣に立った。見ていると、記号の列が滝のように画面から流れ落ちていく。

リーヴェンはしばらくして口をひらいた。「現在残っている人類の生存の可能性だ。見てのとおり、デイヴィッドがささやかな癇癪《かんしゃく》を起こし、住民をオオカミの群れに投げこむより以前から、事態は深刻だった」

「どれだけ深刻なんだ？」

「ついてきたまえ」

リーヴェンはイーサンを主制御盤に案内し、ふたりはずらりと並んだモニター群と向かい合わせの大きな革椅子にすわった。

「この谷で虐殺が起こる前、山の基地には百六十人が住んでいた」リーヴェンは言った。「ウェイワード・パインズには四百六十一人が住んでいた。ここのデータは十四年前までしかさかのぼれないが、シーズン最初の身を切るような寒さがやってくるのは、八月下旬ごろだ。きみはまだここの冬を経験していないが、とにかく長くて過酷でね。作物の収穫は不可能だ。果物も野菜もとれない。フリーズドライの食べ物とサプリ、肉の缶詰といった保存食だけで暮らすことになる。知られざる秘密を教えようか？　きみがここの責任者だそうだからね。デイヴィッド・ピルチャーはいつまでもこの谷にとどまるつもりはなかったんだよ」

「どういうことだ？」

「あの男は地球がどれほど生存に不適で厳しい環境になるか、計算を誤った」

イーサンは気が重くなるのを感じた。

「いま計算をやり直しているのだが」リーヴェンは言った。「どうやら、冬の備蓄は四・二年後には底を突くようだ。その必然の運命を遅らせるには、糧食の配給を減らすなど、できることはいくつかある。だが、それでもせいぜい一年か二年のびるだけだ」

「薄情なことを言うようだが、いまは食わせる人数が減ったのでは？」

「たしかにそうだが、アビーが牛も、酪農場もだめにしてくれたからな。これで牛乳と肉が得られなくなった。家畜を再起動《リブート》するには何年もかかる」
「なら、なにか育てて冬に向けて蓄えるしかないな」
「現在、町にある設備では、全員を食べさせ、かつ将来に蓄えるだけの量は生産できないんだよ」
「つまり、育てた分をそのまま食べるしかないわけだな」
「そのとおり。それも当面だけのことだ。われわれがいる場所は北すぎる。二千年前はここの農作期間でもどうにかなったかもしれないが、それがいまはしだいに短く、厳しくなってきている。しかも、ここ数年はこれまでになく寒さが厳しい。これを見てほしい」
リーヴェンはタッチスクリーンからあらたなコードを入力した。
一覧表がスクロールしはじめた。
イーサンはすぐ上のモニターに見入った。
米：十七パーセント
小麦粉：六パーセント
砂糖：十一パーセント
雑穀：三パーセント
ヨウ素添加塩：三十二パーセント
トウモロコシ：〇パーセント

ビタミンC：五十五パーセント
大豆：〇パーセント
粉乳：〇パーセント
麦芽：四パーセント
大麦：三パーセント
イースト：一パーセント

リストはまだつづいた。

イーサンは訊いた。「備蓄食糧の残量を示しているんだな」

「そうだ。見てのとおり、危機的状況にある」

「ピルチャーはどんな手を打つつもりでいたんだろうか」

「町の住民をめいっぱい増やせば、需要に見合うレベルにまで畑の規模を広げるマンパワーが得られたかもしれない。温室群の建設も検討したが、冬の積雪という問題にぶち当たった。ガラスの屋根にそうとうな重みがかかれば、つぶれるだけだ。さっきも言ったように、ここは北すぎるんだ」

「基地にいる連中はその予測について認識しているのか？」

「していない。デイヴィッドは解決策を思いつくまで、怯えさせたくないと考えていた」

「しかし、なにも思いつかなかった」

「実際、解決策などないからだ」リーヴェンは言った。「五年後の予測モデルによれば、この谷が居住不能になるのは確実だ。かなり厳しい冬に襲われれば、その時期は早まる。われわれは全員が現代社会から来ている。もっと穏やかな気候の土地であれば、どうしてもとなった場合、農業主体の生活スタイルに適応できるだろう。だが、この気候ではだめだ。われわれが唯一生き残れる生活スタイルは、移動しながら獲物を狩る狩猟民族型しかない」

「だが、われわれはこの谷から出ていけない」

「そういうことだ」

「アビーはどうなんだ？」イーサンは訊いた。

「食料源としてか？」

「ああ」

「第一に、あまり気持ちのいいものじゃない。次に、そのモデルは検討済みで、フェンスの外に出て連中を殺すには、それにともなう危険があまりに大きすぎる。そんなことを頻繁にやっていけば、仲間を大勢失うことになる。いいか、きみはたったいまこの事実を知ったわけだが、わたしはこの問題に三年も取り組んできているんだ。これまで解決策はひとつも見つからなかった。いまもひとつとしてない」

「あんたはデイヴィッドがやろうとしてたことを知っていたのか？」

「フェンスの電源を落としたことを言っているのかな？」

「そうだ」

「いいや。電源が落ちた晩、わたしはここにいた。電話したが、彼は出ようとしなかった。自分のオフィスから操作して、わたしをシステムから締め出したんだよ」

「つまり、前もって相談されてたわけじゃないんだな」

「この数年というもの、デイヴィッドとわたしの関係はひじょうに良好とは言いがたかったのでね」

「なにか理由でも？」

リーヴェンは制御盤から椅子を遠ざけ、キャスターで床を移動した。

「きみが知っているデイヴィッド・ピルチャーは、ロッキード・マーティン社からわたしを引き抜いたときの男とは同じではない。ウェイワード・パインズの終焉《しゅうえん》はずっと以前から迫っていたが、デイヴィッドはそれに対峙するのを拒んできた。潜在的な危機を見逃したことを認めようとしないのは、傲慢でしかない。予見し、なんとかそれを避けようとしないのはね。最近の彼はますます内にこもるようになっていた。気分にむらがあり、感情的になった。自分の娘まで殺すのだからね。あれが、最初の大きな崩壊だった。その後、きみが町を制し、住民に真実を伝えたことで、もうやってられないと思ったのだろう。〝もう知るか〟と言い、自滅した」

「要するに、打つ手はないというわけか。われわれは飢え死にするしかないと」

リーヴェンはほほえんだ。「先にアビーに食われなければ」

イーサンは立ちあがり、底を突きつつある貯蔵品のリストが、終末の預言者の言葉のように画面をスクロールしていくのに見入った。「あんたは基地の全データベースにアクセスできるのか？」

「そうだが」

「最近、帰還した探索者を知っているか？　アダム・ハスラーという男だ」

「噂は聞いている」

「そいつのファイルにここからアクセスできるだろうか」

リーヴェンは首をかしげた。「この会話の行き着く先が気に入らないんだが」

「彼のファイルを出してほしい」

「その理由は？」

「ウェイワード・パインズに来る前、ハスラーとわたしは同じ職場で働いていた。彼はシークレットサービスでのわたしの上司であり、わたしをここに送りこんだ当事者だ。数日前、通りで見かけるまで、あの男もここに来ているとはまったく知らなかった。ピルチャーがわたしを仮死状態から覚醒させる以前から、彼はここに住んでいたんだが、とても偶然とは思えなくてね。なにか裏があるような気がしてしょうがないんだよ」

リーヴェンは急いで制御盤に戻り、タッチスクリーンを操作しはじめた。

「で、具体的になにが知りたいのかな？」彼は訊いた。

モニターにハスラーの顔が現われた。目を閉じ、肌には血の気がない――仮死状態になったあとの写真だ。

「彼はどういういきさつで来たんだ」

「だったら」リーヴェンは入力する手をとめ、椅子にすわったまま向きを変えた。「そこまでくわしいことはわたしではわからない。ピルチャー本人に訊くしかないよ」

イーサンが檻《おり》のなかに入ったときには、デイヴィッド・ピルチャーは食事中だった——冬用の備蓄であるフリーズドライの劣悪な代物《しろもの》を食べていた。のびかけの白いひげが顔全体を覆っているせいか、年配の男はいっそう老《ふ》けこんで見えた。狭苦しい監房で彼の正面にすわったイーサンは、その表情の下にどれだけの怒りをくすぶらせているのだろうかと気になった。彼自身はたっぷりと抱えこんでいた。嘆き悲しむ家族の姿やシャベルを土に突き刺す音が頭にこびりついて離れなかった。目の前の男の行動があれだけの苦しみを引き起こしたのだ。

「ティムの料理とはにおいがちがうな」イーサンは言った。

ピルチャーは顔をあげた。

冷酷で不機嫌でふてぶてしい。

「悪魔のクソを皿に盛ったも同然の味だ。さぞかしいい気味と思ってるんじゃないのか」

「なんのことだ?」

「わたしのこんな姿を目にするのがだよ。化け物を収容するためにつくった檻なんぞに入れられたわたしをな」

「みごとに目的にかなった使い方じゃないか」

「わたしがここにいるのを忘れているのではないかと思ったよ、イーサン」

「まさか。あんたがめちゃくちゃにしてくれた後始末で忙しくてね」

「わたしがめちゃくちゃにしただと？」ピルチャーはおかしそうに笑った。

「アダム・ハスラー」

「彼がどうかしたのか？」

「わたしが仮死状態から覚醒する前、アダムはわたしの妻子と暮らしていたと聞いた」

「わたしの記憶では、とても幸せだったはずだが」

「アダム・ハスラーがどのようないきさつでウェイワード・パインズの住民になったのか知りたい」

ピルチャーの目の端に生気が宿った。

「いまさらそれを知ってどうなる？」

「わたしに喧嘩《けんか》を売るのはやめておいたほうがいい」

ピルチャーは皿をわきにどけた。

イーサンは言った。「聞いた話では、彼は失踪したわたしを捜すためにここに来たそうだ。そこであんたに拉致された。そして、わたしと同じようにここで目が覚めた。町の住民全員と同じように」

「なるほど、おもしろい。好奇心から訊くが、誰に言われてこの件でわたしに会いに来たのかな？　フランシス・リーヴェンだろう？」

「そうだ」

「フランシスはわれわれの今後に関する信じがたい話を聞かせたんだろうな。〝われわれ〟と言ったのは、もちろん、人類という意味だ」

「ハスラーのことを教えろ」

「何年か後にはわたしたち全員が飢え死にする。きみはその問題を解決できると本気で思っているのか、イーサン。その重みを背負う覚悟はできているのか？　どうするつもりだ？　決を採るのか？　たしかにわたしはとんでもないことをしでかした。それは充分に自覚している。それでもわたしが必要なはずだ。きみたち全員がわたしを必要としているはずだ」

イーサンは苦労して立ちあがり、ドアに向かいかけた。

「わかった、話そう。最初は、ごくありきたりの賄賂《わいろ》だったんだよ」ピルチャーは言った。

「ありきたりの賄賂とは？」

「金だ。きみとケイト・ヒューソンとビル・エヴァンズに関して、アダムの沈黙を買ったんだ。そしてきみの失踪に関する捜査をやめさせた。しかしその後、事情が変わってね。あの男は自分もわたしたちに同行したいと言いだした。われわれの旅に参加したいと」

イーサンは右腕をうしろに引き、ドアを殴った。

関節の皮が剝《む》け、鋼鉄のドアに血の跡がついた。

もう一度、殴った。

「ここだけの話だが」ピルチャーは言った。「わたしは常々、ハスラーは横柄でいやなやつだと思っていたんだよ。だからウェイワード・パインズで一年だけいい思いをさせてやり、その後、死と隣り合わせの任務を命じて、フェンスの向こうに追いやった。彼は戻らなかった」

イーサンは大声で見張りを呼んだ。

「きみにはわたしが必要なんだよ」ピルチャーは言った。「わたしが必要だとわかっているはずだ。なにか手を打たなければ、われわれが死ぬのは――」

「もうそれはあんたが頭を悩ませることじゃない」

「なんだと？」

見張りがドアをあけた。

「夕食の味はどうだった？」イーサンは訊いた。

「なんだって？」

「あんたの夕食だよ。味はどうだったんだ？」

「最悪だったよ」

「それは申し訳ないことをした。しかも、そいつが最後とあってはね」

「どういう意味だ？」

「自分はどうなるんだと訊かれたとき、わたしはそれはみんなが決めることだと答えたが、覚えているか？　そういうわけで、みんなで決めた。数時間前、あんたが殺した全員の埋葬が終わったのち、決を採った。その結果が今夜、実行されることになった」

ピルチャーが大声で名前を呼ぶのを聞きながら、イーサンは廊下に出た。

夕方近く。

太陽はすでに崖のうしろに沈んでいた。

空はいまにも雪になりそうな分厚い雲で覆われていた。

町の電気はまだ復旧していないが、それでもひと握りの住民は自宅に戻って片づけにかかり、元どおりになるはずもないのに人生のかけらを拾い集めようとしていた。

遠くでは、アビーの山がまだ燃えていた。

なにが原因かわからないが——一日の終わりだからか、暗くなりつつある雲のせいか、冷酷にそそり立つ灰色の崖のせいか——イーサンがここへ来ておそらくはじめて、ウェイワード・パインズは本来の姿になったように思う。地球最後の町という姿に。

六番ストリート沿いに建つヴィクトリア朝様式の家の前の縁石に車をとめた。

ここ数日のことを考えると、あざやかな黄色と白のまわり縁が場違いに思える。

自分たちはいま、人生が色あざやかでも、喜びに満ちたものでもない世界に住んでいる。

人生は必死でしがみつくもの、電気ショックを受けるときにくわえるゴムのマウスピースのように、痛みに耐えるために強く噛むものになってしまった。

肩でジープのドアを押しあけ、通りに降り立った。

周辺は静かだった。

わびしかった。

空気が張りつめていた。

目に見える範囲に死体はないが、まわりのアスファルトにはまだ、大きな血痕が残っていた。強い雨がまる一日降らないと洗い流せそうにない。

縁石をまたいだ。

少なくとも前庭から見たところ、自宅は無傷のようだ。

窓はひとつも割れていない。

ドアはひとつも破られていない。

板石をしいた通路を進み、ポーチにあがった。床がギシギシと音をたてた。

スクリーンドアを手前に引き、重厚な木のドアを押しあけた。

なかは暗く、ひんやりしており、使われていない薪ストーブのかたわらにあるロッキングチェアにアダム・ハスラーがすわっていた。イーサンの記憶にあるより、ずいぶんくたびれていた。

「わたしの家でいったいなにをしている？」イーサンは低くうなるような声を出した。

顔を向けたハスラーは、飢えのせいで頬骨が飛び出て、目のまわりが落ちくぼんでいた。

「実を言うと、わたしもきみが現われて驚いているんだよ」

次の瞬間、ふたりは床に転がり、イーサンは息の根をとめてやるとばかりにハスラーの首に手をかけようとしていた。やつれ具合からして簡単に負かせると思ったが、ハスラーの引き締まった肉体はしぶとかった。

ハスラーが腰のひとひねりで、イーサンを仰向けにひっくり返した。

イーサンは殴りかかったが、こぶしはハスラーの肩をかすめただけだった。

ハスラーが強烈なパンチを見舞った。

イーサンの目のなかで花火がはじけた。

血の味がし、それが顔を伝い落ちていくのを感じると同時に鼻が焼けつくように痛んだ。

ハスラーが言った。「家族のありがたみを少しは思い知れ」

彼がまたパンチを繰り出したが、イーサンは肘のところをつかんで不自然な方向にねじった。

靭帯《じんたい》がのび、ハスラーは絶叫した。

イーサンはひっくり返ったロッキングチェアのほうに相手を押しやると、急いで立ちあがり、武器になるものはないか、固くて重たいものはないかと探した。

ハスラーも立ちあがり、ボクサーのようなかまえで近づいた。

居間が暗すぎて、イーサンはこぶしが飛んでくるのが見えなかった。

ハスラーの繰り出したジャブがあたり、つづいて強烈な右フックがヒットした。ハスラーがここまで弱っていなければ、その一発でイーサンは気を失ってもおかしくなかった。

それでも、首が横を向き、身体が九十度まわったところへ腎臓に強烈なパンチを叩きこまれた。

大声でわめきながらよろよろと玄関に戻るイーサンを、ハスラーは落ち着き払った様子で追いつめた。

「勝負になるはずがないんだ」ハスラーは言った。「わたしのほうが上手《うわて》だからな。昔から」

イーサンは鉄のコート掛けをつかんだ。

「奥さんへの愛情も、わたしのほうが上まわっていた」

イーサンは固い金属の台座を先にして投げ飛ばした。

ハスラーは身をかがめた。

台座が石膏《せっこう》ボードの壁をぶち抜いた。

ハスラーが体当たりしてきたが、イーサンがその顎に肘鉄を見舞うと、膝から崩れ落ちた。

イーサンは相手の顔にはじめてまともなパンチをめりこませた。こぶしに伝わり、それがあまりに快感頬骨が折れるのがこぶしに伝わり、それがあまりに快感で、で、もう一発殴った。さらにもう一発。のと対照的にイーサンは優勢になり、殴れば殴るほど、痛めつけてやりたい衝動に拍車がかかった。内なる恐怖は、吹き荒れる暴力の嵐によって蹴散らされていった。

目の前のこの男がやりかねないことへの恐怖。

ハスラーに奪われるのではないかという恐怖。

テレサを失う恐怖。

首にかけた手を放してやると、ハスラーは床に転がったままうめいた。

イーサンは壁に食いこんだコート掛けを引き抜き、棒の部分をつかんで重たい台座をハスラーの頭上に振りあげた。

殺してやる。

ハスラーが目をあげた。顔は血まみれで、片目はすでに腫《は》れてつぶれ、もう片方の目が、これから起こることをしっかりととらえている。

「やれよ」と彼は言った。

「あんたはわたしを死なせるためにここに送りこんだ」イーサンは言った。「目的は金か？ それとも妻をわがものにするためか？」

「彼女はおまえにはもったいなさすぎる」

「あんたが彼女と一緒になりたくてこんなことを仕組んだのは、テレサも知っていたのか？」

「彼女には、きみを捜しにここへ来て、自動車事故に巻きこまれたとしか言っていない。わたしといるときの彼女は幸せだったんだ。本当に幸せだった」

イーサンは頭に台座をめりこませようとかまえたまま、長いこと相手を見おろしていた。やってやると思う。

そんなことをする男にはなりたくないとも思う。

コート掛けを居間の向こうに放り投げ、ハスラーの隣の床に倒れこんだ。腎臓がずきずきした。

「わたしたちはあんたのせいでここにいるわけか」イーサンは言った。「妻も、息子も――」

「ここにいるのは、二千年前、きみがケイト・ヒューソンに手を出して奥さんを悲しませたからだ。ボイシに異動にならなければ、ケイトがウェイワード・パインズに来ることはなかった。ピルチャーが彼女とビル・エヴァンズを拉致することもなかった」

「そしてあんたはわたしを売ったりはしなかったと」

「はっきり言っておくが、きみがこうして生きていることはなかったんだぞ。もしもわたしが――」

「ちがう。わたしたちはシアトルでの人生をまっとうするはずだったんだ」

「きみとテレサの暮らしが人生だって？　奥さんは苦しんでいたじゃないか。きみはべつの女とよろしくやっていた。それでよくもえらそうに、わたしのやったことがまちがいだと言えるものだな」

「本気で言ってるのか？」

「もはや、善悪なんてものは存在しないんだよ、イーサン。とにかく生きるしかない。三年半、フェンスの外の地獄をさまよって身にしみた。だから、ほんの少しでも後悔してるんじゃないかという目でわたしを見ても無駄だ」

「つまり、殺すか殺されるかということか？　それがいま、わたしたちが置かれている状況なのか?」

「いまに始まったことじゃない」

「じゃあ、なぜわたしを殺さなかった?」

ハスラーがにやりとし、歯の隙間に血がにじんでいるのが見えた。

「昨夜、きみはケイトの家から基地まで歩いて戻ったろう? 見かけたよ。森のなかで。あたりは真っ暗で、きみとわたししかいなかった。わたしの手にはボウイナイフがあった。想像も絶するような格闘の末、アビーにとどめを刺すのに使ったナイフだ。すんでのところで思いとどまったがね」

イーサンの背筋を冷たいものが這いおりた。

「なぜ思いとどまった?」

ハスラーは目に入った血をぬぐった。

「わたしもずっとそれを考えていてね。要するに、自分で思っているほど非情な男じゃないんだろう。つまりだ、頭のなかでは善悪など存在しないと思っているが、それが心にまでは浸透していなかったということだ。二十一世紀流の思考回路というやつは根深くてね。そう簡単には打ち破れない。良心ってやつが邪魔をするんだよ」

イーサンは居間の深まる闇をすかして、かつての上司を見つめた。

「それでわたしたちはどうなるんだ?」

「わたしの人生における最良のときはここでの暮らしだった。テレサとの。きみの息子との」

ハスラーはうめき声を漏らしながら身体を起こし、壁にもたれた。

薄暗いなかでもハスラーの顎が腫れてきているのがわかり、言葉が不明瞭になっていた。

「あきらめるよ。すっぱりと。ただし、ひとつ条件がある」

「条件を言える立場にあると思っているのか？」

「テレサには本当のいきさつを話さないでほしい」

「そうすれば、彼女が自分を愛しつづけるだろうという魂胆か」

「彼女はきみを選んだよ、イーサン」

「なんだって？」

「彼女はきみを選んだ」

安堵の気持ちが一気に押し寄せた。

感極まって喉が締めつけられた。

「けりがついた以上」とハスラーは言った。「彼女には知られたくない。その気持ちを尊重してもらえるなら、できない無理もしよう」

「選択肢はもうひとつある」

「というと？」

「わたしが殺す」

「そんな気があるのか？　もしそうなら、好きなようにすればいい」

イーサンは冷たい薪ストーブを見つめた。窓から射しこむ夜の明かりを。どうすれば、この家がふたたびわが家と思えるようになるのだろう。

「わたしは人殺しじゃない」イーサンは言った。

「ほらな。ふたりとも、この新しい世界に住むには気がやさしすぎるんだ」

イーサンは立ちあがった。「フェンスの外に三年半いたと言ったな」

「そうだ」

「では、新しい世界のことを誰よりも知っているわけだ」

「おそらくそうだろうな」

「このままウェイワード・パインズに居つづけることができなくなった場合を想定してみてくれ。この谷を出て、もっと気候が温暖で、作物を育てやすい土地に移動するしかなくなったとしたら、可能性はあるだろうか？」

「フェンスの外で集団として生きていく可能性か？」

「そうだ」

「それはほとんど集団自殺だ。だが、ほかにまったく選択肢がないとしたら？　谷にとどまって死を待つか、危険を承知で南に向かうかの二者択一だったら？　なんとかするしかないだろうな」

カフェテリアに向かう途中、イーサンはまたも、メスのアビーがいる檻の前で足をとめた。

アビーは隅の壁に丸まって眠っていた。さっき見たときにくらべても、さらに痩せて、弱々しくなったようだった。

飼育施設で働く職員がそばを通りすぎ、階段のほうに歩いていった。

「ちょっといいかな」イーサンは呼びかけた。白衣姿の科学者は廊下の真ん中で足をとめて振り返った。「こいつは病気でもしているのかい？」イーサンは尋ねた。

若い科学者はぞっとする笑みを浮かべた。

「飢え死にしかけてるんですよ」

「餌をあたえてないのか？」

「そうじゃありません。こいつが勝手に食べないだけです」

「なぜだろう？」

相手は肩をすくめた。「さあ。われわれがこいつの仲間を盛大に燃やしたからじゃないですかね」

科学者は含み笑いを漏らし、廊下を歩いていった。

混み合ったカフェテリアに行くと、テレサとベンは隅のテーブルにいた。イーサンの顔のあざを見たとたん、テレサは目を――涙で赤く腫れていた――大きく見ひらいた。

「どうしたの？」彼女は訊いた。

「泣いていたのか？」

「あとで話すわ」

夕食には箱入りのまずいフリーズドライフードが並んだ。

イーサンはラザーニャ。

ベンはビーフストロガノフ。

テレサはナスとトマトソースのチーズ焼き。

イーサンは、一回の食事でどれだけの食糧が消費されるのかということばかり考えていた。一食分だけゼロに近づくのだ。

しかも、蓄えが急速に減少している事実を知る者はいない。カフェテリアに入っていけば、あるいは市民農園や町の食料品店に行けば、食べるものがあると思いこんでいる。すべてが枯渇《こかつ》したら、思いやりの気持ちはどうなってしまうだろう。

「今夜のあの件について、なにか言いたいことはあるかい、ベン？」イーサンは尋ねた。

「べつに」

「見たくないなら行かなくていいのよ、スイートハート」とテレサ。

「見たいよ。だって、やったことの罰を受けるんでしょ？」

「そうだ」とイーサン。「それにいいか、わたしたちでやるしかないんだ。裁判所というものがないんだからね。裁判長も陪審員もいない。自分たちで目を光らせるしかないし、あの男は多くの人を苦しめた。それは正さなくてはならないんだ」

食事を終えると、イーサンはベンだけを部屋に帰し、テレサには少し散歩しようと声をかけた。

「そういうわけで、ハスラーとわたしは殴り合って片をつけた」階段をあがりながら彼は言った。

「しょうがないわね、イーサンたら。高校生みたいなまねをして」

〈レベル4〉の廊下の右側、三つめのドアのところでイーサンはカードを読み取り機にとおし、重たい鋼鉄の扉を引いた。

ふたりは小さな台にあがった。

「手すりにつかまって」イーサンは言い、上向き矢印のボタンを押した。

台は急行エレベーター並みのスピードで、岩が剝き出しのトンネル内を上昇した。

四百フィートを一気にあがった。

しばらくして台がガタガタと停止すると、ふたりは細い専用通路に降りて二十フィートほど進み、突端にまたべつの鋼鉄の扉が現われた。イーサンはそこでもカードを読み取り機にとおした。ブザーが鳴り、錠が解除された。扉をあけて出ると、すさまじい寒さが壁となって立ちはだかった。

「ここはなんなの？」テレサが訊いた。

「何日か前の夜、眠れなかったときに見つけたんだ」

さきほどの雲はすでに吹き払われていた。

星は息をのむほど美しかった。

まばゆいほどくっきりしている。ふたりが立っているのは、岩を三フィートほど掘って造った通路だった。両側は遠くまで山がつづいている。

「ここにはみんな、煙草を吸ったり、新鮮な空気を吸いに来てるんだと思う。トンネルを通って町に戻らなくても、手っ取り早く本物の陽の光が見られるから。この通路はサンルーフと言うそうだ」

「どのへんまで行けるの？」

「山の稜線に沿ってずっとだ。たどっていけば、最終的には圏谷の西に広がる森に出られるそうだ」

ふたりは切り立った尾根をそぞろ歩いた。

イーサンは言った。「さんざん殴り合ったあと、アダムと話し合った」

「まるで大人になりきれない若者たちのやることね」

「きみがわたしを選んだと彼から聞いた」

テレサは足をとめ、イーサンに向き直った。

寒さが頬の高いところをちびちびと嚙んでくる。

「それがもっとも単純な選択だったのよ、イーサン。愛したいのか、愛されたいのかを選ぶのが」

「どういうことだい？」

「アダムはわたしのためならどんなことでも──」

「わたしだって──」

「黙って聞いてほしいの。前に言ったわよね。いままでアダムのような愛し方をされたことはなかったって。あれは本当よ。でも、あなた以上に愛した人がいないのもたしか。そういう自分がいやになったことは何度かあったわ。だって、自分が情けなくなるんだもの。気を強く持って別れようと思っても、どうしても実行に移せなかった。ケイトとのことがあったあとでもね。たぶん、わたしはあなたのとりこなのよ。これ、とても大事なことだから、イーサン、ちゃんと受けとめてほしいの。あなたは一度、わたしを傷つけてるんだから。それもひどく」

「過去にあやまちをおかしたのはわかっている。きみにふさわしい接し方をしてこなかったのもわかっている」

「イーサン──」

「黙って、今度はわたしの番だ。わたしはすべてを台なしにした。なにもかも台なしにした。仕事で。ケイトのことで。戦争の後遺症と向き合ってこなかったことで。だが、いまは努力しているんだ、テレサ。この町で目覚めて以来、ずっと努力してきた。きみとベンを守ろうとしてきた。わたしなりに精一杯きみを愛そうとしてきた。正しい選択をするよう心がけてきた」

「それはわかってるわ。ちゃんと見えてるから。これからどうなるのかも見えている。わたしにはそれで充分よ。ずっとそれだけを望んでたんだもの」テレサはそう言うとイーサンにキスをした。「約束してほしいことがあるの、イーサン」

「なんだい？」

「アダムにつらくあたらないでね。みんなこの谷で暮らしていかなきゃいけないんだから」

イーサンはテレサの顔を見つめながら、あの男がしたことをすべてぶちまけてしまいたい気持ちと闘った。やがてぽつりと言った。「努力しよう。きみのために」

「ありがとう」

ふたりはまた歩きはじめた。

「なにか気になることでもあるの、ハニー？」テレサが訊いた。

「うんまあ、いろいろとね」

「ううん、なにかあるわ。新しい問題が持ちあがったんでしょう。夕食のとき、様子が変だったもの」

イーサンは三千フィート下の渓谷をのぞきこんだ。この下でアビーとはじめて遭遇したのはわずか一カ月前のことだ。悲惨な体験ではあったが、少なくともあのときの彼には希望があった。山の反対側にはちゃんと世界があると信じていた。町から、この山から出られさえすれば、シアトルで家族との生活が待っていると。

「イーサン？」

「わたしたちは苦境に陥っている」

「わかってる」

「そうじゃない、われわれは存続できなくなるんだよ。種として」

流れ星がひとつ、空を横切っていった。

「イーサン、わたしはあなたよりもかなり長くここにいるのよ。たまにはやりきれない気持ちにもなるし、これからはそれにいっそう拍車がかかるだろうけど、ウェイワード・パインズには必要なものがすべてあるわ」

「食糧が底を突きかけている」彼は言った。「今夜食べた代物があるだろう？　フリーズドライのやつだ。あれだって無尽蔵にあるわけじゃないし、いったんなくなったら、この谷では、長くつらい冬を過ごせるだけの食材を育てるのは不可能だ。はるか南の土地に暮らしていれば、なんとかできるが、わたしたちはこの谷から出られない。こんなことを言うのは心苦しいが、きみにはなにひとつ内緒にしておきたくないからね。秘密はいっさいなしだ。わたしの味方になってほしい。なにしろ、どうすればいいのか、さっぱりわからないんだから」

「食糧はどのくらいもつの？」

「四年」

「そのあとはどうなるの？」

「全員、死ぬしかない」

ハスラー

彼は町の東端で川を渡った。水からあがり、対岸に立ったときには脚はすっかりかじかんでいた。

勾配のきつい山腹にしがみつくように生えているマツのあいだを縫いながら、四つん這いでよじのぼる。

上へ。

上へ。

上へ。

町から百フィートの高さまで来ると斜面はほとんど垂直になったが、それでもとまることなく、ひたすら崖を上へ上へとのぼりつづけた。

のぼりながら、恐怖は感じなかった。

不安も感じなかった。

自分がこの自決の崖をのぼることになるとは、いまだに信じられない。テレサとこの町に暮らしていた年には、この岩山をのぼって飛び降り自殺した者がふたりいた。死にたければ、ウェイワード・パインズの周辺にそびえる山はほかにいくらでもあるが、とりわけこの崖はもっとも険しいのが特徴だ。はからずも落下を邪魔されたり、不必要に岩棚にぶつかったりはしない。転落することなく頂上までのぼりきれば、なににも邪魔されずに真っ逆さまに落ちていける。

谷から五百フィートのところにある、長い岩棚にたどり着いた。

冷たい花崗岩の上にへたりこんだ。おそらく骨が折れたのだろう、顎がずきずきする。

いまは夜で、足もとに広がる町は闇に沈んでいた。舗装した道路が星明かりを受けてほんのりと光っている。

ズボンの生地が凍って固くなっていた。

冷気が忍び寄るなか、これまでの人生を振り返った。ふたたびよろよろと立ちあがりながら到達した結論はこうだ——三十八年の人生のなかで一年だけは魔法にかかったようだった。運命の人とカナリアイエローの家に暮らし、彼女の隣で目を覚ますたび、自分はなんと果報者かと思ったものだ。

彼女ともっと同じ時を分かち合いたくてたまらないが、ずっと抱えてきた事実が……

もう充分だ。

そういつまでもしがみつかなくていい。

少し時間がかかったが、闇のなかにかつての自宅を見つけた。

そこに目をこらすと、実際のがらんとした暗い家ではなく、夏の夜、彼が玄関に向かって、愛するものすべてに向かって歩いていたときと同じ、やわらかく落ち着いた光に包まれているように見えた。

へりに近づいた。

恐れてはいなかった。

死も、痛みも。一生分ではすまないほどの長きにわたる探索任務で、苦しみはいやというほど経験しており、死に対する心がまえはとっくの昔にできている。むしろ、少なくとも彼にとって、死は平穏を約束するものだ。

飛びおりようと膝を曲げた。

音が聞こえ、それがパラシュートをひらく綱のように彼を現実に引き戻した。

振り返ったが、暗すぎてほとんどなにも見えないものの、誰かが泣いているのはわかった。

声をかけた。「誰かいますか？」

泣き声がとまった。

女性の声が訊いてきた。「誰かいるの？」

「大丈夫ですか？」

「大丈夫だったら、こんなところにいると思う？」

「たしかに、それももっともだ。そばに行ってもかまわないかな？」

「だめ」

ハスラーは岩棚からうしろにさがり、岩に腰かけた。「こんなことはしないほうがいいと思うよ」

「お言葉だけど、そっちこそ、ここでなにをしているの？　わたしと同じことをするつもりだと思うけど」

「そうだね。ただ、わたしは本当にこうするしかないんだよ」

「どうして？　あなたの人生ものすごく悲惨だから？」

「涙なしには聞けないわたしの物語を聞かせようか」

「けっこうよ。いまごろは飛びおりてるはずだったのに。ようやく気力を振り絞ったところを、そこのおせっかい男に邪魔されたわ。ここにのぼるのはこれで二度めなの」

「最初のときはどうしたんだい？」ハスラーは尋ねた。

「昼間だったから。高いところが苦手で、怖《お》じ気《け》づいてしまって」

「どうしてここまでのぼってきたのかな？」

「思いとどまらせようとしないなら話してあげてもいい」

「約束する」

女性はため息をついた。「アビーが町に押し寄せたときに夫を失ったの」

「それはつらかったろうね。ウェイワード・パインズに来てから結婚したのかい？」

「ええ。あなたの考えてることはわかるけど、夫のことは愛してたわ。でも、もうひとり、この町にいるべつの男の人のことも愛してた。おかしな話に聞こえると思うけど、前世でもその人とは知り合いだったの。その人はいまここで奥さんと息子さんと暮らしてるんだけど、主人が殺されたと伝えに来た彼に、あなたの家族は無事なのかと尋ねたわ」

「無事だったのかい？」

「ええ、でも聞いて。奥さんが無事と知って、本気で残念がってる自分がいたの。それも人には言えないくらいにね。誤解しないでほしいけど、主人のことは心から恋しく思ってる。なのに、どうしても考えずにはいられなくて……」

「その男の奥さんが死んでいれば、きみたちふたりは……」

「そう。主人を失ったうえ、愛したその人とも一緒になれず、しかもわたしは最低の人間だとわかったというわけ」

ハスラーはおかしそうに笑った。

「わたしのことを笑ってるの？」

「そうじゃない。そういうのが最悪だなんてかわいいと思ってね。もっと最悪な話を聞きたいかい？」

「話してごらんなさいよ」

「前世でのわたしは、ある女性を愛していたんだが、彼女はわたしの部下と結婚していた。そこでわたしは……夫を退場させるべく、あれこれ画策してね。つまり、わたしは二千年前に創られたときから、この町の存在を知っていたんだ。女性がディヴィッド・ピルチャーによって拉致されるよう手配し、つづいて、彼女が目覚めたら一緒になれるよう、自分も仮死状態になるのを志願した。わたしたちはウェイワード・パインズで一緒に暮らしたが、彼女は自分がわたしのせいでここにいるとは知らずにいた。一年後、わたしはフェンス外の任務に派遣された。帰還するとは思われていなかった。向こうにいるあいだは毎日、彼女への思いだけでがんばれた。息をし、一歩、また一歩と進めたのも、彼女を思えばこそだ。帰還不能の予測を裏切り、わたしはどうにか戻ってきた。彼女のもとへ戻れると、大歓迎が待っているものとばかり思っていた。ところが、なんと、彼女の夫がここにいたうえ、町が破壊されていたというわけだ」

闇に沈んだ谷に目をやると、火明かりの小さな点々がメイン・ストリートに集まりはじめていた。

それを見ながらハスラーはつづけた。「そういうわけで、わたしはみずから命を絶とうとここにのぼってきた」

「なぜのぼってきたの？」彼女は訊いた。

「いま話したと思うが」

「そうじゃなくて、自分がしたことに耐えられなくなったから？　それとも、その女の人と一緒になれないから？」

「彼女と一緒になれないからだ。つまりだね、夫がここにいるからと言って、彼女を愛する気持ちはとめられない。人間の心はそういうふうにはできていないんだよ。自分の気持ちを切り離すなど不可能だ。いまわれわれがいるのは、よその町やよその州に引っ越せる大きな世界じゃないんだからね。ここしかないんだ。いまわれわれは何人にまで減ったんだったかな？　二百五十人か？　いやでも彼女と顔を合わせるだろうし、もう長いこと、彼女への思いがわたしという人間を形づくってきたから、それを捨てたら自分がどうなってしまうのかわからないんだよ」

「そうでしょうね」

「しかも不思議なのは、どれほど邪悪な思いをつのらせたところで、彼女の夫を殺すだけの度胸がわたしにはないんだ。中途半端な悪人であることほど、ひどい運命はないよ」

一瞬、岩肌をなでる風のさびしげな音しか聞こえなくなった。

女がようやく言った。「あなたのことなら知ってるわ、アダム・ハスラー」

「なぜ？」

「あなたの部下だったから」

「ケイトなのか？」

「人生って奇妙なものね」

「そろそろ、きみをひとりにしてあげようか。もし――」

「あなたを非難するつもりはないわ、アダム」

彼女が立ちあがって、近づいてくるのが音でわかった。

一分もしないうちに暗がりから彼女が現われたが、まだ暗い影でしかなかった。ハスラーの隣に腰をおろし、ふたりしてへりから脚を垂らした。

「きみのズボンもかちかちに固まっているのかな?」彼は訊いた。

「ええ、もうおしりが寒くてたまらないわ。わたしたちふたりが同じ晩に、飛びおりるつもりでここにのぼったのには、なにか意味があると思う?」

「どういう意味だろう? たとえば、宇宙が〝やめろ〟と言ってるとか? 宇宙がいまさらそんなことを気にするはずはないし、いままでもそうだったじゃないか」

ケイトは彼を見やった。「わたしは一緒に飛びおりるのでも、一緒にくだっていくのでもかまわないわ。でも、どっちにしても、ひとりでやるのはやめましょうよ」

ピルチャー

腕をつかまれ、トラックから引っ張り出された。何日かぶりで外に出たが、頭にかぶせられた黒いフードが邪魔をしてなにも見えなかった。

「なにをするつもりだ？」ピルチャーは訊いた。

フードが乱暴に取り去られた。

明かりが見えた――五十、六十、おそらく百個はあるだろう。ウェイワード・パインズの住民と、基地にいる自分の部下とが懐中電灯やたいまつを手にし、全員がきっちりと彼を取り囲んでいた。目が慣れると、メイン・ストリートの建物が彼に覆いかぶさるように建ち、店の正面が火明かりに照らされていた。

円のなかには自分のほか、ふたりの男が立っていた――イーサン・バークと、警備主任のアラン・スピアだ。

イーサンが近づいた。

「なんのまねだ？」ピルチャーは尋ねた。「わたしに〝祭り〟をおこなうのか？」

集まった顔を見まわした。影になって顔がよくわからず、しかも火明かりのせいでゆがんで見える。全員が怒りに燃えていた。

「決を採った」イーサンは言った。

「誰が投票したんだ？」

「あんた以外の全員だよ。〝祭り〟も検討されたが、それはどうもしっくりこない気がした。かつてあんたがウェイワード・パインズの住民に押しつけたのと同じ、自警団的な手法で処刑するのはね」イーサンは寒さで白い息を吐きながら、一歩近づいた。「ここに集まったみんなを見ろ、デイヴィッド。ここにいる全員が家族を、友人を失った。あんたのせいで」

ピルチャーは怒りを押し殺してほほえんだ。

凶暴で、心さえも溶かすほどの怒り。

「わたしのせいでだと？　それは言いがかりもいいところだ」彼はイーサンから遠ざかり、円の中央へと移動した。

「こうするよりほかなかっただろうに。わたしはきみたちに食べるものをあたえた。雨風をしのげる場所をあたえた。役割をあたえた。きみたちには手に負えないものから守ってやった。フェンスの外に存在する残酷な現実から。それに対し、きみたちがやるべきことはひとつだった。たったの、ひとつだ！」ほとんど絶叫していた。「わたしに従うことだ」

数フィート前方に立つ女と目が合った。彼女の頬を流れる涙が光った。

人々のなかに多くの涙があった。

多くの苦しみも。

以前ならば思いやる気持ちになっただろうが、今夜は、恩知らずめ、としか思えない。権利を主張するだけの不満分子としか。

彼は大声でわめいた。「ほかにどうすればよかったというんだ？」

「彼らは答えないよ」イーサンが言った。

「ならば、なぜこんなに集まっている？」

「あんたと歩くためだ」

「歩くだって？」

イーサンはすぐ近くに立つ人々のほうを向いた。「ちょっと通してもらえるかな？」人垣が左右に分かれ、イーサンは言った。「あんたが先に行け、デイヴィッド」

ピルチャーは暗い通りを見やった。

それからイーサンに目を向けた。

「どういうことだ」

「いいから歩け」

「イーサン――」

うしろから強く押され、バランスを取り戻してから振り返ると、アランがいまにも殺してやると言わんばかりの目つきでにらんでいた。

「保安官が歩けと言ったでしょう」アランは言った。「おれからも言っておきます。とっとその脚を動かさないなら、腕をつかんで引っ張っていってもいいんですよ」

ピルチャーは暗い建物にはさまれたメイン・ストリートを南に向かって歩きはじめた。片側にはイーサン、反対側にはアランが並んでいる。

三人のうしろから群集が護衛のようについてきたが、気味が悪いほど静かだった。誰ひとりしゃべらなかった。アスファルトをこする足音と、押し殺した嗚咽がときどき漏れてくる以外、なんの音もしなかった。

ピルチャーは気をしっかり持とうとしたが、頭は激しく混乱していた。

どこに連れていくつもりだ？

本部がある基地か？

処刑の場か？

〈アスペン・ハウス〉を過ぎ、つづいて病院を過ぎた。

町の南に広がる森に入る道路を歩くうち、なにをされるのかがのみこめてきた。

イーサンのほうに目をやった。

液体窒素を注射されたみたいに、恐怖が体内を駆けめぐった。

それでもなんとか、歩きつづけた。

道路が大きくカーブしている地点まで来ると、全員がアスファルトの道をはずれて森に入った。ピルチャーは心のなかでつぶやいた――わたしはうしろを振り返りもしなかった。ウエイワード・パインズを最後にひと目見るのもかなわなかった、と。

森のなかは靄《もや》がうっすらとたまり、それをとおして見えるたいまつはこの世のものとは思えなかった。

まるで人魂《ひとだま》のようだった。

ピルチャーの身体は一分ごとに冷えていった。

フェンスの低いうなりが聞こえてきた。

一行はそのわきを歩いていた。

いつの間にか、ゲートの前まで来ていた。展開があまりにもはやく、メイン・ストリートでフードをはずされて以来、一瞬たりとも時がたっていないような気さえした。

イーサンから小さなバックパックを渡された。

「なかにはいくらか食べるものと水が入っている。数日分はたっぷりある。あんたがそこまで生きのびられればの話だが」

ピルチャーは呆然とバックパックを見つめた。

「自分たちの手でわたしを殺す度胸もないわけか」

「そうじゃない」イーサンは言った。「その逆だ。みんな、どれだけそうしたかったことか。あんたを痛めつけてやりたかったよ。生き残ったひとりひとりに、あんたの肉をちぎり取らせてやりたかったさ。バックパックはいらないのか？」

ピルチャーは乱暴につかむと、ストラップを肩にかけた。

イーサンは制御盤に近づき、手動の電源装置に入力した。

ぶうんという音がとまった。

森のなかがしんとなった。

ピルチャーは自分が集めた者たちを見わたした。町の住民。基地の職員。彼が目にする最後の人間たちの顔を。

「この恩知らずめが！　わたしがいなければ、きみたちは二千年前には死んでいたんだぞ。わたしはきみたちのために楽園を創り出してやったんだ。地球における天国を。わたしはきみたちの創造主だ。なのに厚かましくも、その神を天国から追い出すとはな！」

「引用がまちがっているよ」イーサンが言った。「神は追放されていない。それはべつの男の話だ」

イーサンはゲートをあけた。

ピルチャーはイーサンをじっと見つめ、次に群集をにらみつけた。

安全な場所を出て、フェンスの反対側に移動した。

イーサンがゲートを閉めた。

まもなく、高圧線がぶうんという防御の音をふたたびさせはじめた。

ピルチャーは人々が自分から遠ざかっていくのを見ていた。懐中電灯とたいまつが靄に吸いこまれていった。

寒くて暗い森にひとり残された。

フェンスの高圧線の音が聞こえなくなるまで南に進んだ。
マツのてっぺんから射す星明かりは、道を照らすには不充分だった。
脚が疲れてきて、マツの幹にもたれてすわった。
一マイルほど離れているだろうか、遠くでアビーの鳴き声がした。
べつの一匹がそれに応える。こっちはずっとずっと近い。
そしてまたべつの声。
足音が聞こえた。
闇のなかをなにかが走っている。
彼のほうに向かって。

イーサン

夜が明けると、イーサンは警備チームのダッジ・ラムに乗り、隣の助手席に息子を乗せて基地を出発した。

木立を抜ける。

岩のあいだを抜ける。

やがて本線に出て、町から遠ざかる南に向かった。

ヘアピンカーブで森のほうにハンドルを切ると、土手をくだって、木々の合間を慎重に運転した。

フェンスの前まで来ると、今度は平行に走り、ふたたびゲートの前までやってきた。

エンジンを切った。

車のなかにいても、有刺鉄線を流れる高圧電流の音がはっきり聞こえる。

「ピルチャーさんはもう死んじゃったかな?」ベンが訊いた。

「さあ、どうだろう」

「でも、そのうちアビーに捕まっちゃうんだよね」

「それはまちがいないだろうな」

ベンはうしろを振り返り、リアウィンドウからなかの荷台をのぞきこんだ。「わからないんだけどさ」彼は言った。「なんでこんなことをするの、パパ」

「基地にいたときのそいつの様子が、頭を離れないからさ」

今度はイーサンが荷台をのぞきこんだ。

基地から連れてきたメスのアビーはプレキシガラスの檻のなかでぴくりともせず、森をじっと見つめている。

「おかしな話だな」イーサンは言った。「いまや地球はこいつらのものなのに、いまだにわたしたちにしかないものがあるなんて」

「なんのこと？」

「やさしさ。礼儀。それが人間らしさなんだよ。少なくとも、もっともよかった時代にはそうだった」

ベンはわけがわからないという顔をしている。

「このアビーはちょっとちがうんじゃないかと思うんだ」イーサンは言った。

「どういうこと？」

「こいつには知性が、穏やかさがそなわっている。ほかのアビーには見られない特質だ。もしかしたら、こいつには再会したい家族がいるんじゃないかな」

「撃ち殺して、ほかのと一緒に焼いちゃえばいいのに」

「そんなことをしてなんになる？　溜飲《りゅういん》を下げていられるのも数分ほどだろう。それとは正反対のことをやったらどうだ？　このメスに、この谷にかつて住んでた種に関する情報を託し、彼女の世界に送り返してやったら？　ばかばかしいのはよくわかっているが、ほんのわずかでも思いやりを示せば、なんらかの反応が得られるんじゃないかと、わたしは固く信じているんだ」

イーサンは運転席のドアをあけて、森に降り立った。

「どういうこと？」ベンが訊く。「それでアビーが変わるってこと？　こいつみたいになるのが多くなるって？」

イーサンは車のうしろにまわりこみ、リアゲートをおろした。

「種は進化する。そもそものはじめ、人類は狩猟と採集に頼った生活をしていた。うめくような声と仕種で意思の疎通をはかっていたんだ。やがて農業と言葉が生まれた。思いやりを持つ余裕が生まれた」

「でも、それには何千年もかかったんだよ。なにか変化が起こるころには、ぼくらはとっくに死んでるじゃない」

イーサンはほほえんだ。「おまえの言うとおりだな。それには気が遠くなるほどの時間がかかる」

それからアビーに向き直った。檻のなかにおとなしくすわっている。イーサンが科学者に命じて投与した鎮静剤の効果で、まだまぶたが重たそうだ。

ホルスターからデザートイーグルを抜いて荷台にあがり、檻の錠をはずし、扉をゆっくりと数インチあけた。

喉を鳴らす音とうめき声の中間のような声が、アビーの喉から漏れた。

イーサンは声をかけた。「なにもしないから安心しろ」

彼はゆっくりとうしろにさがり、車の荷台を降りた。

アビーはじっとイーサンを見つめている。

しばらくすると、アビーは長い左腕で檻の扉を押しあけ、そろそろと這い出した。

「なにかしてくるんじゃない?」ベンが訊いた。「もしも襲ってきたら――」

「わたしたちを傷つけることはないよ。こっちの意図がわかっているようだから」イーサンはアビーの視線をとらえた。「そうだろう?」

フェンスに向かって歩きはじめると、アビーも数歩うしろをのそのそとついてきた。

ゲートのところで手動の電源装置にコードを入力し、スライド錠がはずれるのを待った。

フェンスが静かになった。

ゲートをブーツで押しあける。

「さあ、行け」イーサンは声をかけた。「おまえはもう自由の身だ」

アビーは警戒するように彼を見てから、こそこそと通りすぎ、あいた扉に身体をねじこんで、自分の世界に出ていった。

「ねえ、パパ、あいつらと仲良くやっていけるようになると思う?」

十フィートほど進んだところで、アビーがイーサンを振り返った。首をかしげている。

彼女はいっときじっと見つめてきたが、イーサンにはそれが、なにか言いたいことがあるように思えてしかたなかった。彼女の目は知性と理解に満ちていた。言葉はなかった。

それでもイーサンには伝わっていた。

突然、答えが口をついて出た。

「ああ、そう思うよ」

そう言ってまばたきすると――

彼女はいなくなっていた。

イーサンはテレサと公園のベンチにすわり、野原の真ん中で空を見あげるベンを見つめていた。数百フィート上空を、凧が風に乗って泳いでいる。地表近くの風のないところから凧を揚げるまで何度か失敗を繰り返したが、いまや赤い四角は真っ青な空の一部となり、風を受けてひるがえっていた。

子どもが凧で遊ぶのをのんびりながめるのはいいものだった。しかも、けさは何日ぶりか、もしかしたら何週ぶりかで冬らしくない陽気だ。

「イーサン、そんなの無謀すぎるわ」

「このまま谷にとどまれば」彼は言った。「何年か後には全員が死ぬ。それについては疑問の余地はない。採決する必要がどこにある？」

「みんなで決めたほうがいいわ」

「だが、もし――」

「みんなに決めてもらうべきよ」

「判断を誤るかもしれないじゃないか」

「ええ、そうね。でも、自分がどんなリーダーになるつもりかちゃんと考えなきゃだめ」

「わたしにはどうするのが正しい判断かわかってるんだ、テレサ」

「だったら、自分の考えをみんなに納得させればいいでしょ」

「強引な説明になるし、リスクが大きい。みんながまちがった選択をしたらどうすればいい？　きみだって決めかねているというのに」

「まちがった選択だとしてもみんなで決めたことならしかたないわ、ハニー。自分の考えをみんなに押しつけたりしたら、ウェイワード・パインズの真実を告げた意味がなくなるじゃない」

「この事態をまねいたのはわたしの責任だ」イーサンは言った。「たくさんの人の死。苦しみと喪失。わたしはここの生活をひっくり返してしまった。それをなんとかしたいんだよ」

「恐ろしくてたまらないさ」テレサが彼の手を自分の手で包みこんだ。「きみは、みんなを信頼して今後のことを決めさせろと言ってるだけじゃない。きみの、そしてベンの今後まで も、彼らに決めさせろと言ってるんだよ」息子が夙を引きずり、うれしそうに笑いながら駆け寄ってくる。「わたしが基地に侵入した日、ピルチャーに言われたんだ。いずれ彼がしたことがわかるときが来ると。彼がした選択の意味が」

「で、いまはどうなの？」

「あの男の肩にかかっていた重荷がわかりかけてきたのはたしかだ」

「あの人はみんなにまかせて正しい選択をしてもらおうなんて考えもしなかった」テレサは言った。「なぜかと言えば、恐れていたからよ。でもあなたは恐れる必要はないわ、イーサン。心に照らして正しいと思えることをすれば、みずからの宿命、みずからの運命を選ばせれば——」

「この谷で飢え死にするかもしれないんだぞ」

「そうね。でも、信念を曲げなくてすむ。それこそ、あなたがいちばんに考えるべきことよ」

その夜、イーサンはすべてが始まった場所、オペラハウスのなにもないステージに立ってまぶしいライトを浴び、地球上に残った二百五十人ほどの聴衆を前にしていた。

「ここにいる者たちは」彼は人々に語りかけた。「この世の終わりに生きる人類だ。われわれがいまこうしているのは、わたしがウェイワード・パインズの真実をみんなに告げるという選択をした結果だ。わたしだって忘れたわけじゃない。多くの者は大切な人を失った。われわれ全員が傷ついた。わたしは自分のくだした決断と、それが招いた結果を一生抱えて生きていくつもりだが、まずは将来について検討しなくてはならない。実を言うと、この一週間というもの、わたしはずっとそればかりを考えてきた」

ピルチャーの中核メンバーのなかでも側近であった者たち——フランシス・リーヴェン、アラン、マーカス、マスティン——がステージ左側に固まってすわり、イーサンを一心に見つめていた。

劇場内は水を打ったように静かだった。

重苦しい沈黙。

「みんな、ここからどう進んでいこうか、あれこれ考えていることと思う」彼は言った。「これからどうなるのか。われわれの生活はどのようになるのか。われわれには厳しい現実が待っており、全員で一丸となってそれに立ち向かう必要がある。いますぐにだ。そのひとつめは、食糧の枯渇だ」

息をのむ音やささやき声が聴衆からぽつりぽつりと漏れた。

ひとりが大声で質問した。「どのくらいもつんだい？」

「およそ四年だ」イーサンは答えた。「その結果、ふたつめの厳しい現実にぶちあたる。この谷に居つづけることは無理だ。いや、もちろん、いたってかまわない。次にフェンスの電源が落ちるまで。あるいは、想像を絶する冬が来るまで。または、食糧の備蓄がつきるまで。

ここに基地のフランシス・リーヴェンが来ているが、彼に具体的な数字をあげてもらい、われわれがウェイワード・パインズでは生きながらえない理由を説明してもらうことも可能だ。

しかし、わざわざここに集まってもらったのは、悪いニュースを伝えるためだけではない。今後について、ひとつ提案をしたいと思う。過激で危険で大胆な提案だ。無鉄砲と言ってもいい」

イーサンは聴衆席にテレサの姿を見つけた。

「正直言って、これを選択肢として提案していいものか迷ったのも事実だ。ある友人が最近、こんなことを言った。死ぬか生きるかの瀬戸際に立った場合は、一、二名の強い力を持った指導者が采配を振る必要があるんだと。だが、われわれはもう人生を管理されるのはたくさんだ。どのようにすればいいかはわからないが、とにかく、なんとか方法を見つけて乗り切りたい。わたしが出した結論は、自由のない状態で生きるよりは、たとえ誤った決断でも、みんなで受け入れたほうがいいというものだ。古いやり方はやめよう。ピルチャーのやり方はやめよう。

そこで、これからわたしがする話を聞き、どうすべきか決めてほしい。みんなで考えるんだ。自由な意志を持った人間として」

X

一カ月後

イーサン

電気が復旧し、テレサの手料理のにおいがキッチンからただよってくると、平凡な日常のひとコマのように感じるときがある。前世で送っていた平日の夜となんら変わりないように。

ベンは上の自室にいる。

イーサンは書斎で、明日の準備をいろいろと書きとめていた。

窓の外に目をやると、夕暮れの光のなかにジェニファー・ロチェスターの暗い家が浮かびあがっていた。彼女は例の襲撃で命を落とし、最近の寒波にやられて、大事な庭も台なしになっていた。

しかし、街灯は復旧していた。

遠くの茂みに隠したスピーカーがコオロギの鳴き声を奏でている。

イーサンはヘクター・ゲイサーのピアノをなつかしく思い出した。ウェイワード・パインズの全世帯のラジオから聞こえた、あの音を。

最後にもう一度、あの音楽をじっくり聴きたかった。

とりあえずいまは、大きな椅子にすわって目を閉じ、なんの変哲もない時間に身をゆだねていた。

人間のはかなさを頭から追い出そうとしていた。

しかし、それはできない相談だった。

自分が滅亡寸前の種の一員であるという事実と折り合うなど不可能だ。

その事実によって、一瞬一瞬が意義深かった。

その事実によって、一瞬一瞬が恐怖でふくらんでいった。

パスタをゆでるにおいと、スパゲッティソースが煮詰まるにおいに誘われて、キッチンに入った。

「いいにおいがするな」

コンロに立つテレサのうしろにまわり、腕を彼女の腰にまわして、うなじに唇を押しあてた。

「ウェイワード・パインズでの最後の晩餐《ばんさん》よ」彼女が言った。「今夜は盛りだくさんなの。冷蔵庫の掃除をしたから」

「わたしもなにかするよ。そこの皿を洗おうか」

テレサはソースをかき混ぜながら言った。「そのままにしておいたっていいと思うけど」

イーサンはおかしそうに笑った。

まったくだ。

本当にそのとおりだ。

テレサが目もとをぬぐった。

「泣いているのかい?」

「なんでもない」

彼女の腕をつかみ、そっと振り向かせた。「どうしたんだ?」

「怖いの、ただそれだけ」

三人で夕食を囲むのもこれが最後だった。

イーサンはテレサに目を向けた。

息子にも。

そして立ちあがった。

水の入ったコップを高くかかげた。

「わたしの人生でもっとも大事なふたりに、ひとこと言っておきたい」すでに声が震えはじめていた。「わたしは理想的な人間じゃない。むしろ、対極にある。それでもきみを守るためなら、どんなことでもするよ、テレサ。そしてベン、おまえもだ。どんなことでもする。明日はどうなるか、わたしにもわからない。あるいはその次の日のことも。さらにまた次の日のことも」涙が目にたまってきたのに気づき、思わず顔をしかめた。「この瞬間に一緒にいられてとても感謝している」

テレサの目が濡れて光っていた。

イーサンがどさりと腰をおろすと、彼女はその手を握った。

やわらかなマットレスで眠るのは、この夜で最後だった。

彼とテレサはしっかりと抱き合い、毛布の山の下に埋もれていた。

もう遅い時間だが、ふたりともまだ眠れずにいた。妻のまつげが自分の頬をくすぐるのがわかる。

「これがわたしたちの人生だなんて、信じられる？」彼女は小声で訊いた。

「まだそうと決まったわけじゃないよ」

「うまくいかないかもしれないでしょう？　全員死んじゃうかもしれないのよ」

「その可能性はおおいにある」

「冒険しなくてもいいじゃないって思う自分もいるの。あと四年しか生きられないなら、めいっぱい楽しめばいい。一瞬一瞬を噛みしめるように。食べ物を口に運ぶたびに、空気を吸いこむたびに。キスをするたびに。ひもじい思いをすることも、喉の渇きをがまんすることも、逃げまどうこともない日々を送るのよ」

「だが、それでは死ぬことは目に見えている。人類は滅亡してしまうんだよ」

「でも、それほど悪いことじゃないでしょ。チャンスは得たけど失敗しただけだもの」

「努力しつづけなきゃいけない。闘いつづけなきゃいけないんだ」

「どうして？」

「そうするべきだからさ」

「わたしにそんなこと、できるかしら」

寝室のドアがきしみながらあいた。

「ママ？　パパ？」ベンの声だ。

「どうしたの？」テレサが訊いた。

「眠れないんだ」

「ママたちのベッドに入りなさい」

ベンは上掛けにもぐりこんで、ふたりのあいだにおさまった。

「このほうがいいかい？」イーサンは訊いた。

「うん、ずっといい」

三人は暗闇のなか、無言で横たわっていた。

ベンが最初にうとうとしはじめた。

つづいて、テレサも。

それでもイーサンはまだ眠れずにいた。

片肘をついて身体を起こし、家族を見ていた。夜どおしずっと見ていると、やがて窓の向こうの空が明るくなり、ウェイワード・パインズでの最後の朝を迎えた。

谷間にある全世帯で電話が鳴りはじめた。

イーサンはブラックコーヒーが入ったカップを手にしたままキッチンから居間に入り、三度めの呼び出し音で受話器を取った。

流れるメッセージの内容は知っていたが、それでも胃がよじれるような思いで受話器を耳に押しあて、自分の声に聞き入った。「ウェイワード・パインズの諸君、時間だ」

イーサンが玄関のドアを押さえてやると、テレサが額に入った家族写真が詰まった厚紙の箱を抱え、ポーチに出てきた——持っていく価値があるのはそれだけだった。

旅立ちの日にふさわしい、美しい朝だった。

同じブロックを見わたすと、ほかの家族もそれぞれの家から出てくるところで、大切な宝物のつまった小さな箱を持っている者もいれば、着の身着のままの者もいた。

バーク家の三人はポーチをおり、前庭を抜け、通りに出た。

全住民がメイン・ストリートに集まり、全員で町の南はずれにある森に向かった。

前方にバックパックを肩にかけ、アダム・ハスラーと並んで歩くケイトの姿があった。

言葉ではうまく表現できないなにかがこみあげたのは、いくつもの感情が複雑にからみ合っていたせいだろう。カラーチャートに照らせば、郷愁の念の色のあたりであるのはまちがいない。

テレサの手を放した。「すぐに戻る」

集団が〈アスペン・ハウス〉のそばを通るころ、元同僚に追いついた。

「おはよう」と声をかける。

彼女はちらりと目を向けてほほえんだ。「覚悟はいい？」

「こんなのはどうかしてると思うだろう？」

「少しはね」

ハスラーが声をかけてきた。「やあ、イーサン」一カ月の文明生活ですっかり見違えた。体重が増え、ほぼ昔の彼に戻っていた。

「アダム。ふたりともどうしてた？」

「元気でやってるよ」

ケイトが言った。「絶叫系コースターに乗るときみたいな気分だわ。どこに連れていかれるかわからなくて」

病院のそばを通りながら、イーサンは目覚めたら目の前にパム看護師の顔があった、あの最初のときのことを思い出していた。ぼうっとした頭で町じゅうをさまよった日々。なにがなんだかわからないまま、なんとか家に電話しようとこころみたものの、家族に連絡がつかなかったこと。それに、本来の歳より九歳上のケイトにはじめて会ったときのこと。なんという体験だったろう。

イーサンはケイトに目を向けた。「あと少ししたらバタバタすることになるから、ここでさよならを言っておこうと思ったんだ」

ケイトは道路の真ん中で足をとめ、そのわきをウェイワード・パインズの最後の住民が通りすぎていく。早朝の陽射しを顔に受けながら、目を細くしてほほえむ彼女は、昔のケイトそのものだった。シアトル時代の。彼がおかした最悪にして最良のあやまちの相手。

ふたりは抱き合った。

強く。

「昔、わたしを捜しに来てくれてありがとう」ケイトは言った。「こんな形で終わって残念だけど」

「何度でも同じことをするよ」

「あなたがしたことは正しかった」彼女は小さな声で告げた。「それは絶対にたしか」

テレサがふたりのそばまで来ていた。

彼女はケイトににっこりほほえみかけた。

それからハスラーのもとへ行き、彼の身体に腕をまわした。

彼女は抱擁《ほうよう》を解きながら、尋ねた。「しばらくみんなで歩かない？」

「そうしよう」アダムは言った。イーサンは妻、息子、かつての不倫相手、そして一度は自分をだました男と並びながら思った——新しいいまの世界では、これが家族の姿なのだろうか、と。というのも、過去にいろいろあったにもかかわらず、つらい現実を前にしたいま、みんながおたがいを必要としているからだ。

集団の最後尾がわきを通りすぎていっても、五人はウェイワード・パインズを出て暗い森に入る境界のところでぐずぐずしていた。

うしろには人の気配が消えた町。

通りに照りつける朝の太陽。

メイン・ストリートの西側でちらちら光る店のガラス窓。

五人は杭垣で囲まれたヴィクトリア朝様式の家々をながめた。

町を囲む切り立った崖を。

色づいたアスペンの木から最後に残った黄色い葉を風がむしり取っていく。

いまこの瞬間の町は、とても……のどかだ。

ピルチャーのすばらしくも異様な創造物。

ようやく五人は町に背を向け、ともに森に向かって歩きはじめた。ウェイワード・パインズとは反対の方向に。

イーサンは監視センターの主制御盤を前にすわっていた。片側にはアランが、反対側にはフランシス・リーヴェンがひかえている。

「そのメッセージはいったいなんのためのものだ?」リーヴェンが尋ねた。

「この場所を偶然見つける人がいないともかぎらないと思ってね」イーサンは答えた。

「それはほぼ百パーセントありえないんじゃないのかな」

「なにを言うか決めてあるんですか?」アランが訊く。

「ゆうべ、まとめておいたよ」

アランの手がタッチスクリーン上で踊った。

「いつでもどうぞ」

「始めるぞ」

「録音を開始しました」

イーサンは尻ポケットから紙きれを出してひらき、マイクに顔を近づけた。

メッセージを読みあげた。

終わると、アランが録音をとめた。

「よかったですよ、保安官」

見あげると、ずらりと並んだ二十五台のモニターがいまも谷からの監視映像を流していた。

病院の地下のがらんとした廊下。

学校の無人の廊下。

誰もいない公園。

人がいなくなった家々。

ひっそりとした通り。「準備はいいかな？」

イーサンはフランシス・リーヴェンを見やった。

「重要でないシステムはすべて電源を落としてある」

「みんな準備はできているのか？」

「もう始まっているよ」

〈レベル1〉の廊下をひとり歩いていくと、頭上の照明がひとつひとつ消えていった。〝方舟〟に通じるガラスのスライディングドアのところまで来ると、イーサンは歩いてきた廊下を振り返った。最後まで残っていた奥の明かりも消えた。

暖房も換気システムも待機状態となり、ずいぶん寒くなっていた。

巨大な洞窟の石の床は足の裏が凍りそうなほど冷たかった。

機能停止棟のなかは氷点より数度高いだけで、冷え冷えとしていた。青く色づいた霧でぼやけてはいるが、あちこちで人が動いているのがわかる。

低くうなる装置から白い蒸気がひっきりなしに出ている。

イーサンは霧のなかを突き進み、角を曲がり、装置の列と列のあいだを進んだ。

ウェイワード・パインズの住民たちが機能停止ユニットに入るのを、白衣姿の男たちが手伝っていた。

列の最後の装置のところで足をとめた。

デジタル表示された名札を読む。

ケイト・ヒューソン
アイダホ州ボイシ
機能停止日：一二年九月十九日
居住期間：八年九カ月二十二日

彼女はすでに入っていた。
イーサンは装置の正面についている幅二インチのガラスパネルからなかをのぞいた。
機能停止ユニットに閉じこめられたケイトが見つめ返した。
彼女は震えていた。
イーサンはガラスに手を押しあてた。
口だけ動かして伝える。「心配いらないよ」
彼女はうなずいた。
白い睡眠スーツ姿の人々のあいだを抜け、急ぎ足で三列先まで進んだ。
テレサがベンの前で膝をつき、抱きしめて、耳になにかささやいていた。
イーサンはふたりを包みこむように腕をまわし、ぐっと引き寄せた。
涙が流れてくる。

「こんなのいやだよ、パパ」ベンが泣きながら訴えた。「ぼく、怖い」

「パパだって怖いさ」イーサンは言った。「ほかの人もみんな怖いんだから、それが普通なんだよ」

「これでおしまいかもしれないんでしょ？」テレサが言った。

イーサンは妻の緑色の目をじっと見つめた。

「だったら、わたしが愛しているのを忘れないでくれ。さあ、時間だ」

ベンを立たせてやり、自分の装置に入るときには腕を持ってやった。

息子は震えていた——寒さと、恐怖とで。

イーサンはそろそろと金属の椅子にすわらせた。

壁から拘束具が飛び出し、ベンのかかとと手首を固定した。

「ものすごく寒いよ、パパ」

「愛してるよ、ベン。がんばるんだぞ。そろそろ扉を閉めるからな」

「もうちょっと待って。お願い」

イーサンは身を乗り出して、息子の額に唇をつけた。わが子に触れるのはこれが最後かもしれない、と思いながら。それからベンの目をしっかりとのぞきこんだ。

「パパを見るんだ。めそめそするな」

ベンはうなずいた。

イーサンは頬の涙をぬぐってやり、機能停止ユニットから離れた。

「愛してるわ、ベン」テレサが声をかけた。

「ぼくもだよ、ママ」

イーサンはベンの装置のドアを押した。ドアはさっと閉まり、内部ロック機構が作動して密封状態になった。

ベンのユニットの内側にガスが送りこまれるのを、イーサンとテレサはガラスごしに見守った。

ふたりが涙を流しながらほほえむなか、ベンは目を閉じた。

テレサはイーサンに向き直った。「わたしを入れてくれる?」

彼は妻の手を取り、装置のところまで連れていった。ドアはすでにあいており、彼女は黒い複合素材のシート、アームレスト、内壁からぶらさがる黒い管をのぞきこんだ。管の先端には口径の大きな針がついており、それで血管から血を一滴残らず吸い出すのだ。

「やだわ、どうしよう」

そう言いながらもなかに入り、腰をおろした。

装置が作動し、彼女は動けなくなった。

イーサンは声をかけた。「あっちで会おう」

「本当にあっちに行けると思う?」

「あたりまえじゃないか」

それから、触れるのもこれが最後とばかりに妻にキスをした。

イーサンは自分の機能停止ユニットに入りながら、昨夜、書斎で書き、さきほど監視センターで録音したメッセージを思い返していた。

おそらくは、人類の歴史において、最後に録音された声明となるだろう。

〝この世界は残酷だ。この世界は非情であり、この谷でわれわれはアビーに翻弄《ほんろう》されながら暮らしていた。囚人のようなその暮らしは、われわれの存在にことごとく背くものだった。人間は探索するようにできている。われわれは征服し、さすらうようにできている。DNAにそうプログラムされているのであり、われわれがこれからやろうとしているのは、まさにそれだ〟

彼は椅子に腰かけた。

〝長い旅になるだろうし、目的地にたどり着いたとしても、なにが待っているかわからない〟

拘束具が両のかかとを固定した。

〝恐怖心はある。われわれ全員がそうだ〟

両の手首も。

〝長い眠りから覚めたとき、どのような世界が待っているのだろうか。ある意味では、それはどうでもいい。ウェイワード・パインズの住民は一致団結してそれに立ち向かうからだ。秘密はなし。嘘もなし。王もいない〟

ユニットのドアが耳ざわりな音をさせながら閉まり、ロックされた。

〝われわれはたがいに別れを言い合った。これで終わりかもしれないのはみんなわかっているし、その事実とできるかぎりの折り合いをつけた〟

ガスが放出される圧のかかったような音につづき、コンピュータの音声でありながら、不思議と心地よい女性の声が聞こえた。

「深く呼吸してください。可能なかぎり花のにおいを嗅いでいてください」

〝すべての傷は時間が癒《い》やしてくれるという……ならば、われわれには時間はたっぷりある……いくつもの帝国が興《おこ》り、滅亡するのに充分な時間が。種が変化をとげるに充分な時間が。この世界がもっとやさしい場所になるのに充分な時間が〟

ガスはラベンダーかライラックの香りがし、吸いこんだとたん、意識が足から抜け出ていくのを感じた。

〝そこでわれわれは、地平線の向こうになにがあるのか、次の角を曲がったらなにが待っているのかと考えながら旅に出る。けっきょくそれこそが、われわれを駆り立てているものなのだろう〟

まぶたがしだいにさがっていき、頭のなかに妻と息子の顔を思い浮かべた。

〝われわれはまだ希望を抱いている〟

テレサとベンを連れ、長い長い眠りに落ちていく。

〝いまの世界はアビーのものだが、未来は……

未来はわれわれのものかもしれない〟

エピローグ

七万年後、イーサン・バークの目があいた。

謝　辞

デイヴィッド・ヘイル・スミス、リチャード・パイン、アレクシス・ハーレイ、インクウェル・マネージメントのみんな、それに西海岸のぼくの応援団、アンジェラ・チェン・キャプランとジョエル・ヴァンダークルートに心からの感謝を。こんなにもすばらしい人たちの協力で本が出せて、ぼくは本当に恵まれている。

トマス＆マーサー社およびアマゾンの関係者――アラン・ターカス、ダフネ・ダーハム、ジェフ・ベル、クリスティー・コールター、ダニエル・マーシャル、グレイシー・ドイル、アンディ・バートレット、サラ・トマシェク、リーマ・アルザベン、フィリップ・パトリック、ティファニー・ポコルニー、ニック・レフラー、そしてジョディ・ウォーショウ――はぼくがこれまでともに仕事をしてきた人たちに匹敵するほど精力的だった。きみたちと一緒に走れて楽しかったよ。

すばらしい手腕で本書を編集し、千ものちがう道に行こうとするのを制止してくれたジャック・ベンザークリーにも感謝を。

入稿用に原稿を整理してくれたミシェル・ホープ・アンダーソンも同様だ。

アン・ヴォス・ピータースン、ジョー・コンラス、マーカス・セイキー、ジョーダン・クラウチはとびきりすばらしい意見をくれ、本書をさらに一段上のレベルにあげるために力を貸してくれた。

最後に――そして誰よりも――大きな感謝を、ぼくの最高の家族に捧げる。キスとハグをいっぱい！

解説

文芸評論家
北上次郎

本書『ラスト・タウン』は、ブレイク・クラウチの三部作の最終篇である。その解説を書く段になって、この三部作をどうやって紹介したらいいものか、まだ迷っている。

書きながら考えていくが、まずは第一部『パインズ』だ。これはシークレットサービス・シアトル支局の特別捜査官イーサン・バークが川のそばで目覚めるところから幕が開く。記憶が徐々に蘇っていくと、シークレットサービスの捜査官がこのパインズという町に潜入してから音信不通になり、その捜索のために自分がやってきたことをイーサン・バークは思い出す。で、町を歩いていくが、なんだかヘンだ。虫の鳴き声がするので木に近づくと、コオロギの鳴き声はスピーカーから出ていたりする。やがてこの町の保安官に会うが、自分がシークレットサービスの捜査官であることを告げても信じてもらえないし、シアトル支局に電話しても上司は電話に出ない。町の人はなにかを隠しているかのようで、奇妙なことが次々に起きるのである。白眉《はくび》は三分の一のところ。音信不通になった捜査官ケイトを発見するくだりだ。ケイトは顔を近づけて「見られている」と言うのだが、そのケイトの顔を見るとなぜか歳を取っているから愕然《がくぜん》。どうしてこんなに歳を取るのか——。

ここまで読むと、このすべての謎を合理的に解くことは可能なのかと不安になってくる。まさか夢オチではあるまい。では、何か。驚愕のラストでそれが明らかになるのだが、それを書いてはネタばらしになる。しかしそれを書かないと第二部の紹介が出来ないし、早くもここで壁にぶつかるのである。「ツイン・ピークス」にインスパイアされて書かれた作品らしいが、「ツイン・ピークス」を知らなくてもOKだ。

とりあえず、第一部のラストを割らずに第二部の紹介をしてみるが、山間にたたずむこの美しい町で死体が発見されるのが第二部『ウェイワード』。保安官となったイーサンはこの事件を捜査していく——と書いただけではこの物語の面白さが伝わらないことに気づく。それでは普通のミステリのような印象を与えてしまうが、実は全然普通ではないのだ。やっぱり第一部のラストを割らなければだめだ。そこで第一部のラストで明らかになるこの「美しい町＝エデン」の成り立ちを紹介するが、そんなの知りたくないという方はここで本書を伏せ、第一部『パインズ』をお読みください。出来ればそのあとで第二部『ウェイワード』も読み、最後に第三部の本書をお読みになるのがいちばんいい。やはり第一部から順番に読むことをおすすめしたい。そのほうが衝撃度も高まるだろう。しかし、本書の前に二冊も読むのかよ、と言いたい方もいるかもしれないので、そういう方のために三部作の設定とこれまでの経緯を書いておく。

（第一部、並びに第二部の背景を書いてしまうので、未読の方は注意されたい）

イーサンが目覚めた町は、ピルチャーという富豪が作り上げた町である。環境の変化で人類滅亡の危機を危惧したピルチャーは、八百人あまりの人間を仮死状態にして保存し、千八百年後に数百人を蘇生させる。つまり周囲を高圧電流の流れるフェンスで囲んだこの町は千八百年後の地球なのである。フェンスの外では人類から進化したアビーと呼ばれる化け物が跋扈《ばっこ》しているとの設定だ。一見、エデンのように美しい町だが、実はとんでもない町なのである。彼らは安全のために厳重に隔離されているのだ。それが明らかになるのが第一部のラストであった。ね、びっくりするでしょ。

そうか、ここでもう一度断りを入れておく。二冊も遡《さかのぼ》る時間はないが、一冊なら遡るのもやぶさかではないという方がいるかもしれないので、そういう方はここで本書を伏せて、第二部『ウェイワード』からお読みください。そうすれば、第一部『パインズ』の衝撃的なラストから、作者がどのような物語を紡ぎだすか。それをたっぷりと味わうことが出来るだろう。『パインズ』と『ウェイワード』をともに読むのはきついけれど、一冊なら出来るかも、という方がいらっしゃるなら、ぜひせめて『ウェイワード』からでもお読みください。もうそろそろ先に進みますよ。いいですか？

第二部『ウェイワード』は、山間にたたずむこの美しい町で殺人事件が起きるのが冒頭だが、ここで明らかになるのは、この町に住む人々は、監視カメラと隠しマイク、さらには体に埋め込まれたマイクロチップで、その動きをすべてピルチャー率いる本部に監視されているということだ。となると、この体制に不満を持つ人々もいて、体の中のマイクロチップを取り出し、監視カメラと隠しマイクの死角を探して活動を開始するグループも生まれてくる。

発見された死体は、ピルチャーがそのグループに潜入を命じた女性だった。だから、殺したのは反体制グループだろうとピルチャーは言う。その反体制グループの女性リーダーはイーサンの元恋人でもあるので、接触して捜査しろとこの町の創設者から命令され、かくてフェンスに囲まれた美しい町で捜査が始まっていく。

この第二部『ウェイワード』のラストもまた驚愕なのだが、そうか、それも書かないと第三部の本書につながらないか。仕方がない。それも書くことにする。この町は自分が作り上げた町であることを暴露されたピルチャーは怒りのあまり、ゲートをあけてしまうのである。ということは、化け物たちがどっと侵入してくるということだ。おいおい、そんなことしてどうなるんだ？　というのが第二部『ウェイワード』のラストであった。

第二部のラストをうけて始まる本書では、当然のようにアビーがどんどん町に侵入してくることになる。その地獄が延々描かれていくが、ディテールが圧巻で読ませる。監視チームにもテッドという常識を持った人間がいたり、あるいはイーサンと妻の間にドラマがあったりと脇筋の細部もなかなかよかったりするが、ここでは一点を指摘するにとどめたい。ラスト近くのハスラーの台詞に留意。この男はイーサンのシークレットサービス時代の上司なのだが、フェンスに囲まれた「美しい町」を出て、外に偵察に行って帰ってくる。三年半のその偵察行を彼が思い出すくだりが、物語のちょうど真ん中あたりに出てくる。そのくだりを引く。

「骨組みだけになったポートランドの高層ビルの残骸を、沈む夕陽が錆色からブロンズ色に変えるのを見たときは、涙がとまらなかった。

クレーター湖——干上がっていた。

シャスタ山——低くなっていた。

サンフランシスコでは廃墟となったポイント要塞に立ち、ゴールデンゲートブリッジの残骸しかない湾をぼんやりと見つめた。南塔の上部百フィートが沈没船のマストのように、水面から突き出ていた」

ようするに、フェンスの外に人間は存在せず、荒廃した地球があるだけというリアルな報告である。もしかしてこの「美しい町」を脱出すれば、彼らは生き延びることも出来るのではないだろうか、という甘い期待を、この報告は冷たく突き放す。さらに備蓄した食料は四年分のみという実態をここに重ねれば、彼らの生きる道はなにひとつ残されていないという現実が浮かび上がってくる。ラスト近くのハスラーの述懐も引いておこう。

「人間は二度と食物連鎖の頂上には戻れない。われわれが生きられるのは、この谷しかないんだ。人類はいずれ滅びる。それは純然たる事実だ。いさぎよく認めるしかない。一日一日を、一瞬一瞬をいつくしんで暮らすんだ」

アビーが住人たちを次々に襲う凄惨《せいさん》な場面を読みながら、本当に彼らの生きる道はもうないのだろうか――と、胸が少しずつ熱くなっていく。唐突ながら、ここで第一部のラストを思い出す。すべての謎を合理的に解く方法はあるのだろうかと思っていたときに、あのラストがどかーんと出現した。だったら、この第三部のラストにも、すべてを吹き飛ばす道が待っているのではないか。町の外には荒廃した地球が広がっていて、逃げる場所はどこにもない。隠れたとしても食料の備蓄は四年分しかない。だからアビーと戦うしかないが、武器も満足になく、アビーは倒れても死んでも次々に町に入り込んでくる――こういう絶望的な状況を一気に解決する方法が本当にあるのだろうか。

このまま終わってしまったらエンターテインメントとして後味が悪いことこのうえもないから、何か策を考えているはずだ。しかしいくら考えても、この絶体絶命の状況を脱出する方法は見つからない。さあ、どうするクラウチ。

三部作の最終篇である本書のラストは、いくらなんでも明かせない。こればかりはお読みいただきたい。ここに書くことが出来るのは、なんだか続きを読みたくなってくるということだけだ。これで終わりとは殺生《せっしょう》だ。この続きを読みたいぞ、と妄想がどんどんひろがっていくのである。

二〇一五年七月

マイクル・クライトン

スフィア——球体——上下
中野圭二訳
南太平洋に沈んで三百年が経つ宇宙船を調査中の科学者たちは銀色に輝く謎の球体と遭遇

サンディエゴの十二時間
浅倉久志訳
大統領が来訪する共和党大会に合わせて仕組まれた恐るべき計画とは……白熱の頭脳戦。

アメリカ探偵作家クラブ賞受賞
緊急の場合は
清水俊二訳
違法な中絶手術で患者を死に追いやって逮捕された同僚を救うべく、ベリーは真相を探る

ジュラシック・パーク上下
酒井昭伸訳
バイオテクノロジーで甦った恐竜が棲息する驚異のテーマ・パークを襲う凄まじい恐怖！

大列車強盗
乾　信一郎訳
ヴィクトリア朝時代の英国。謎の紳士ピアースが企てた、大胆不敵な金塊強奪計画とは？

マイクル・クライトン

プレイ―獲物―上下
酒井昭伸訳

暴走したナノマシンが群れを作り人間を襲い始めた……ハイテク・パニック・サスペンス

恐怖の存在 上下
酒井昭伸訳

気象災害を引き起こす環境テロリストの陰謀を砕け！　地球温暖化をテーマに描く問題作

NEXT―ネクスト―上下
酒井昭伸訳

遺伝子研究がもたらす驚愕の未来図を、事実とフィクションを一体化させて描く衝撃作。

パイレーツ―掠奪海域―
酒井昭伸訳

17世紀、財宝船を奪うべく英国私掠船船長が展開する激闘。巨匠の死後発見された遺作。

アンドロメダ病原体〔新装版〕
浅倉久志訳

人類破滅か？　人工衛星落下をきっかけに起きた未曾有の災厄に科学者たちが立ち向かう

Agatha Christie Award

アガサ・クリスティー賞
原稿募集

出でよ、“21世紀のクリスティー”

©Angus McBean
©Hayakawa Publishing Corporation

本賞は、本格ミステリ、冒険小説、スパイ小説、サスペンスなど、広義のミステリ小説を対象とし、クリスティーの伝統を現代に受け継ぎ、発展、進化させる新たな才能の発掘と育成を目的としています。クリスティーの遺族から公認を受けた、世界で唯一のミステリ賞です。

●賞　正賞／アガサ・クリスティーにちなんだ賞牌、副賞／100万円
●締切　毎年１月31日（当日消印有効）　●発表　毎年７月

詳細はhttp://www.hayakawa-online.co.jp/

主催：株式会社 早川書房、公益財団法人 早川清文学振興財団
協力：英国アガサ・クリスティー社

訳者略歴　上智大学外国語学部英語学科卒，英米文学翻訳家　訳書『パインズ』『ウェイワード』クラウチ，『ボストン、沈黙の街』『ジェイコブを守るため』ランディ，『川は静かに流れ』『ラスト・チャイルド』ハート（以上早川書房刊）他多数

HM=Hayakawa Mystery
SF=Science Fiction
JA=Japanese Author
NV=Novel
NF=Nonfiction
FT=Fantasy

ラスト・タウン
―神《かみ》の怒《いか》り―

〈NV1354〉

二〇一五年八月十日　印刷
二〇一五年八月十五日　発行

（定価はカバーに表示してあります）

著者　ブレイク・クラウチ
訳者　東《ひがし》野《の》さやか
発行者　早川浩
発行所　株式会社早川書房

郵便番号　一〇一 - 〇〇四六
東京都千代田区神田多町二ノ二
電話　〇三 - 三二五二 - 三一一一（大代表）
振替　〇〇一六〇 - 三 - 四七七九九
http://www.hayakawa-online.co.jp

乱丁・落丁本は小社制作部宛お送り下さい。
送料小社負担にてお取りかえいたします。

印刷・三松堂株式会社　製本・株式会社フォーネット社
Printed and bound in Japan
ISBN978-4-15-041354-5 C0197

本書は活字が大きく読みやすい〈トールサイズ〉です。